信長、鉄砲で君臨する

門井慶喜

祥伝社文庫

目次

序

尾張国の話である。

吉法師という名のその男の子は、九歳で那古野に城をあたえられた。

那古野は、いまの名古屋である。当時はまあ田舎の一軒家のようなもので、その惣門も、惣門とは名ばかり。二本の木杭にちょっと柵をくっつけただけのしろものだった。その木杭のあいだへ馬の首をつっこんだとき、

「おしっこ」

吉法師は馬をとめ、わめきだした。

「おしっこ、おしっこ。城外でする」

かりにも城主の初入りである。門の左右に列をなしつつ立っていた家臣どもが驚きのあまり口をあけ、顔を見合わせた。がしかし、吉法師の横で騎乗していた重臣・平手政秀は、

（ああ、そうか）

しごくまじめに、

「承知しました。お供つかまつる」

ふたり同時に馬首をめぐらし、地を蹴って駆けだした。

誰ひとり、ついてこない。

背後には城。目の前には田んぼのひろがり。田んぼの奥、左前方にこんもりとしている、みどりの、

（竹林）

吉法師は、そこをめざすのだと政秀にはわかった。ずいぶん前から吉法師につかえているので、その心中はまず察することができる。

吉法師は、むかしから癇性な子だった。

赤ん坊のころは乳を飲むと乳首を嚙みやぶることがしばしばなので、乳母が痛がる。泣いて暇をとってしまう。政秀はそのつど人買いよろしく侍の妻とか、農家の女房とかを見つけて来るのに苦労したものだったが、それ以上に問題なのは寝言だった。

吉法師はまるで起きているかのごとく、

「何をぼーっとしておる。うつけ」

とか、

「のどが渇(かわ)いた。茶をよこせ」

などと言うのだ。まがりなりにも主君のことばであるからには、添い寝の乳母や宿直(とのい)の近習(きんじゅ)などは跳(は)ね起きて、

「申し訳ありません」

と平伏したり、茶を煮(に)て待機したりしなければならない。そうして翌朝めざめると本人はまったく記憶がなく、

「さっさと寝ればいいではないか。ばかめ」

そういう癇性な吉法師だから、この場合、おしっこというのは半分は口実なのだろう。要するに、

(この城の粗末さが、気にくわんのじゃ)

政秀は、そう見た。

那古野の城は、くりかえすが田舎である。戦略的に重要でなく、大したいくさも起こりそうになく、起こったところで名もあがらぬ。こんなところへ、父・織田信秀(おだのぶひで)は、なんで自分を、

――配したか。

ひどく軽(かろ)んじられた気がしたのか、あるいは父に、

――遠ざけられた。

と、ほんとうは兎(うさぎ)のように、

(不安なのかな)

吉法師と政秀は、竹林に入り、馬を下りた。

穴が、ある。

六畳間くらいの大きさだろうか。穴のなかには糞尿(ふんにょう)が堆(うずたか)きをなしていた。その上を、まるで黒い糸がもつれるようにして蠅(はえ)どもが飛び交っている。

右手から、
ざく
ざく
と下笹(したざさ)をふんで来たのは、肥(ふと)った農婦である。穴のふちで立ちどまり、ちょっと政秀たちを見ると、立ったまま裾(すそ)をまくり、白い腿(もも)のつけ根まであらわにして放尿しだした。

太陽色(いろ)の水がひとすじ、弧(こ)をえがきつつ穴へと落ちていく。一種の共同便所なのだ

ろう。悪臭もひどいが、吉法師はむしろ、

「見目が、わるい」

つぶやくと、刀を抜き、まわりの笹をばさばさと切りはじめた。

笹をあつめ、まとめて投げ入れようとした。それで汚物の累積をかくした上で、みずからも注ぎこむつもりなのだろう。癇性の人間がしばしばそうであるように、吉法師もまた、気になりだしたら極端にこだわるところがあった。

が、農婦が気づいて、

「ばか！」

吉法師の右腕に抱きついたのと、政秀が、
左の二の腕をつかんだのが同時だった。農婦が、

「お待ちを」

「ひぐすり。ひぐすり」

政秀は早口で、

「吉法師様、吉法師様、わしは京にのぼったとき、相国寺の祖禅という僧に聞いたことがあります。祖禅の師の承天無覚という方が明へ留学したとき、明の官人に聞いたところでは、明には火薬というものがあるそうな」

「ひぐすり？」

「ええ、そうです。見た目はただの黒い粉ですが、火をつけると火がふくれ、雷鳴のような音とともに四方へ飛び散る。その黒い粉の成分(なりたち)は、木炭と硫黄(いおう)と硝石(しょうせき)です。そのうちの硝石をこしらえるのに、人間の糞尿が有用なのです」

　右の農婦がこくこくとうなずき、

「とのさまが。とのさまが」

「殿様は、俺だ」

「お父上のことでしょう」

　と、これは政秀。吉法師はとうとう腹にすえかねたか、

「うるさい！」

　左右の腕を突き出し、農婦と政秀をはねとばして、政秀へ、

「ふん」

　鼻を鳴らしたその顔にはありありと、

　――ほんとうか。

　と書いてある。明の官人が日本の高僧につたえ、高僧が弟子につたえ、弟子がこの平手政秀という地方の一家老につたえたものを九歳の自分が聞かされる。荷駄(にだ)の馬継(うまつ)

ぎじゃあるまいし、ほんとうに正確な情報なのか。

　足もとには、笹の山が落ちている。それを穴へ蹴り落とそうとして、

「あ」

　吉法師は足をとめ、政秀へ、

「その火薬、いくさに使えるか」

「え？」

「たとえば、こう」

　胸の前で、おむすびをにぎる手のうごきをして、

「こういう陶器（すえもの）の玉（たま）をこしらえて、その火薬とやらをつめこんで、火をつけて敵陣へほうりこむ。敵陣で割れれば大火になり、たくさん殺せるのではないか。どうだ、どうだ？」

　その目は、かがやいている。

　たくさん鈴虫がとれれば楽しいじゃないかと言わんばかりの、全速力のきらきらしさ。政秀は、

「はあ」

　農婦も、

「はあ」

尾張国の話である。

吉法師は、のちの織田信長である。父・信秀の死により家督を継ぎ、尾張国を平定し、京へのぼり、室町幕府をほろぼして天下の実権をにぎることになる。

その間、大小無数の激戦をおこない、

――天下一の、いくさ上手。

とも噂されるだろう。もっとも、この物語は、ここから始まるのではない。

これとおなじころ、正確には翌年だが、那古野から約七五〇キロ離れた西南の海にちんまりと浮かぶ或る島の南端の風景から始まる。

島の名は、種子島。

第一話

鉄砲が伝わる

種子島の南端に、南端にもかかわらず、

——西ノ村。

という名の村がある。

その村長には、姓名がある。あるがしかし代々にわたり本土は京の朝廷から官名をあたえられているというのが自慢で、当代は織部丞。

人からは、

——織部様。

と呼ばれ、実際の名はしばしば当人もわすれる。わすれても誰もこまらないのである。

その織部様の屋敷へ数人の子供が駆けこんできて、庭へまわり、

「船が、来たあ」

「ふ、ふ、船が」

騒ぎたてたのは天文(てんぶん)十二年（一五四三）八月二十五日、秋晴れの昼さがりのことだった。織部は板の間に立ったまま、

「はあ」

返事にこまった。この子たちはいったい何をそんなに逆上(のぼ)せているのだろう。それは船くらい、

（来るだろう）

くりかえすが西ノ村は島の南端にあり、こんにち、

――門倉岬(かどくらみさき)。

と呼ばれる岬を持つ。

岬の西には、港もある。誰もが船なんぞ、米のめしより見なれているのだ。ましてや目の前の子供たちは、みんな親が漁師である。

その子供たちが、今度はくちぐちに、

「大きい」

だの、

「見たことがない」

だのと囀りだしたので、織部はようやく、

「どれ」

杖をとり、妻女へ、

「ちょっと、出るよ」

言い置いて屋敷を出た。

杖はべつだん、高齢のためではない。織部はまだ四十なかばだ。それはただ、

――書を読む者である。

ということの、この島における図像的表現にすぎなかった。まるで長らく年月を経たかのように深い学徳、くらいの寓意なのだろう。

港へ着いたが、何もない。

子供たちに聞いたところ、岬の東のほうだという。行ってみたら船はあったが、ぽつんと一隻だけ、何の変哲もありはしなかった。

ひらべったい船体に一本ほっそりと帆柱が立ち、その右側へ、ちょうど蝶が片方だけ翅をひろげたように赤銅色の帆がひろがっている。

その帆をささえる何本かの骨は、

（竹）

それこそ織部がこれまでの人生のなかで千回も万回も見たであろう明の国の民間船、その典型的な姿かたち。

　こんにち、

　――ジャンク（戎克）。

と呼ばれるそれにほかならなかった。

　規模も、まず中くらいというところ。しいて尋常でない点を挙げるとすれば、岬の西の港ではなく、東のこの砂浜のほうへ来たという行為そのものだけれど、これも正規の来航ではなく、

　――たまたま、漂着。

という体裁をとったと見れば納得できるだろう。この島へはじめて来る船は、ときどきそういうことをやる。正式な停泊許可をもらう手間をはぶくわけだ。

　が、子供たちはなお背後で、

「大きい」

「見たことがない」

をくりかえす。織部はさくさくと浜を進んだ。正面に砂山がある。進みつつ少し右へ寄ってみると、山のむこうに男が三人、すわっていた。

ひとりはあぐらをかき、ふたりは膝をかかえている。

そのふたりのほうがこちらへ気づき、立ちあがり、同時に、

「オイ！　オイ！」

まくしたてたとたん、子供たちの言う意味がわかった。船ではなく、

（人）

何しろ背が高い。ふたりとも帽子をかぶり、太陽を覆うようだが、それ以上に奇怪なのは顔だった。小刀でえぐったように眼窩がふかく、その奥の瞳は色がうすく、それでいてくりくりとよく動くのである。

たとえば、腰についた砂を手で払う、というような小さな仕草ひとつにも、腰を見て、手を見て、払った砂の行き先を見るという具合であり、せわしないことおびただしい。

これでは肩こりならぬ目こりになるのではないだろうか。なるほど、こんな人間は、

（見たことがない）

ことばも、皆目、

（わからん）

少なくとも、明のことばではない。朝鮮（こま）のそれでもないようだ。子供たちが背後で、

「なあ、織部様」

「どうする」

聞かれても、こまる。織部が曖昧（あいまい）に、

「あ、ああ」

と返事したとき、もうひとりの、あぐらの男がようやく立った。

これは容貌からして明の国人（くにびと）である、というより、

「五峰（ごほう）先生」

織部は、つい声がうらがえった。

五峰はにこりと一礼した。それから明のことばで挨拶（あいさつ）らしきものを述べ、両腕をひろげて、抱きついてきた。

織部は、

「ぐえっ」

よほどの膂力（りょりょく）である。おなじ年ごろとは思われぬほど締めつけが強く、織部は、肺の空気がぜんぶ絞（しぼ）り出されたような気がした。五峰先生とは呼んでいるけれど、実

際はまあ、海賊の頭領みたいな人なのである。

海賊というのは、いわゆる、

——倭寇。

である。

このころ北京の明政府は「海禁」と呼ばれる鎖国体制を敷いていて、民間人の海外渡航はこれを厳として許可しなかったのだが、しかし現実には、多数の集団が明から朝鮮へ、日本へ、台湾へ、ルソン（フィリピン）へ……まるで自分の庭のように東シナ海をとびまわり、いろいろな品を売り買いした。

ときには海上での取引もしたし、掠奪もした。つまりはそれほど儲かるのである。

もちろんこれは、明政府から見ればすべて密貿易ということになるのだが、おもしろいのは、彼らがその密貿易従事者をまとめて「倭寇」、つまり、

——日本人の、ならずもの。

と公称したことだった。

内実は、むしろ明の者のほうが多いのにである。そう言わなければ統治の失敗を世にさらすことになるからだろう。古今を問わず、為政者というのは、つねに大きな厄災を、

——よそから来た。

と言いたがるのである。ともかくそういう倭寇のうち最大の集団のひとつを率いるのがすなわち織部をいま抱きしめている五峰先生にほかならぬ。なるほど船がジャンクなわけだった。

織部はこれまで、数度ばかり、この人から書物や山水画を買い入れている。茶道具を買ったこともある。がしかし、どの場合も、こんな異体な男をつれて来ることはなかった。今回はまた、

（どうして）

織部はようやく抱擁から解放されるや、右手の杖をにぎりなおした。足もとの砂に、

——このふたりは、どこの国の人々か。

と書いた。

全文、漢文である。杖をわたすと、五峰先生、かろやかな身のこなしで一大文書をしたためる。

彼らは南蛮の商人である。明よりも西、天竺よりも西から来た。何しろ礼節を知

らぬので飲むときは杯（さかずき）をもちいず手ですくい、食うときは箸（はし）を使わず手づかみでやるが、しかし商人であるから猜疑（さいぎ）するには及ばない。彼らはただ有るところから無いところへ物品（もの）をはこぶだけの者である。

織部は、

「はあ」

目をしばたたき、何度も読み返したけれど、いくら何でも飲むとき、食うときうんぬんは嘘（うそ）または誇張だろう。そこまで未開な人間が、はるばるこんなところまで船をあやつって来られるはずがないからである。

逆に言うなら、そんなことまで言ってこちらを安心させねばならないほど、それほどつまり五峰先生は、

（めずらしい品を、買えと）

織部は、身をかたくした。ふたたび杖を受け取ると、まだ何も書かれていない浜まで歩いて行って、

——何ものを、持ち込んだか。

五峰はこんどは、杖を使うことをしなかった。むつかしそうな顔をして首をふるだ

け。要するに、

——ここでは、言えぬ。

ということだろう。

ならば、どこでなら言えるのか。

決まっている。南北に細長いこの種子島の北のはしに近いところにある内城(うちじょう)の殿様にして島の領主・種子島時堯(ときたか)の前なら、

——言う。

ということだろう。よほど自信ある、そうしてよほど機密を要する商品らしかった。

ここに至り、この一件、

（わしの手に、あまる）

織部は、杖をほうり出した。

その場に正座し、目をとじた。考えどころと見たのである。自分はここでどうすべきか。選択肢はふたつ。ひとつは村長である自分の名をもって、

「出て行け」

と言うこと。

九割の場合は、これが正解にちがいない。何しろ相手は正式な停泊許可を得ていないのだし、五峰はいつも得てから来る。べつだん気を悪くしたりもせず、

——なら、よそへ売るか。

とでも言わんばかりに船にもどり、姿を消してしまうだろう。

そうしてほとぼりがさめたころ、ふたたび書物やら山水画やらを持って来るだろう。それでいいのだ。村長のつとめとは、元来、融通のきかぬくらいがちょうどよろしい。

ふたつめの選択肢は、のこり一割。五峰に、

「ここで待て」

と言っておいて、村人を馬に乗せ、内城へ走らせる手である。

殿様の指示をあおぐわけだ。しかしこれは日数を要する上、殿様のこたえが、

——追い返せ。

だった場合には目もあてられぬ。結局おなじではないか。ならばこの場で追い返すほうが五峰にも時間のむだにならないだろう。

織部、なお瞑目。

なお黙考。さーっ、さーっという耳なれた波の音のくりかえしが、このときばかり

は、何かしら借金の返済をせまる商人のだみ声のように聞こえた。

背後で、子供たちが、

「なあ、織部様……」

おずおず声を出したのを機に、織部は目をあけた。

あごを、くいと上へ向けた。

南蛮人ふたりを見て、それから立ちあがった。杖をひろいあげ、五峰へちらりと目くばせしてから、右ふたつのうち、いずれでもない選択をした。

船にもどれ。帆をたため。絶対によそへ行かぬように。赤尾木(あかおぎ)の港へ曳航(えいこう)する。

さらに浜へ大きな字で、
そのための曳(ひ)き舟は、殿様に出してもらう。わしは陸路で出発する。内城でまた会おう。殿様への口添えもわしがする。
村長の、独断。

であることをはるかにこえて、結果的に、これは日本史そのものを変革した最高度の政治的選択となった。へたをしたら種子島時堯から、

——僭越(せんえつ)きわまりなし。

ということで切腹を命じられても仕方がなく、実際このとき織部はそれを覚悟したが、しかしそれでもあえてこの独断をしたのは、これは純粋に、

（殿様の、ため）

もっと言うと、

（島の、ため）

種子島はいま、戦争の渦中にある。

島の存亡にかかわる戦争である。目下のところは休戦中であり、今後ふたたび兵端(へいたん)がひらかれるかどうかはわからないが、しかしもしも、もしもこの五峰という海賊の頭領がそのことを知った上で来ているのだとしたら、この南蛮人ふたりの商品とやら、

（役立つ、か）

追い返すわけには断じていかない。浜で待たせるのも得策ではない。もちろん書画とか壺とかいう不要不急の品の可能性もあるが、それよりも大きな問題は、

（殿様）

種子島時堯は、まだ十六歳なのである。

戦争の総司令官である。どちらにしても冷静な判断が、

（できるか）

五峰はうなずき、

――言うとおりにする。

の意を示した。織部はふりむき、子供たちへ、

「このことは、親にも言ってはいけないよ。心配いらない。わしがぜんぶ解決する」

と諭して家に帰らせ、杖をすてて内城へ出発した。

†

そもそも、種子島は。

鹿児島と沖縄のあいだへ弧を描くよう置きならべられた大小無数の大隅諸島の島々のうち、北のはし、つまり鹿児島にもっとも近いところにある。

面積は、琵琶湖より小さい。

がしかしそれが京の朝廷の支配系統に組み込まれた歴史は琵琶湖なみに古く、近江(おうみの)国(くに)、薩摩国(さつまのくに)のような一国ではないものの、

——一国に準ずる。

というあつかいを受けたことは、はやくも奈良(なら)時代にさかのぼることができる。朝廷はふつうなら国司(こくし)と呼ばれる地方官を京から派遣するところ、国司のかわりに、

——島司(とうし)。

をつかわし、ふつうなら国分寺(こくぶんじ)と呼ばれる宗教支配の拠点を置くところ、国分寺のかわりに、

——島分寺(とうぶんじ)。

を置いた。

もっとも、風向きによっては桜島(さくらじま)の火山灰が飛んでくるほど距離がちかいためか、或(あ)る時期から本土（大隅国）に組み入れられ、室町期以降は、種子島氏が支配した。

種子島氏とは、どんな素性か。

その正史である『種子島家譜(かふ)』は、冒頭で、以下のように記しとどめる。

平清盛(たいらのきよもり)の孫・行盛(ゆきもり)は壇(だん)ノ浦(うら)で源氏(げんじ)にやぶれたが、行盛の子・信基(のぶもと)はまだおさな

く、母とひそかに鎌倉へ行き、北条時政をたよりにした。北条時政はこれを大いに厚遇し、種子島、屋久島、硫黄島など計十二島をあたえた。

平清盛、北条時政（鎌倉幕府初代執権）という有名人の名をくりだして中央とのつながりを強調するけれども、実際はおそらく室町期以降に成長した土着勢力が島を統一し、島の名前から、

——種子島氏。

を名のり、あとから始祖伝説をつけ足したのだろう。とにかく家譜上は、右の信基が初代となり、そこから数えて十四代目にあたるのが当代の種子島時堯にほかならなかった。

その時堯へ会うなり、織部はかくかくしかじかと事情を述べて、

「すぐに、曳き舟をおつかわしあれ。あの大きさだと十よりももっと必要で……」

「うつけ！」

場所は、内城内の御殿である。

御殿といっても、のちの徳川時代におけるそれのように畳を敷きつめ、襖をめぐらし、ときに天井にまで絵を描くような豪華なものではない。

床は、板敷き。

戸も板戸で、この君臣はしかも立ったまま話をしている。

「うつけ、うつけ」

時堯は、くりかえすが十六歳。はやくも頬を紅潮させて、ドンドンと足で音を立てて、

「何をおぬし、村長の分際で勝手に」

「そこはそれ、いま申し上げたとおり、幾重にもお詫びいたします。腹を切れと言われれば」

「切れ切れ。この庭で」

と、時堯はバタリと板戸をあけた。

庭もやはり素朴である。ところどころに白っぽい飛び石が置いてあるものの、基本的には黒土を敷きつめただけ。

池はなく、東屋はなく、まわりにあるいは岩を配し、あるいは、ねむのき、がまずみ、たぶのき、やぶつばきなど島内産の木を配するのみ。それらの木々が自分の血しぶきで汚れるさまを織部はつかのま脳裡に浮かべつつ、ふたたび若殿を見て、

「ただし切るのは曳き舟を出し、あの南蛮人をこの庭へいざなってからです。もし

も」

と、そこで織部は口をつぐんだ。

時堯のうしろでは、四、五人の家臣が突っ立っている。

みな懸念顔（けねんがお）をしているが、しかし織部は知っている。かならずしも全員が全員、時堯への忠誠の念みなぎるとは、

（かぎらぬ）

織部はにわかに耳もとへ口を寄せ、ごく小さな声で、

「もしも彼らが、屋久島へ行ったら」

屋久島は、種子島と、

——一対。

ともいえるような島である。

種子島の南西約五里（り）（約二〇キロ）の海に浮かぶ。面積は種子島よりやや大きいけれど、その九割が山林であるため人口は少ない。時堯はとたんに身をそらし、

「出せ」

「え？」

背後の家臣へ、

「何をしている。はよう曳き舟を出せ」

翻心に躊躇がない。若いせいもあるけれど、元来、精神におもてうらがないのである。

こういう人間はおおむね極端に有能か、極端に単純かのどちらかである。この若殿は、

(どっちかな)

織部は腰を折り、

「かたじけのうございます」

と、ことさら恐れ入ってみせてから、

「念のためうかがいますが、このことは、ご隠居様には?」

「何?」

「ご隠居様です。殿のお父上であられる、先代・恵時様……」

「言うな。つまはじきにしろ。織部」

「はっ」

「つまらぬ話だったら、おぬし、まことに腹を切れよ」

二日後。

おなじ庭に、あの南蛮人ふたりが立っている。

曇り空のせいだろう。ふたりとも帽子をつけておらず、顔があらわれ、若干の個性があらわれていた。ひとりは黒髪で鼻が高い。もうひとりは髪が砂色で、あごがやたらと長かった。

時堯は板の間に座し、彼らに相対している。

床が庭よりも高いのだが、それでも南蛮人たちを見おろす恰好にはならない。左右には数人の家臣たち。織部はそのさらに右、やや離れたところへ正座して、時堯の横顔をぬすみ見しつつ、

（さあ、どうなるか）

この日の通訳は、内城下、住乗院という法華宗の寺の住職がつとめる。巻紙をとり、筆ですらすらと書きつけて、南蛮人たちの横にいる五峰先生へわたすのである。

時堯、第一問。

この時代の武将らしく、

「蛮種ども、名は何か」

五峰の返事。黒髪のほうは、

——アントニオ・ダ・モッタ。

であり、砂色の髪のほうは、

——フランシスコ・ゼイモト。

当人もそれぞれ口をひらいて発音したが、織部には、いや、おそらく時堯をふくむ日本人すべてにも、動物の鳴き声にしか聞こえなかった。あちらが何度も言いなおし、こちらが何度も首をかしげたあげく、織部は時堯へ、

「黒髪は『猛太』と呼びましょう。後者は『むしゃくしゃ』」

「ぷっ」

時堯は破顔した。前者はともかく、後者はフランシスコという音をせいいっぱい耳で咀嚼した末のまじめな提案だったのだけれども、しかしこれで少し場が和んだことは事実だった。

第二問、

「蛮種ども、何を売りに来たか」

「筆では説明できない。刮目して現物を見よ」

いいいいむしゃくしゃは身をかがめ、あらかじめ足もとに置いてあった蠟ぬりの木箱から、何ものかを取り出した。

なるほどそれは、

——何ものか。

としか呼びようのないしろものだった。基本的には太刀(たち)ほどの長さの黒い鉄の棒なのだが、その棒は、なかが中空になっている。

むしゃくしゃは、それを横に倒してみせた。右のはしっこは筒穴(つつあな)がむきだしになっているが、左のほうは小さな部品がごちゃごちゃと取り付けられ、底がふさがれている感じである。

部品群はおおむね鉄製のようだけれども、特に目につくのは、白い縄だった。これだけは鉄製ではない。日本でも当たり前に見られるような、麻(あさ)か何かの繊維のそれが蛇(へび)のごとく鎌首をもたげている。それらの下では木製の持ち手が左下へのびていて、全体としては、漢字の部首の、

(がんだれ「厂」、かな)

織部は、そんな連想をしたりした。

むしゃくしゃの手は、とまらない。

右の筒穴から黒い粉薬のようなものを入れ、鉛の玉を入れ、木の棒でぎゅうぎゅう底へおしこむ。それから部品群をかちゃかちゃと動かして、白い縄の先に火をつけ

た。

　ちり

　ちり

と音を立てつつ、縄の先が赤く光る。

むしゃくしゃは片ひざをつき、右手で持ち手をにぎった。

左手を前へのばし、鉄の筒の下にそえた。

筒の下には、木の枠が嵌めこまれている。それを左手でつかんだのである。あるいは鉄の筒をじかに握ってはいけない理由でも、

（あるのかな）

この間。

猛太のほうは何をしていたか。

彼はまげを結わぬ黒髪を風になびかせつつ、織部から見て右のはし、いちばん大きな庭石のところへ行って、石の上に、一枚の皿を立てていた。

皿は、素焼き。

大きさは手のひらほど。たまたま石のくぼみに嵌まったらしく、直立してむしゃくしゃに相対した。

織部は、ふたたびむしゃくしゃを見た。彼はやはり片ひざをついたまま、細い筒先をその皿へ向け、薄い色の目を眇めている。

その右手は、人さし指だけ、前へのびた。

持ち手の下の、片仮名の「ノ」の字のかたちの金具にひっかかる。ぐいと指でにぎるようにすると、一、二、三と数えるほどの間のあとで、
ぱん。

庭木の鳥が、いっせいに空へ逃げた。

その馬鹿さわぎのような羽音のなか、

（かみなり）

と、織部だけではない、ほかの日本人みんなが思ったにちがいなかった。

雲を押し上げるような破裂音もそうだけれど、それと同時に、筒先に点じた閃光のまぶしさときたら。昼なのに星。いや太陽。織部はその場に伏せ、頭をかかえた。

破裂音の余韻がようやく彼方へ去ったところで、頭を上げ、おそるおそる目をあける。

むしゃくしゃを見る。無事だった。手を腰にあてて立ち、愉快そうな顔をして、

――あっちを見ろ。

と言わんばかりに相棒のほうを指さした。

猛太もおなじ笑顔である。ただ庭石の上には素焼きの皿はなく、その粉（こな）が、または破片（かけら）が、ひじょうに広い範囲にわたって庭土の上へ直播（じかま）きされていた。

五峰先生、すかさず筆談で、

――これは鉄砲という道具である。縄の火と火薬の力を利用して鉛の玉を押し出した。鉛の玉は人間の目ではとらえきれぬ速さで空中を進み、皿を破壊したのである。殿様のご感想、いかがなりや。

時尭は、皿のあったところを見つめたまま、

「……てっぽう」

沈黙した。そうして、ずいぶん長いこと経（た）ってから紫色の唇（くちびる）をひらいて、

「珍なり」

と返事をあたえたのである。

織部も、思考がとまった。

ふたたび動き出して、ようやく、

（皿ではない）

そのことに気づいた。鉄砲というこの道具がほんとうに鉛の玉を打ち出すべき的（まと）

は、皿ではなく、

（人）

つまり、人殺しの道具。これは試射にすぎないのだ。じつのところ織部は二日前、はじめに彼らと浜で筆談したときにはもう武器の話かと予想はしていた。だがそれは、せいぜい、

――刀かな。よほど切れ味のいい。

くらいのものだった。これほどとは思わなかった。織部はみょうに安堵（あんど）して、

（これで、腹切りはまぬかれた）

この瞬間。

日本人は、新兵器と遭遇した。

のではない。そんなものを大きく超えた二つのものと出会っている。

ひとつはヨーロッパ文化そのものだった。日本人とは体つきも顔もまったくちがう人々が、ちがう服を着て、ちがう帽子をかぶり、おなじ人間とは思われぬ激しい身ぶり手ぶりとともに発語する。文章をつらねる。その文章の意味内容は、こちらにはまったく理解できないのである。

たかだか人間ふたりでこの違和感である。彼らの故郷だという世界の西の果ての

「ぽるとがる」なる国は、どれほど想像を絶するのか。無数の彼らが住んでいるのか。多少は日本人に似(に)た者もいるのか。地形は。天気は。こよみは。太陽と月はおなじ明るさか。川の水のつめたさは。家のかたちは。食いものは。

女はいるのか。いるなら男女は交媾(こうこう)するのか、しないのか。子供のふるまいはどんななのか。彼らも飢えれば死ぬのだろうか。

疑問はかぎりないにしろ、とにかくそこにいるのは、

――人間だ。

それを知ったこと自体は、日本人の巨大な進歩だった。

ほとんど一足とびだろう。世界の果てには竜はいないし、阿弥陀如来(あみだにょらい)もいない。海がまるまる滝と落ちているわけでもない。要するに、そこにも人間がいるだけなのだ。

がしかし、よりいっそう深刻なのは、もうひとつのほうだった。

それはヨーロッパ文化よりもさらに大きな、人類普遍の、

――文明。

というものだった。

文化と文明は、どうちがうか。織部たちは、ひいては日本人全体が、この問いをこ

れから何世紀にもわたり、何度も脳裡に灯すことになる。この場合はこう定義づけられるだろう。この世の人間のいとなみのうち一度しか起きないものが文化であり、何度も起こり得るものが文明なのだと。

早い話が、彼らの着ている衣服のかたち、身ぶり手ぶり、言語、そういうものは彼らどうしでしか通じない。彼らの故国でしか通じない。織部にはただ「わからない」という感想しかないし、五峰も同様であることは、彼らとの会話のため別の中国人の通事を介していることがその一端を示している。そこではポルトガルで起きることが、中国や日本でも起きるとはかぎらないのだ。

だが鉄砲はちがう。「わからない」ものでは決してない。なるほど発明したのはポルトガル人かもしれないし、他の国の人間かもしれないけれども、どっちにしろ同一の条件がそろえば同一の結果が発生する。

ポルトガルでも、種子島でも、鉛の玉はとびだすのである。むろん織部は、右のことを、はっきり意識したわけではない。ただ何となく、この世には、文化とは異なる、

――文明なるものが、ある。

それを予見しただけだった。

しかしその文化ならぬ文明こそが彼らに地球が丸いという事実を発見させ、信じがたいほど巨大な帆船を建造させ、羅針盤(らしんばん)とかいう太陽や月や星座にたよらず方位を知ることのできる便利な道具を発明させ、そうしてその帆船と羅針盤の力を利用してこの丸い地球の裏側へはるばる旅して来させた。西ノ村織部という十六世紀の端役(はやく)の役者は、このとき自分でも知らぬうちに、

——近代。

の舞台に立たされている。世界史における近代である。

ともあれ、種子島時堯。

若いだけに、驚愕(きょうがく)からの回復も早い。通訳の仏僧へ、

「皿だけか」

「え?」

「人も討(う)てるか、問え」

仏僧は一瞬、いやな顔をした。

彼らの教えは殺生(せっしょう)を禁じる。当然の反応だろう。それでも五峰へ筆で問うて、

——討てる。

との答を得ると、時堯は、

「しくみを、問え」

それから鉄砲の原理と構造について数度のやりとりがあったが、隔靴掻痒の応酬である。時堯は失望をあらわにした。

質問を変えて、

「蛮種はそれを何挺、持参したか」

「二挺」

「売値は、いくらか」

「銀五千匁」

「一挺あたりか。二挺でか」

「一挺あたり」

二挺で一万匁。屋敷の四、五軒は楽に建つ。南蛮人め、これはよっぽど、

（ふっかけている）

と、織部は察知したけれども、時堯は値下げを言い出さず、

「買う」

「ならぬ！」

と、声があがった。

鉄砲の発射音にも劣らぬ大音声(だいおんじょう)。そのぬしは、時堯の左どなりに座していた。年のころは、四十ほど。

唇の左右にみじかいひげを生やしているが、これはじつは家臣ではない。

種子島恵時にほかならなかった。時堯の父であり、先代——第十三代——の殿様。

この男が怒る(いか)ときの癖で、ぎしぎしと音を立てて貧乏ゆすりしながら、

「それほどの銀を、かくのごとき玩具につぎこむとは。島の経営(いとなみ)がかたむこう」

時堯は、目を合わせない。あくまでも庭へ目を向けたまま、

「お黙りなされ」

「屋久島であろう」

「…………」

「おぬしはあの鉄砲をたずさえて、ふたたび屋久島へ攻めこむ気なのじゃ。だがもう無理じゃ。血気に逸(はや)るな。あれはもうわれらの手のなかのものではない。なるほどその鉄砲とかいうやつ、威力はすさまじいようだが、たかだか二挺ではどうにもならぬ。西ノ村織部丞」

「は、はっ」

と、思わず平伏した織部へ、

「腹を切れ」

「えっ」

「いかさま余計なことをしてくれた。われらにろくに相談もせず、このような得体(えたい)の知れぬ者どもを連れこませ、時堯の心を惑わした」

「ご隠居」

と、さえぎったのは時堯である。ようやく父のほうへ顔を向け、

「島守(しまもり)はこのわしじゃ。そのほうは人に命じる立場ではない」

「そ、そのほう？」

父は顔をまっ赤にした。「そのほう」は二人称の代名詞である。相手が対等または下位にあるときに使う。

実の父親へ放つべき言葉の矢ではない。時堯はさらに、こんどは織部へ、

「おぬしには、あとで褒美(ほうび)をつかわす。二、三日は城でゆっくりしろ」

「は、はい。勿体(もったい)のうござりまする」

その晩は、おなじ御殿内の大広間で、交渉成立の祝宴となった。五峰先生は上きげんだった。織部が瓶子(へいじ)の酒をついでやりながら、

「やはりあなたは、屋久島の件を知って来たのか」

もう片方の手で、腿に字を書いて問うた。五峰の返事は、

「もちろん」

やはりそうかと思うと同時に、あの大金のうちのどれほどが、仲介料として、

(この人の、ふところに)

時堯は、つぎつぎと刺身の大皿を持って来させた。猛太とむしゃくしゃはほんとうに手でつかんで食ったけれども、ただし飲むほうは手ではなく、船から持って来たらしい金属製の、足つきの杯をもちいていた。

五峰先生、やはり多少誇張したらしかった。

†

しかし翌日の早朝、織部は、

――西ノ村へ、帰ります。村人にいささかいがあり、私が裁かねばなりませんので。

と時堯の近侍へ言い置いて、ひとり御殿を出てしまった。

村人うんぬんは口実である。褒美はいらない。このまま城内でゆっくりしていたら、時堯はともかく父の恵時の手の者に、

（討たれる）

それを恐れた。恵時はまがりなりにも前領主である。その譲位のいきさつも、後述するが、例の屋久島の件もからんで複雑この上なかったから、家臣のなかには、特に年嵩のそれには、

――復位あるべし。

そう思っている者が何人もいる。

その何人もいるということを、現領主・時堯もじゅうぶん心得ているわけで、城内はつまり、一種の内紛状態なのだ。その内紛に巻きこまれるのだけは、

（かなわん）

が、門のところで、うしろの襟をつかまれた。体の向きを変え、手でふりはらって、

「殿様！」

種子島時堯である。

みずから追いかけて来たのだ。うしろには近習の侍も何人かいる。息を荒くして、

「逃げるか、織部」

「そんな。滅相もない。ただ村人にいさかいが……」

「十挺はほしい」

と、両手をひろげて見せた。織部は、

「はあ?」

「百挺とは言わぬまでも。たった二挺では、屋久島は取り返せぬ」

(たしかに)

と、織部は思った。あの鉄砲というやつ、いくら殺傷能力が高くても、鉛の玉をこめ、火縄に火をつけて打ち出すまでには時間がかかるし、打ち出したら筒のなかが煤(すす)だらけになる。新しい鉛玉をつめこむにも、いちいち特別な道具で掃き出してやらなければならない。

武器としては、軒端(のきば)の雨だれよりも間遠(まどお)なのである。織部は、

「それじゃあ、南蛮人からまた買えば……」

と口に出しかけて、

「だめか。猛太とむしゃくしゃは、じき島を去ると言っていたし、また持って来てもらうには半年や一年はかかるでしょう。こっちの銀も、足りるかどうか」

「買うならば、な」

「何と?」

織部は、じかに聞き返した。意味がわからない。

時堯は、

「つくる」

言いきった。

「つくる、とは……」

「鉄砲をこしらえるのだ、この種子島で。島の者だけで。おぬしはその製作を差配しろ。一挺しばらく貸してやる故、仕組みをしらべる者、火薬の材料をそろえる者、鉄を打つ者、その他もろもろの人選をせい」

要するに、

――監督しろ。

ということだった。織部は目をひんむいて、

「えっ。ええっ」

なぜ自分に、と問おうとしたが、時堯のほうが先に、

「この島では、頭がいいのは仏僧か村長だけだ。仏僧は殺生をいやがる」

「村長なら、わしのほかにも」

「実際に見たのは、おぬしひとりじゃ」

「いやいや、ほかにも賢い方々は。ご一族やご近習にも」

「責めが」

と時堯は小声で言い、顔をそらした。

冗談じゃない、と織部はさけびたくなった。責めとはこの場合、結果的に負わされる責任のことだろう。何しろ一万匁もの銀をついやした上、さらなる大銭をつぎこむことになる大計画である。

――失敗した。

となったときには、時堯も、父および父の徒党の手前がある。誰かに詰め腹を切らせねばならず、その誰かが一族や近習であったりしたら時堯その人も無傷ではいられない。

とかげのしっぽは、いつでも切れるに越したことはないのである。時堯はふたたび織部を見て、

「ことわったら、これじゃ」

帯にはさんだ扇子を抜き、こちらへ突き出した。

腹にあてて、横へ引いた。織部はつい目をつぶってしまった。ことわっても切腹、受けて失敗しても切腹。

　そうして成功の可能性はかぎりなく低いに決まっているのだ。あんな精巧かつ危険なしろものの、

（自作（てづくり）など）

「織部、わかっておろうな。これほど張り合いのある仕事はないのだぞ。もしも事成（ことな）ればおぬしの名はすえながく島に語り継がれるだろう、子孫の名誉もはかり知れぬ。よいな織部。聞き分けたな」

　織部はうなずき、城内へもどり、空家の屋敷をひとつ借りた。西ノ村へは、

（いつ、帰れるか）

　妻子の顔を思い浮かべて、織部はその晩、少し泣いた。

†

　種子島家が屋久島をうばわれたのは天文十二年（一五四三）三月だから、たかだか五か月前のことにすぎぬ。

　うばったのは、本土の名家だった。規模からいえば、

　――大名。

ともいえるかもしれぬ。大隅国富田城を本拠とし、大隅半島南部を支配した禰寝氏である。

その家史は、はるか鎌倉期にさかのぼる。鎌倉幕府の発足とともに幕府より当該地域を安堵され、地頭をつとめ、所領には多少の異同があるものの基本的には土着のまま成長して南北朝期をのりこえ、室町期をのりこえて現在にいたる。少なくとも三百五十年の歴史がある。

ただし現在は、何しろ戦国時代である。周囲の、

肝付
伊東
伊地知
島津

といったような土豪との抗争がいちじるしく、しばしば苦戦する。そういう時代環境のなか、第十六代（？）当主・禰寝重長は、二百人あまりの兵を数艘の舟に分乗させ、種子島北端の浦田の港に上陸させたのである。

はっきりと侵略。種子島のほうから見れば大艦隊にほかならなかった。

禰寝重長には、大義がある。

——種子島の領主は、無辜の民を苦しめている。自分はそれを救いに来た。

ありふれた口実である。もっともこれは、事実でないこともなかった。種子島の領主は第十三代・種子島恵時だったが、若いころから他人の苦労に対しては極度に鈍感なところがあり、或る日とつぜん、

——新しい御殿を、造営する。

と宣言して島人を徴し、普請にあたらせるのはまだしも、それが完成せぬうちに、

——気に入らん。べつのところへ建てなおそう。

と、一からやりなおしを命じたりする。

銀の濫費もはなはだしかった。一部の家臣は、途方に暮れて、

——諫めてください。

と、弟の時述にたのみこんだが、この弟がまた小心者で、ようやくおそるおそる、

「兄上、ちょっと身をつつしまれてはいかがですか。下々はみな困苦していると」

「何だと！」

「あ、いや、そのように家臣どもが申しております」

と弁解し、その家臣の名前までいちいち白状したものだから、恵時はかえって、

——弟が、一派をなしている。

そう信じ、政務の場から締め出した。弟はもう心臓がちぢみあがったようになり、

——じき、討たれる。

と思ったのにちがいない。まるで囚人が獄外の空気をもとめるようにして本土へひそかに使者をやり、かねて親交のあった禰寝重長へ、

——助けてくれ。

重長にしてみれば、恰好の口実がころがりこんで来たわけだ。重長はもともと種子島恵時が気に入らなかった。恵時はむしろ禰寝氏の旧敵・島津氏のほうと以前から親密で、いろいろ物産のやりとりもしていたからである。

——種子島をたたいて、島津の利を阻（はば）む。

すなわち例の大艦隊の派遣だった。

もっとも、実際の侵略はのんびりしたものだった。重長は浦田の港に上陸するや、まず使者を内城へやり、

——これから、襲うぞ。

と予告させたのである。

不意打ちは名誉にかかわると思ったのか、あるいは予告しても楽勝できるとふんだのか。

内城は、仰天した。

家臣どもが大さわぎになった。たまたま恵時は城内におらず、城の一キロほど南、甲女川(こうめがわ)のほとりの屋久田(やくた)というところに建てさせた、数寄(すき)を凝らした屋敷で静養していたので、家老・野間伯耆守(のまほうきのかみ)が人をやり、かくかくしかじかと伝えさせると、

「禰寝が」

恵時もさすがに顔面蒼白(そうはく)になり、声をふるわせて、

「敵の目的(めあて)は、わしであろう。しばらく屋久島へ難を避ける。時堯」

「は、はい」

時堯は、背すじをのばした（厳密にはこの時点での名前は時堯ではなく直時だが、本稿では時堯で通すことにする）。

父・恵時はこの十六歳の長男の顔をじっと見て、

「城へ入れ」

それから家臣たちへ、

「そのほうらは時堯にしたがい、城をまもれ」

言いのこし、夜のうちに屋敷を出た。すなわち種子島家第十三代当主・恵時は従者数人をつれて島の西側、浜津脇(はまつわき)の港にいたり、小舟に乗り、五里先の屋久島へと渡海

したのである。

　ふだんの言動が豪快なわりには、要するに、

　――逃げた。

　と言われても仕方のない行動だった。

　翌日早朝、予告どおり、敵は城をかこんだ。

　敵兵は、くりかえすが二百あまり。こちらは五十人程度である。時堯は、

「万死を出でて一生に会い、美名を後代に挙げるべし」

　と訓示し、こちらから打って出るよう彼らに命じた。

　この瞬間から時堯は、事実上、島の主人になったといえる。彼らは、

「わっ」

　と声をあげつつ城の南側へ出て、門の前で斬り合いになった。

　種子島勢でもっとも奮戦したのは、鮫島図書という近習だった。

　太刀を取っては、

　――種子島一。

　と言われた男だが、頭もよかった。敵の一群にあたると、むやみに突き込むことをせず、少し斬りつけては下がり、少し斬りつけては下がりする。そのつど田楽おどり

を踊るようにして、

「その程度かヤ、その程度かヤ禰寝の勇みは」

　敵は逆上し、しゃにむに突っ込んでくる。隊列がみだれる。そのみだれたところへ突き込んで行って、こんどはぞんぶんに斬り伏せるのである。

　これで五、六人を死体にした。しかし何かの拍子に足をすべらせ、尻もちをついたところ、これはすぐに立ちあがったのだが、敵兵に、

「その程度かヤ」

　と言われて逆上した。鮫島は、

「これが、多禰《たね》（種子島の古名）の精神《こころ》ぞ！」

　頭上で刀をふりまわしつつ、敵中ふかく飛びこんで首がすっとんだ。櫓《やぐら》の屋根に落ちたという。

　鮫島が死ぬと、いっきに形勢がかたむいた。

　国上九郎、日高甲斐、有留伊賀、長野平左衛門ほか十人あまりが戦死した。もともと多勢に無勢である上に、種子島勢は、結局のところ修羅場そのものに慣れていなかったのである。

　彼らは総くずれになり、城内へ逃げた。

それを追うようにして禰寝勢も乱入したけれども、乱入者もまた、血を見ていきり立っている。

「領主はどこだ」

「首をとれ」

恵時はいまごろ屋久島だろう。準領主というべき時堯もまた、このときにはもう北門から城を出て、妙久寺という寺に入ってしまっている。

もとより、死は覚悟の上である。本尊を背にしてあぐらをかき、家臣たちへ、

「誰ぞ、使いに出ろ」

と言ったけれども、誰も恐れて行こうとしない。寺にはたまたま狩野珠幸とかいう旅人がいて、泉州堺から来たという。時堯みずから呼び出して、

「堺といえば、日本一の富貴の地。そこからの客なら向こうも危害は加えぬだろう。たのむ。ひとつ行ってくれんか」

珠幸は、三十すぎの男である。

しもぶくれの顔、ぽってりと牡丹色をした唇は、どうみても終戦交渉むきではない。扇をひらき、ひたいの上でひらひらさせて、

「あたしゃ、絵師ですよ」

「たのむ。たのむ」

「仕方ないなあ」

珠幸は渋柿色の丸頭巾をかぶり、住職に借りた杖をついて城内に入った。

禰寝重長自身も、このころにはもう上陸し入城している。その前に出て、

「禰寝様、時堯はもはや力も尽き申した。腹を切る故、人をよこして検視していただきたい」

と、教えられたとおりの口上を述べたところ、重長の返事は、意外にも措辞丁寧に、

「なんで死ぬ必要があろう。私はもともと時堯君には怨みはない。ただ父の恵時があまりに無道で、民を苦しめたと聞いたから正義をおこなったまでの話なのだ。思うに、われらの家は、祖先は共通であろう（禰寝氏は平家の子孫を称する）。これからは兄弟同様、親しくしようではないか。もっとも兄弟であるからには、別居するのはよろしくない。あえて割って入って仲をへだてようとする邪念の輩があらわれるやもしれぬ故、いっしょに住もうではないか」

要するに、

――しばらく帰らんぞ。管理下に置かれろ。

という意味である。珠幸絵師から話を聞くと、時堯は、

「やむを得まい」

禰寝重長はその日のうちに、城内でいちばん広壮な屋敷を接収し、住みはじめた。家老・平山友重（ひらやまともしげ）のそれである。時堯は妙久寺を出て、おなじ敷地内にある家老の長男の家に入った。目と鼻の先である。数日後、重長に呼び出された。

時堯はすぐに訪問した。重長はことさら深刻な顔をして、

「そろそろ、本土に帰らねば」

「えっ」

「本土は本土で、むつかしいことが多うてな。わしの不在をいいことに、近隣の氏族がよからぬことをたくらんでいるらしい」

（そいつは）

時堯は内心、花が咲く思いがした。重長はそんな胸中を見すかしたかのごとく、

「帰るには帰るが、ただしこちらは、はからずも、いくさのために数十人の精兵をうしなっている。この贖（あがな）いはしてもらわねば、家臣どもが納得しないであろう」

そっちから島へ上陸して来ておいて「はからずも」も何もあるかと時堯は言いたかったが、いまの時堯には、重長のことばは神のことばである。つばを呑（の）んで、

「贖い、とは」

「屋久島の、ぜんぶとは言わぬ。宮浦、安房、神山の三郡のひとつ、宮浦郡をあずかりたい」

「……時間を、いただく」

時堯はその晩、家臣たちと相談した。家臣のひとり国上時武が言うには、

「屋久島は、おだやかな島です。そこの人々はわれら以上にいくさ慣れしていない。刀を持つ者もわずかです。たとえ宮浦一郡であろうと、そこに二、三十名の兵が屯すれば、のこりの二郡も制したにひとしい」

もちろん重長は、この数日のあいだに兵をやり、そういう実情をじゅうぶん把握した上でこの申し出をしているのだろう。

要するに、

――屋久島を取るか。時堯の命を取るか。

その選択をさせているのだ。家臣たちは、くちぐちに、

「屋久島はこのさい、あきらめましょう」

「時堯様に万が一のことあらば、この種子島までが支えをうしなう」

と、うったえた。

翌朝、時堯はふたたび重長の前へ出て、

「承知した」

重長はうなずき、

「賢明なり。一郡をもとめて一島を得る、もとよりわが欲するところ」

と臆面もなくうそぶいて、時堯に書判させ、百五十人もの騎兵や歩兵を屋久島に駐屯させた。

連れてきた兵のほとんどを送りこんだことになる。ちょっと過剰な感があるが、重長はたぶん、そこには時堯の父にして島津家と親しい恵時がいることが念頭にあったのだろう。兵たちは屋久島の防衛とともに、恵時の監視の役も負ったのである。

以上がつまり、後世の史家が、

——禰寝戦争。

と呼ぶことになる事件の第一幕にほかならなかった。

†

時堯は、そのまま第十四代の当主となった。

何しろ先代がいないのだから、

——当然。

と誰もが見たのだが、事態がいっそう複雑になったのは、翌月、恵時がひょっこり帰って来たことだった。

例の従者数人も、いっしょである。

恵時は、まるで自分が主人であるかのように内城へ入った。たまたま時堯は出かけていた。恵時はむしろ脱出前よりも体に肉がついていて、肌つやもよく、家臣をあつめて上きげんで話をした。

それによれば、事情はこういうことだったらしい。

恵時は禰寝兵により、永田城に幽閉された。

永田城というのは屋久島の北西部、海ちかくにある粗末な城で、この時点では砦にちかい。禰寝兵はつねに四十人ほどが周囲をとりかこんでいて、

——水も、もらさぬ。

と言わんばかりの厳戒態勢だったけれども、数日のうちに事態が変化した。彼らは持参した兵糧を食いつくすと、

「たのむ」

と、恵時へ頭をさげるようになったのである。

彼らいわく、村へ行っても、禰寝氏の名なぞ誰も知らぬ。米のひとつぶも分けてもらえない。しかし種子島氏の名なら、それこそ文字どおり、となり近所の人のように古くから親しみがあるだろう。

そういうわけだから、

――あんたの名を使うことを、ゆるしてくれ。

禰寝兵も、律儀といえば律儀だった。実際、恵時の名を出したところ、村人はすすんで米や魚、蔬菜などをさしだすようになったのである。

恵時は、これですっかり尊敬を得た。

そこで或る夜、ことさらに酒をあつめて宴会をひらくと、彼らはことごとく酔いつぶれてしまう。よほど疲れていたのだろう。恵時は従者とともに城を出て、浜へ下り、小舟に乗り、たった一本の艪をこぎにこいで種子島に着いたのだという。

「それにしても、禰寝兵はだらしないのう。おそらく屋久島なんぞに置き捨てられたことへ不平不満があったのであろうが、あの士気の低さでは、わしの首を取るためにふたたびこっちへ攻めて来る気概はあるまい、あるまい」

恵時はそう言い、あぐらをかき、がらがらと高笑いしたのである。

ところが、時堯が帰城した。父子が話し合う。父の恵時が、

「跡目を相続した？　直時、貴様が？」

「もう時堯です」

「ばかめ」

父は激昂し、ぎしぎしと音を立てて貧乏ゆすりしながら、

「わしが死んだと思うたか、もう帰らぬと思うたか。そもそもわしが屋久島へと逃れたのは、臆したのではない、遠計あってのことだったのじゃ。お前はただじっとしておればよかった。それをわざわざ禰寝のあほうへ屋久島をさしだし、あまっさえ勝手に家を継いで種子島のぬしにおさまるとは犬猫にも劣る」

時堯もまた憤激して、

「ならば、その遠計とやらを聞かせてもらいましょう」

時堯は時堯で、

（父上は、わしを生き餌にした）

そのうらみが、心の泥沼をなしていた。あのときの父の本心は、

――時堯が腹を切れば、自分は赦される。

というところにあったにちがいない。父は、

「遠計とは、島津との連携じゃ」

と言った。時堯は、

(また、何を言い出すか)

と思いつつも、

「つづけられよ」

「おぬしも知るとおり、わしは島津と通じておる。島津なら禰寝に勝てる。わしは屋久島から使いを出し、島津の援軍を乞(こ)おうとしたのじゃ」

「なぜ乞わなかった」

「その前に、禰寝兵が来た。おぬしが敗(ま)けたから」

「む」

時堯は、口をつぐんだ。それを言われると弱い。いくら多勢に無勢であろうと、かりにも武士であるからには、負けは言い訳できないのである。

結局。

この親子の確執は、そのまま家臣間の派閥あらそいになった。

年齢的に恵時に近い者は恵時に近づき、時堯に近い者は時堯に近づくという世のあらゆる党争における基本の構図。父は父で、

「継承はみとめん。当主はわしじゃ」

と言うし、息子は息子で、

「隠居は、だまれ」

ふたりが唯一、意見が一致したのは、

――時述は、処分しよう。

ということだった。

恵時の弟の時述である。そもそも禰寝の介入をまねいた張本人はどうみても時述なのだから、これは当然のことだった。切腹の命を出すのはさすがに時尭がためらったため、父・恵時が出した。

いや、それともうひとつ、

――屋久島を、取り返す。

このことでも、はじめのうちは一致していた。

†

父はくりかえし、

「あやつらは、士気が低い」

とうそぶいた。

あやつらとは禰寝兵である。あんな何もない島に長いこと駐屯させられ、酒はおろか飲み水にもこまる生活にしばりつけられたのでは高くなりようがない。反撃の機会は、

——かならず、来る。

この理屈は、或る意味、滑稽(こっけい)である。何もない島なら無理して取り返さずともいいではないか。

が、そこはそれ、武士の面目(めんもく)にかかわることでもあるし、それ以上に深刻なのは恐怖心だった。禰寝は、本土の雄である。この世での勝ちかたを知りつくしている。もしもその兵どもが、長居するうち、こっちの思いもしなかった屋久島の使いみちを思いついてしまったら。

長期的に、安定的に統治してしまったら。いずれ軍事的にも二倍も三倍も強くなるのではないか……こういうときに、種子島へ、猛太とむしゃくしゃが来たのである。

しかも鉄砲などという、それこそ禰寝どころか島津も肝付も、天下の足利(あしかが)将軍ですら想像もしていないだろう極端に殺傷力の高い武器をもちこんで。

時堯は、それを二挺買った。

相手の言い値で、一万匁の銀とひきかえに。ここで父の恵時は、

――ならぬ。

つまり、鉄砲購入に反対した。それはそれで合理的な判断だった。いくら何でもそんな支出をしたのでは島の経営がかたむく上、それを時堯は国産化しようと考えている。

金はさらにかかるだろう、人手もかかるだろう、それでも成功確実とは言えぬというより、しない割合のほうが高いにきまっている。恵時があのとき、屋久島はもう「われらの手のなかのものではない」とまで言って時堯を制止しようとしたのは、あんまり屋久島の奪還にこだわりすぎて種子島の政治が破綻するのでは、

――本末転倒。

と思ったのにちがいなかった。恵時は直情の人だけれども、このあたりは経験の人でもある。父子の対立はいよいよ深くなった。

ということは、織部は、いよいよ微妙な立場に立たされたということでもある。南蛮人をつれてきた罪により腹を切らせられるのは一応まぬかれたけれど、ゆくゆく事態がどのようになろうとも、二大派閥の谷に落ちこんだら、貧乏くじは、

（避けられぬ）

織部はむしろ、

（あのとき、切腹していたら）

そのほうが結局のところ気が楽だったのではないかと思いつつ、行動を開始した。

時堯に「鉄砲をつくれ」と命じられたその日の昼、内城の南西方、

——黒山。

という名の町へ足をふみいれたのである。

黒山は、刀鍛冶の町である。

†

いや、黒山というより種子島という島そのものが、元来、刀づくりに適していた。

何しろ砂浜が多いから砂鉄はいくらでも採れる上、山には松がたくさんある。松炭は、ほかの木のそれよりも遥かに高温になるのである。

その高温で、山の鋳屋たちが砂鉄をきたえる。

より純度の高い玉鋼にして、黒山の町へおろす。黒山の刀鍛冶はその玉鋼をまた

熱し、打って延ばして刀にするのだ。刀鍛冶たちの屋敷はみな玉川（たまがわ）にそって並んでいる。その水は古来、どういうわけか、きたえた刀をじゅっと冷やす、いわゆる焼き入れのために最適とされてきたのである。

　科学的な理由というより、一種の伝承でもあったろうか。織部はそのうちの一軒、八板金兵衛（やいたきんべえ）という者のところの戸をたたき、

「おたのみ申す。おたのみ申す」

　ほかの者は、考えられなかった。金兵衛こそは種子島第一の刀匠（とうしょう）であり、その刀は、大人の両腕がまわらぬような杉の木をも、

　――切る。

といわれるほどだったからである。年齢が織部と同世代だったことも、何となく気安い感じがした。

　門へは、女房が出て来た。

　何でも前の晩、よほど根をつめる仕事をしたとかで、まだ寝ているという。織部は、

「起こしてくれ」

　屋敷へ上がり、板の間へ通され、たっぷり半刻（はんとき）（約一時間）も待ったあとで、よう

やく金兵衛その人が、

「何じゃ」

織部の前にあぐらをかいた。織部は、

「これを」

風呂敷づつみをとき、鉄砲一挺をぐっと胸におしつけた。

時堯より借り受けた秘宝中の秘宝。知らない者には黒い長い棒にしか見えぬものだが、金兵衛がそれを両手でつかみ、

「ほう」

顔色ひとつ変えぬまま縦にしたり、横にしたりして見ているのは、おそらくもう噂がとどいているのだろう。織部が身をのりだして、

「殿様の命です。この形状が……」

「つくれるよ」

「えっ」

「鉄というのは、熱するかぎりは飴じゃからな。鎚ひとつで、いかようにもなる」

あんまり淡々と言われるので、織部はかえって息せきって、

「いや、金兵衛殿、こう見えても細かい部品のあつまりで……」

「それを言うなら、刀もおなじだ。あれも切先、物打、刃先、鎬、峰、茎などの部分のあつまり」

「それは、まあ」

「刀のほうが、むつかしい」

「はあ」

織部は、二の句が継げなかった。部品と部分はちがうのではないかという気もするが、それはそれとして、技術者というのは、

(大したものだ)

そう思わざるを得なかった。種子島というのはちっぽけな島だが、ひょっとしたら、海の向こうの南蛮国とやらにも負けていないのではないか。

織部は気をとりなおし、

「期間は、いかほど」

二年も三年もかかったのでは、禰寝氏による屋久島の支配が既成事実化する。日ごとに奪還はむつかしくなる。

金兵衛は、これもあっさり、

「半年」

「そんな短い？」

「そいつも、つくろうか」

と金兵衛が指さしたのは、織部のひざの先だった。風呂敷の上でくたりと白い革ぶくろが寝ていて、なかから四つ五つ、黒い弾丸（たま）がころがり出ている。

「お願いします」

「やらぬ」

「え？」

「わしは、やらぬ」

金兵衛はそう言い、すずしい顔をする。織部はつかのま呆然（ぼうぜん）としたが、片膝立ちになり、

「何をこの、恥ずべき翻心……」

「ちがう、ちがう。わしが手を出すほどもないという意味じゃ。牧瀬（まきせ）にやらせよう」

「まきせ？」

「牧瀬今兵衛（こんぴょうえ）、わしの弟子じゃ。ここから玉川をさかのぼること三軒目の屋敷に住居（すまい）しておる。この島ではまあ、わしに次ぐ二番手というところだろうよ」

何だか金兵衛の手のなかで弄（もてあそ）ばれている気もしないでもないが、織部はそれで

も、

「かたじけない」

ふかく礼をし、言われたとおり三軒となりを訪問した。また女房が出て来た。この町では、よほど男どもの手が、

(足りないのかな)

女房のあとについて屋敷へ入ると、入ったところの土間の上に、そいつはあぐらをかいていた。

烏帽子をかぶり、浅黄の素襖に身をつつみ、どうやら小槌の手入れをしていたらしい。女房はどこかへ行ってしまった。織部が来意を告げたところ、

「ハヤ」

牧瀬今兵衛はその場に正座しなおし、両手で烏帽子をなおして、

「殿のご命である上に、師のさしまわしの仕事とは。この今兵衛、ありがたく一身を抛ちつかまつる」

肌の色、声のつやから察するに、まだ二十代前半らしいが、よほど人物が謹直なのだろう。織部は、

(これなら、だいじょうぶ)

安堵しつつ、鉄砲および弾丸をすべて委（ゆだ）ねて、

「半年後に、また来ます」

屋敷を出た。まだ日は高い。あんまり暑すぎる。海から聞こえる波の音までが息を切らしている。

織部は、川ぞいの道をあゆみながら、

「ここまでは、いい」

小声で言い、ひたいの汗を手首でぬぐった。むしろ真の困難は、

（これから）

つまり、例の黒い粉である。織部はこの時点でもう、その危険きわまる可燃物を、ひぐすりではなく、

——火薬（かやく）。

と呼ぶことに決めている。訓読みと音読みの差でしかないが、何がなし音読みのほうが爆発力が高いような感じがしないでもない。その調合法は、

——篠川小四郎（ささがわこしろう）に、学ばせよ。

というのが、じつは時堯じきじきの命だった。その理由を問うたところ、時堯の答は、

「あいつはいちばん『論語』が読める」

火薬に『論語』。これを、

——お門ちがい。

と嗤うことは、後世はひかえるべきだろう。この当時の種子島には、というより日本には近代的な化学はなかったし、薬学も物理学もなかった。

ただ人間の知性の最高峰としての種々の漢籍があるだけだった。そのうち『論語』を指定しただけでも、つまり仏典を指定しなかっただけでも、時堯の判断は正しかったといえる。なぜなら『論語』は、あるいはその主人公たる孔子は、経験からものを考えている。

そうして経験以外の何ものにも依存していない。あたかも水から水素を取り出すかのごとく経験という具体的、個別的な事例から普遍的真理を取り出している。宗教は逆である。まずいきなり普遍的、絶対的な存在を設定して、それを人間社会へひきおろすことで個々の事例を解釈するのである。

すなわち『論語』ないし孔子は、ものを考える順番が、まさしく近代科学のそれとおなじだった。西洋で生まれた近代科学——ことに自然科学——もまたキリスト教神学という「いきなり絶対」の発想にさからって、あるいはそれを捨て去って、目の前の小さな事実から出発したことで生まれた思想だからである。言いかえるなら『論語』とは、この当時の日本では、もっとも純粋な科学書だった。

篠川小四郎の家は、松畠(まつばたけ)にある。

松畠とは、城の北の武家町である。ごちゃごちゃと長屋じみた建物が多い。そのうちの一軒——一部屋というべきか——の杉戸をたたき、なかへ入るや、

「ないものは、ない！」

罵声(ばせい)をあびせられた。

織部はつい背を向け、頭をかかえたが、ことばの二の矢は飛んでこない。身を起こし、こわごわ前を向きなおすと、せまい板の間の奥のすみで五十がらみの男がひとり、端座(たんざ)して書を読んでいる。

ろくなものを食っていないのだろう。頰は枯れ木のように瘦(こ)け、ふかぶかと影がさしているが、ひげはきれいに剃(そ)っているらしい。ひざの横には二基(き)、いや三基の本の塔が立っている。

あわせて五、六十冊というところか。長屋ずまいの侍にはたいへんな蔵書というべきである。いちばん上の一冊は、題簽(だいせん)に『春秋左氏伝(しゅんじゅうさしでん)』と記されているのが見えた。

「あ、あの、篠川殿……」

「まだ、おるか」

と、男はなお書見台の本をにらんだまま、

「なるほどわしは、貴様に銀を借りた。それを生活の資にするかと思いきや、船に乗り、こっそりと東福寺（鹿児島市）へわたり、やくざ者との賽子あそびで全額うしなう失敗を犯した。一度ならず二度、三度も。わしは溺れ者じゃ。ばくちの海の溺れ者じゃ」

「は、はあ」

「あげく鍋釜を売り飛ばし、先祖の墓を売り飛ばし、女房と娘を実家へ帰したのが七日前。以来、水しか飲んでおらぬ。ないものはない。銀の返済は期待するな。徳政令が出たと思え」

「あの」

「ん？」

と、相手の男はようやく目をあげ、こちらを見た。とたんに拍子ぬけの顔になり、

「何じゃ。与助ではないのか」

非難がましくつぶやいた。織部はこれだけでもう、

（すごい人だ）

と思っている。逆にいえば鍋釜を売り飛ばし、先祖の墓を売り飛ばし――墓石をという意味だろう――、女房と娘を実家へ帰してもなお本は売り飛ばさなかった。

なるほど時堯が目をつけるわけだった。ただし女房と娘うんぬんは、おそらく自尊心からの嘘だろう。実際は帰したのではなく、逃げられたのにちがいない。それはそれで、

（当然のこと）

織部は、おのが名を名乗ってから、

「殿様じきじきのご命により、参りました」

板の間へあがり、書見台のむかいに正座して、鉄砲伝来に関するこれまでの経緯および依頼の内容を説明した。

篠川小四郎はまず、

「一万匁か」

ため息をついてから、

「そんな銀があるのなら、少しは家来に……いや、何だ、火薬とやらの話じゃったな。このお役を果たせば、殿様は、わしの窮状をも救うてくださるかのう。おぬしど

う思う?」

「まあ」

と、織部は曖昧に返事をした。いったいこの男の本体はどちらなのか。

知性ゆたかな読書人のほうか、それとも愚かなばくち狂いのほうか。あるいはどっちも本体なのか。ともあれ織部は、書見台を脇へ寄せた。

ふところから白い袱紗を出して敷いた。それから、こんどは紙ぶくろを出してひらき、

「こいつが、火薬の現物です」

袱紗の上にさらさらと黒い粉を盛った。親指の先ほどの小山だが、

「ご注意ください、篠川殿。うっかり火打ち石の火花でも散らしたら、われわれの顔はなくなります。火薬とはそういうものです」

真剣に言ったので、

「あ、ああ」

「この火薬は、いま申し上げた南蛮人ふたりから銃とともに買い入れたものです。お城にはもうちょっと備蓄がありますが、それでも合わせてこの紙ぶくろ五、六個ぶんにすぎません」

「ふむ、ふむ」

「これを大量に用意せぬかぎり、実戦の役には立ちませぬ。もちろん買うという手はある。五峰先生が来るたびに火薬だけ売ってもらう」

「それは、だめだ」

と、小四郎がにわかに声を荒らげる。織部は、

「おっしゃるとおりです。銀には限界がある」

「具体的には、どうするのだ」

と問われて、織部は、

「この火薬は、こまかくは、三種類の粉から成ります」

説明をつづけた。すなわち、

木炭　三
硫黄（いおう）　三
硝石（しょうせき）　四

これは例の、猛太とむしゃくしゃに聞いたことだからまちがいはないだろう。ただし彼らもそれ以上の知識はなく、この三、三、四という割合もごく大ざっぱなものらしい。

「この三つのうち、木炭はいくらでも手に入ります。何しろ山には砂鉄をきたえ、玉鋼をこしらえる鋳屋たちがおりますからな。彼らに松炭をゆずらせましょう。問題は、のこりの二種。篠川様はまず、それをどこで採取するかをお考えいただき、さらには調合のより精密な割合をも……」

「一種だ」

「え？」

「のこりは、一種。硫黄は無尽蔵にあつめられる」

「まさか」

身を起こし、二の句が継げぬ織部へ、小四郎はむしろ、

――こんなことも、わからぬのか。

とかえって驚いたような顔で、

「硫黄島」

「あっ」

種子島の北西には、小さな島がひとつある。

馬毛島（まげしま）という。さらにその向こうに竹島（たけしま）があり、その西どなりに浮かぶ豆粒のごとき島がすなわち硫黄島だった（小笠原（おがさわら）諸島の硫黄島（いおうとう）とは別）。

種子島からは、およそ十五里（約六〇キロ）離れている。

いちおう種子島氏の領土としていいだろうか。なぜなら例の『種子島家譜』冒頭のところは、前述のとおり、壇ノ浦で源氏にやぶれた種子島家の祖先が鎌倉へおもむき、北条時政に十二島をあたえられた次第を記すけれども、その十二島には、たしかにこの硫黄島も入っているからだ。いわゆる歴史的正統性というやつである。

とはいえ、現今、すでにして禰寝氏に屋久島を取られた以上、硫黄島もまた、

――禰寝のもの。

という解釈もあり得ないこともないけれど、禰寝にしても、わざわざそんな遠くまで意識を向ける理由はあるまいし、戦略的重要性もないだろう。誰が領主かということすら問題にならぬほどの離島。それが硫黄島だった。

硫黄島は、ほとんど島そのものが、

――硫黄岳。

と呼ばれる火山である。

姿かたちは富士山をにぎりかためて、緑色にぬりつぶしたような愛らしいものだけれども、山頂はつねに白煙を吐いているし、山腹はいたるところに硫気孔があり、高温かつ高濃度のガスを噴き出している。ガスは硫黄を濃厚にふくむ。

つまりは、荒ぶる活火山なのだ。島の南西部には長浜(ながはま)という名の集落があり、田畑もあり、船つき場もあるというが、織部はもちろん行ったことがない。うわさに聞く、

——山の硫黄が海へながれだし、海まで黄色にそめている。

という光景だけはちょっと見てみたいとも思うけれども、それもまあ、一種、こわいもの見たさに近いだろうか……と、そこまで思い至ったところで、

（そうか）

織部はいま、その島をまったく思い出さなかった理由がわかった。ふだんは硫黄島ではなく、

——鬼界(きかい)ケ島(しま)。

という名で認識していたのである。

実際、本土では、そちらのほうが圧倒的に有名なはずだった。ことに京では平安(へいあん)末期の、いわゆる鹿(しし)ケ谷(たに)事件とのかかわりが深い。朝廷内で勢力をのばし、専横(せんおう)をほしいままにした平清盛ひきいる平家一族を、当時の最高権力者というべき後白河(ごしらかわ)法皇が、おそらく、

——討つべし。

と決心したのだろう。側近の僧・俊寛がこっそりと洛東・鹿ヶ谷にある別邸へ同志をあつめ、その討伐の作戦を練ったという一大陰謀。

ところがこれは、同志の密告により露見した。首謀者たちは清盛の命により斬殺または配流され、俊寛もまた配流されたが、その配流先がすなわちこの島だったのである。

鬼界ヶ島の名は、ひとつには、京から見るとあんまり謎でありすぎて鬼や化けものが歩いていそうだからでもあるだろうが、より直接的には、例の、硫黄で黄色にそまった海からの呼称だろう。

——黄海ヶ島。

というわけだ。

ほかの流人はやがて恩赦により帰京したものの、俊寛だけは、どうしたことか罪をゆるされぬまま没した。享年三十七。島にはいまも俊寛の墓があり、俊寛をまつる神社があるという。もちろん俊寛だけではない。

ほかにも日本のながい歴史のなかで種々多数の政治犯がながされて来た、ということは、要するに本土にとっては「遠い」というほか何の価値もない島なのであり、それはまた種子島にとっても同様だったが、

「無尽蔵」

と、篠川小四郎はもういちど、念を押すように言うのである。

火薬用の硫黄がである。織部は、

「なるほど」

叩頭した。この小四郎という男、どうして『論語』だけの人間ではない。

本を読むにもかかわらず外界へ興味がある、ではなく、読むから興味があるという型の人。健全な知性。こういう人を指名したあたり、種子島時堯、若いのになかなか人をよく見ているのではないか。もっとも、それならば、そのおなじ小四郎が本土でこしらえた借金のことは、

（ご存じか）

などと思いつつ、

「それでは、のこりひとつの……」

「硝石か。うーん」

と小四郎はうめくと、ふところに手を入れ、ぼりぼりと胸を掻く音をさせて、

「そういう本は、読んだことがないな」

と、きゅうに読書人に戻ってしまった。それでも、

「南蛮人は、何か手がかりを言わなんだか？」

「いや、べつに」

「そう早々に決めつけるな。何でもいいのだ。あんまり突飛にすぎるとか、あんまり馬鹿ばかしすぎるとか、そういう話にこそ着想はやどる」

「そういえば」

と、織部はトンとひざの先の床をたたくと、

「南蛮人が来た晩、お城で祝宴をひらいたのですが、そのさい五峰先生が……尿(ゆまり)と」

「ゆまり？」

「おしっこ」

「ふん」

小四郎が、いやな顔をした。食事中にそんな話をするのかという顔である。織部は、

「いや、その硝石が、それをもちいて採れるのだと」

「尿を？」

「はい」

「馬鹿ばかしい」

一蹴して、

「その五峰とかいうやつ、どのみちいいかげんに言いくらましたにちがいない。自分がときどき来て売ってやるつもりで。いい銀箱の客はけっして手ばなさないのが能ある商人だ」

「やっぱり、そうか」

「当たり前だ」

「とにかく」

織部は手をのばし、袱紗の右上と左下のすみっこを片手の指で器用につまんで、もちあげて、

「銃身づくりをお願いした牧瀬今兵衛様は、半年で完成させると請け合ってくださいました」

黒い粉をさらさらと紙ぶくろに戻した。

「半年」

小四郎は、

――無理だ。

と言わんばかりに目をむいたが、織部は紙ぶくろの口をとじ、袱紗に載せ、その袱

紗を押し出して、

「お願いします」

「お、おう」

とつぶやきつつ、小四郎が手を出そうとして引っ込めたのは、あるいは爆発を恐れたからか。それでも声はしっかりと、

「やってみる」

†

五か月後。

天文十三年（一五四四）正月四日夜。糸のような月と星あかりのもと、三十数艘もの舟がそろり、そろりと浦田の港を離れた。

半数は、兵を満載している。

種子島時堯に、

――屋久島を、奪い返せ。

という厳命を受けた肥後時典（ひごときのり）という名の大将ひきいる百人ほどのそれだった。百人

とはずいぶん少ないようだけれども、勝算は、

——ある。

というのが時堯の確信だった。あらかじめ家臣ふたりを漁師に化けさせ、いわば細作（さいさく）（スパイ）に仕立てて潜入させ、いろいろ見て来させて、以下の情報を得たからである。

——禰寝の常駐兵は五十人前後。まもりは手薄です。のこりは本土へ帰したのでしょう。

結果から言うと誤報である。実際にはこのとき、屋久島には、少なくとも百五十人の兵がいる。

屋久島の主城は、北の海ぞいの楠川（くすがわ）城である。細作たちはそこに詰めていた者だけを数えて報告したのだろう。実際は、それより西のやや山中（やまなか）、

——永田（ながた）。

というところに禰寝兵はあらたに城を築いている。正確にはそれまでの砦の改築である。楠川城が手狭であるため、こちらに多数が駐留しているのだ。

種子島兵は、海を進む。

のこりの半数は、空舟（からぶね）である。最小限の漕（こ）ぎ手しか乗っていない。兵たちの舟も、

空舟も、かがり火を焚くことをしなかった。

たいまつも使わない。たよりは月と星だけであるが、海というのは何にも遮られない上に、照り返しがあるから存外あかるい。彼らはおたがい、顔くらいはわかるのである。もっとも、艪を漕ぐのに音を立てぬよう注意したため、速度はたいそう遅かった。屋久島に着くのと同時に、背後の海から太陽がひょっこり頭を出した。

この陽光で、敵は気づいた。

敵のいるのは楠川城のやや西、いまで言う宮ノ浦川の河口のあたりの浜だった。彼らは彼らで、かがり火を焚き、寝ずの番をしていたのである。たちまち騒ぎだし、隊列をなし、援軍依頼のためだろう、伝令の兵を走らせているさまが沖からも見えて、大将の肥後時典は、

（まずい）

とも思ったけれども、彼我の距離は遠くない。これなら、

（いける）

三十代とまだ若いながらも前回の戦争を経験しており、統率力には定評がある。かねて示し合わせていたとおり、声も高らかに、

「撃て！」

と命じたのと同時に、漕ぎ手たちに、いっせいに海面をたたかせた。

声と音と波が、全舟に伝わる。種子島兵はいっせいに立ち、かまえ、射撃をおこなった。

浜めがけて、無数のそれが飛んでいく。

敵兵が、

「あ」

「うわっ」

つぎつぎと血まみれになって倒れる。彼らの体には木製の、ほっそりとした、鏃（やじり）のついた矢が刺さっていた。これが種子島兵の飛び道具だった。結局、鉄砲は間に合わなかったのである。

どころかこの時点で、種子島に鉄砲はない。時堯が買い入れた二挺のうち一挺が牧瀬今兵衛へあずけっぱなしなのは当然として、もう一挺は、肥後もよく知らないけれども、どうやら本土の客にくれてやってしまったらしい。たしか紀伊国（きいのくに）から来たのだったか。

信じられない気前のよさで、肥後としては、

「一挺でも、俺にあずけてくれれば」

と恨み言のひとつも言いたかった上、いまこの弓と矢の攻撃をした瞬間、例の、敵兵はたった五十人しかいないという情報までもが誤りであることを知ってしまった。敵兵全員、持ち場をすてて、こちらから見て右のほうへ走りだしたからである。楠川城とは反対の方向である。

ということは、右つまり西のほうに新たな拠点があるということではないか。となると、そこには、

（五十人どころか百人、いや二百人は）

この直感は、正確だったとしか言いようがない。どっちにしろ、こっちより多い。

もっとも、肥後が、

「敵の士気は、はやくも地に落ちているぞ。恐るるに足らず。恐るるに足らず」

と手下を叱咤（しった）したのは、これは空（から）元気ではない。すぐにわかる。こちらを見ずに走っているからである。

「逃げている。逃げているぞう」

浜はほどなく、がらあきになった。種子島兵は全員上陸し、いっきに永田城へ押し寄せた。

永田城は改築されたとはいえ、結局はほぼ砦だった。申しわけ程度の空濠（からぼり）を掘り、

柵をめぐらし、その奥に板葺きの建物が二、三軒だけ。おそらく物資がなかったのだろうが、なるほど、こんなところで正月をむかえたのでは敵兵も士気の上がりようがない。

城中は、ひっそりしている。

全員、息をひそめている。肥後時典はそう見て、強気に出た。こちらの兵には弓を引かせず、あらかじめ連れて来ていた僧侶ひとりを使いに出して、

「もし戦えば衆寡敵すべからず。城をひらき、身を全うして故郷へ帰ることを勧告する。舟はこちらで提供する。こうしたこともあろうかと十数艘の空舟を用意してきた」

と伝えさせたのである。

禰寝兵は、あっさりと承諾した。

城内で、刀や槍をあつめたのだろう。みな手ぶらで出てきた。ただし兜、鎧、臑当のたぐいは身につけているので、かちゃかちゃという音が林にひびく。

肥後は、

「ご英断に敬意を表する。武器はのちのち、きっとお送り申し上げる。きっとお送り申し上げる」

お辞儀（じぎ）をくりかえした。禰寝兵がぞろぞろと浜へ下り、空舟に乗りこみ、空舟がすっかり満員になってしまうと、肥後はねんごろな口ぶりで、漕ぎ手たちへ、

「急ぐ必要はない。くれぐれも波に気をつけ、大過（たいか）なくご本領へおとどけすべし」

こうして十数艘の空舟は、いや、武装解除兵ひしめく舟たちは、二列になり、整然と沖へ出たのである。

漕ぎ手は、一艘につきふたり。

船尾付近の左右に立ち、まるで片腕がのびたように巧（たく）みに艪をあやつっている。

ところが、四、五里（約一六〜二〇キロ）しか行かぬうちに、漕ぎ手たちはつぎつぎと、

「風が、よくない」

「だめだ」

「波も、よくない」

くるり、くるりと舳先（へさき）を転じた。

全舟ふたたび屋久島をめざした。おそろしいほどの速さで艪を動かす。禰寝兵たちが、

「おい」

「どういうことだ」

　さわぎだしても、漕ぎ手たちはただ、

「波が」

「雲が」

　そうして誰かが口笛を吹いたのをきっかけに艪をすてて、足もとで何やら手のわざをしたかと思うと、ざぶん、ざぶんと海へ飛びこんだ。

　何本もの水柱、というより水まんじゅうが立つ。ほんのわずか波も立つ。空にはほとんど雲はなかった。彼らはみな裸であり、しかも泳ぎに慣れている。その浜へと向かうさまは、あたかも魚の群れのようだった。

　舟のほうは。

　にわかに止まり、舳先が浮いた。

　というより、船尾がどぶりと沈みはじめた。石が沼に沈むような具合だった。これらの舟は、じつのところ、前もって舟底に円(まる)い穴があけられていたのである。そうして穴に栓(せん)をしておき、その上に、その栓をかくすようにして漕ぎ手たちが立っていた。あの出航時の、肥後時典の、

　――急ぐ必要はない。

というせりふは、この水没作戦を、

——実行せよ。

という合い言葉にほかならなかった。

禰寝兵たちは、

「どうした」

「あっ」

「穴が。舟に」

「水が入った。もうだめだ」

どんどん海へ入って島をめざしたが、こちらは何しろ泳ぎに慣れていない上に、兜、鎧、臑当のたぐいを身につけている。

彼らの防具は、重かった。ほとんどの者は舟よりも早く海底に消えて、ふたたび浮き上がることをしなかったのである。

浮き上がったのは、ひとにぎりだった。

急いで甲冑(かっちゅう)をぬいだのである。どうにか泳いで渚(なぎさ)に達したけれども、そこで種子島兵により斬殺された。禰寝兵はこの数時間において、じつに約百五十名全員死亡という惨憺(さんたん)たる結果を見たのである。

†

肥後時典は内城へ帰り、この完勝を揚々と報告して、種子島時堯から、

「見事なり」

ということばを直接もらった。

あつめた武器は、もちろん返却しなかった。それから時堯がふたたび屋久島に大軍をおくり、楠川城を改修させたのは、もちろん禰寝の再反撃にそなえたのである。

が、結局、それはなかった。

当主・禰寝重長はもともと本土で肝付、伊東、伊地知、島津といったような土豪との抗争に忙殺されていた上、屋久島への興味をうしなったのだろう。一度は奪ってみたものの、何の益にもならなかったというわけだ。

あとは兵たちの感情的な問題、いわゆる、

――死んだ親の、仇を討つ。

というやつである。

親はときには兄弟になり、ときには義兄弟のような疑似的な血族にもなるだろう

が、しかしこの時代、いわゆる戦国時代後期にあっては、仇討ちはふつう公的には禁止されている。

全国の大名が、それを家来にゆるさなかったのである。

なぜなら仇討ちというやつは、遺族のつよい感情に裏打ちされているだけに、主君の命を逸脱(いつだつ)して、私的闘争に発展しかねない。

ただちに秩序の崩壊につながるのである。禰寝重長も、この点はやはり時代の子だったわけだ。なお仇討ちが公的にみとめられ、一種の社会習慣と化すのは徳川期という泰平(たいへい)の時代に入ってからである。

これもまた感情の問題というよりは、どちらかと言うと司法制度上の要請による。幕府の貧弱な警察権を自力救済でおぎなうという一種の応急措置。仇討ちという行為に特別な人間的価値があると考えるのは、ほぼ近世以降の現象というべきだろう。

†

この勝報を聞いたとき、織部は、じつは内城にはいない。

西ノ村に帰っている。前年十二月、種子島時堯より、一時帰村を、

――ゆるす。

という旨（むね）の沙汰（さた）が出たのである。

正月をむかえる準備ということもあったが、それ以前に、やはり秋の田の収穫期に村長がいないのでは各種の事務がとどこおり、年貢をおさめることができない。実際、十二月の時点で、全島で西ノ村のみ未納だったので、時堯もさすがに帰村させないわけにはいかなかったのである。

正月六日、織部は、ようやく年貢を完納した。

その晩、家の者をあつめて小宴をひらいた。妻に酌（しゃく）をさせ、六人の子供を相手にのんびりと先祖の武勇ばなしなどしていたとき、内城から、

――殿様より、申し伝えの儀あり。

との使いが来たのである。

織部はあわてて膳（ぜん）をかたづけさせ、着がえをして、使者をむかえた。

使者がひととおりのことを言うと、織部は、

「屋久島の奪還、めでたき哉（かな）」

と述べ、しかし一瞬、

「……栓ですか」

複雑な顔になった。舟底に栓などという「兵は詭道なり」（『孫子』）を地で行くような奸策をもちいたということは、要するに、時堯は、鉄砲には期待しなかったということではないか。

自分にあれほど命じておきながら。もしも事成れば、織部の名は、

——すえながく、島に語り継がれる。

などと励ましておきながら。

もっとも、そんな奸策を思いつくのは、時堯というより、

（ご隠居様かな）

そんな気もしないでもない。だとしたら、

「殿様とご隠居は、やはり仲なおりされたのですな」

織部は、聞いてみた。

使者は、国重某という時堯の家臣である。まるで自分がその仲介をしたみたいに鼻を上に向けて、

「とっくに」

「そうですか」

そうだろうな、と織部は思っていた。恵時から見れば織部は本来時堯派である。そ

の気になればいつでも呼び出して譴責したり、あるいは刀のひとつも抜いて、

——とっとと村へ帰れ。

と脅迫したりできたのに、結局のところ、そんなことはしなかったからである。

当初はあれほど鉄砲の購入に反対したくせに。つまりはそれほど、恵時にも、鉄砲という道具は魅力的だったのだろう。むしろ試作品の完成を、

（心待ちに）

織部はどうやら、気がつけば、現当主と前当主の二大派閥の谷間から脱出し得ていたらしかった。もっとも、そうなると、気になることがひとつある。織部は使者に、

「あの……」

「何かね」

「鉄砲づくりに失敗したら、せ、せ……」

「切腹か」

「ええ。殿様には、そのように」

「失敗したのか？」

「あ、いや、まだ」

織部は手の甲でひたいの汗をぬぐった。まだ半年経っていない。あと一か月あまり

時間はのこっているけれども、おおかた、

（無理）

そう見ざるを得なかった。牧瀬今兵衛はどうやら南蛮人の鉄砲をばらばらにしては組み立てる作業に没頭しているらしく、というか、それ以外には何もしていないらしく、いつ行っても鉄を打つ音は聞こえない。或る日、たまりかねて、

「牧瀬殿、とにかく同一の部品をこしらえてみては」

と言ったところ、

「そういうことでは、いけません。こういうものは、火薬が弾を撃ち出すその原理から理解した上でなければ何にもならぬ。かたちだけ似せたところで、刀でいえばなまくらを量産するにすぎぬ」

性格の謹直さが裏目に出た恰好だった。いっぽう篠川小四郎は、いまは島にいない。鹿児島へ行ってしまった。例の硝石の調査のためなのか、それともまたぞろ博奕の虫がさわいだのかはわからない。たぶん、

（両方）

と思いたいが、どうだろう。使者は破顔して、

「切腹の沙汰は、下らぬであろう」

織部は目をしばたたいて、

「なぜ?」

「知らんのか。南蛮人のもたらした二挺のうちの、もう一挺は、殿様がみずから本土へ洩らされた」

「洩らされた?」

「くれてやった、ということだ」

昨年の九月、時堯は、本州は紀伊国根来寺より来たという杉ノ坊某という僧に会った。杉ノ坊はずばりと、

「何やら良きものを、手に入れられたそうな」

「良きもの、とは」

「鉄砲」

猛太とむしゃくしゃの渡来からまだ一か月も経っていない時期である。時堯は顔をそらしたという。おそろしいほどの情報の速さ。

もっとも、種子島と紀伊半島のあいだの距離は、じつはさほどでもない。海路なら黒潮がある。これはうまく乗っかれば高速道路のようなものなので、むかしから物資の交流はさかんだった。

こちらからは塩、鉄といったような原料を、あちらからは着物や書画や塗椀といったような手のこんだ美術工芸品を、それぞれ持ち運んだのである。そういう貿易従事者のうちのひとりが、おそらくは、島のうわさをも持ち出したのにちがいない。

「時堯殿」

と、杉ノ坊はさらに、

「その一挺、当寺の本尊たる大日如来、尊勝仏頂、金剛薩埵三尊への御供物といたされる気はござらぬか」

要するに、

——黙ってよこせ。金ならやる。

と言われたわけである。

「いやだ」

とは時堯は言えぬ。何しろ根来寺というのは、ただの寺ではない。もともとは平安時代初期の僧・空海が高野山に開創した真言宗・金剛峯寺から分離独立したものであるが、やがて本寺をもしのぐようになった。

鉄砲伝来のこの時期には、坊舎堂塔は二千をこえ、多数の僧兵を擁している。大名なみの軍事力である。禰寝、島津ごとき田舎豪族など足もとにも及ばぬであろうこと、ちょうど天台宗における比叡山のごとしである。

もしも根来寺が本気を出したら、種子島など、それこそ柿の種のように人馬にあっさり踏みつぶされるにちがいないのだ。

時堯は、ようやく杉ノ坊の顔を見た。

高声で、

「金は、いらぬ。わが種子島は偏小といえど、あえて一物を惜しむことなし」

放言するのが精いっぱいだった。小国の悲哀である。本土へ流出した以上、これからはそちらでも試作がはじまるにちがいない。

種子島は、日本唯一の存在ではなくなったのである。このことで時堯は、がっくりと意気阻喪したのだろう。いくら何でもこの開発競争で先進国に勝てるはずもない。

（そういうことか）

ふりかえれば、あの鉄砲試作の命を受けてからというもの、織部は、おりおり報告の手紙を出した。けれども時堯からの返事はなかったし、ましてや呼び出しの上、

――例の件、どうした。

などと下問を受けることもなかった。あるいは父・恵時との仲なおりも、ひとつには、これが関係あるのかもしれない。

（結局は、本土か）

もっとも、種子島と鉄砲の関係はこれで終わりではない。

種子島はこれからその全国的な量産のためにもうひとつ技術的貢献をすることになるが、それを述べるには、このへんで物語の舞台を本土へ移すのがいいだろう。織部もやはりがっかりして、丁重に使者を送り出した。織部その人は、その後終生、鉄砲とは縁がなかった。

第二話

鉄砲で殺す

橋本一巴は、挫折した。

弓というものに挫折した。四つ年上の師である林弥七郎へ平伏して、

「本日かぎり、お打ち放ちいただきたく」

あなたの弟子であることを、

――やめる。

という意味である。

弥七郎は、怒りで顔をまっ赤にして、

「一巴。おぬしはわが百人の弟子のうち、第一等の技の者じゃ。わしはおぬしを格別ねんごろに教授した、十歳のときから。いったい何が不満なのか」

「不満など、断じて」

「ならば、なぜ」

「………」

「申せ、一巴」

師弟のいるのは尾張国丹羽郡、岩倉城内の馬場である。

一巴の背後には、その百人の弟子がならんで立っている。この日も朝から弥七郎の訓示があり、騎射の稽古があり、

――昼めしにしよう。

となったところで、一巴はかねて、

（やらねば）

心決めしていたことを実行した。すなわち地にひざをつき、ひたいを伏せて、右の申し出をしたのである。

その姿勢のまま、

「先生、まことに申し訳もありませぬ。それがしはただ恩義ばかり授かるのみ、胸のうちには感謝の念しかありませぬ。ただ……折れました」

「何がじゃ」

「それがしの心に立った心柱が、ぽきりと音を立てました。さだめし先生もお気づきのとおり、このごろはいくら稽古しても腕が上がりませんでした。矢の飛ぶいきお

いも、的を射ることの確率も変わらず、それがしはもはや、さらなる境地には達し得ぬと……」

「ばか」

と、弥七郎は、左手に持っていた檀の弓で一巴の胸を突いて、

「むろんおぬしの停滞には、わしは、そのきざしから気づいておった。師であれば当たり前じゃ。だがあえて何か言うことをしなかったのは、おぬしはこれまで、何度もそういう困難をのりこえたからじゃ。夜昼なき稽古の量で。その心柱とやらの一念の力で。わしはおぬしを信じておった」

「そうであられようとは感じておりました。が、今回はだめです。力が限界に達しました。どれほど稽古をつづけても、それがしは、永遠に名人の域には達しない」

「考えなおせ、一巴」

一巴は顔を上げ、しずかに首をふり、

「……申し訳ございませぬ」

また頭を土につけた。

背後の弟子たちが、ざわざわしだした。誰も彼も、不安げな声だった。それはそうだろう。彼らよりも数等たくみな一巴にしてからが、この挫折の日をむかえたのであ

る。自分たちはどうなるのか。

弥七郎は、ふかぶかとため息をついて、

「して、どうする」

「え？」

「打ち放ちののち、おぬしはどう処世する。まさか家中にとどまることもなるまい。失業（おひま）になり、あてもなき牢人（ろうにん）ぐらしに入ることになる」

去られる者の意地悪ではない。もともと一巴は、おなじ丹羽郡に属する尾口（おぐち）村の、まずしい農夫の三男坊だった。

天文（てんぶん）八年（一五三九）だから八年前の秋の暮れ、弥七郎は、その村に来た。岩倉城主・織田信安（おだのぶやす）の領内巡見（じゅんけん）に随行（ずいこう）したのである。巡見そのものは多分に儀式だったため、時間があき、ぶらぶらと馬で散歩していたところ、神社の境内（けいだい）で子供たちが遊んでいた。

彼らの中心は、とりわけ身なりの汚い男の子だった。

社殿ちかくの楠（くすのき）へ向けて、びょん、びょんと矢を放っていた。矢といえるしろものではない。小枝の先を削（けず）っただけ。しかしその小枝はつぎつぎと櫛（くし）のごとく縦（たて）一列に突き刺さって、ぱらりと落ちることがなかった。

――これは。

と、弥七郎はつい口笛を吹いたという。

矢もするどいが、よほど弓が強いのだろう。弓幹(ゆがら)はただの竹である。弥七郎が、

「おい」

声をかけたとたん、

「わあっ」

子供たちは、四方へ散った。ご神木(しんぼく)を傷つけたのを叱(しか)られると思ったのにちがいなかった。弥七郎はそいつだけを馬で追いかけた。横にならぶや、柄杓(ひしゃく)で水をすくうように右腕一本ですくいあげる。

そのまま抱きかかえ、誰も来ない河原へ行く。馬を下りる。さらさらと青い水がながれていた。そいつもまた弓はけっして手ばなさなかったので、弥七郎は、

「年は？」

「十歳(とお)」

「見せろ」

弓は、いびつである。竹のしなりが均一でなく、人間の耳のかたちをしている。けれども弦(つる)はぴんとして、白っぽく、麻糸(あさいと)のように太々(ふとぶと)としていた。

もっとも、ほんとに麻糸ならすぐ切れてしまう。弥七郎はそれを楽器のようにボンボン指ではじきながら、

「これは、何じゃ」

「犬の毛」

「撚って、張ったか」

「ああ」

「おぬしがひとりで？」

「ああ」

こんな素人細工の弓でさえ、あれだけ命中するのである。ちゃんとしたのを使わせたらどれほど巧みになるだろうか。弥七郎はわくわくした。馬に乗り、そいつの家へ行き、両親へねんごろに説明した上で金を払って少年をゆずり受けると、あるじの織田信安の陣へかえり、

「この童子、しばらく手もとに置くことをおゆるしいただきたい。弓のわざを仕込みます。かならずや殿様のお役に立ちましょう故、しかるべき機に、姓名および俸禄のお授けを」

主君の返事は、

「うむ。弥七郎、おぬしが言うなら」

その後の経緯は、弥七郎のもくろみどおりになった。少年はめきめきと力をつけ、信安の気に入るところとなり、三年後、元服(げんぷく)を機に、橋本の姓および、

——一巴。

という名をじきじきに拝領し、さらには十五石の禄も受けることになったのだ。もっとも、姓名の儀は、実際には証書一枚によるものなので、姓はともかく名のほうは何と読むのか誰もわからず、正式にはカズトモ、カズナリ等と読むのだろうと思いつつも、みんな、

——イッパ。

——イッパ。

と音読みして、それが定着してしまった。本人もそれを称した。

いずれにせよ、正式採用である。弥七郎の口ききによる。それが弥七郎のもとを離れるのだから、禄からも離れ、牢人ぐらしに入るのはむしろ当然の社会的慣習だろう。

「どうする」

と、弥七郎にもういちど問われて、一巴は顔を上げ、

「那古野に」

「なごや?」

「はい」

「それは、どこじゃ」

弥七郎は、その地名を知らなかった。一巴は説明した。那古野というのは、尾張八郡のうち南のほうの下四郡に属する。

愛知、海東、海西、知多。その下四郡の支配者は織田信秀であり、その居城はもちろん清須城であるが、那古野はその支城というべき位置づけで、あるじはその三男である吉法師という者である。

「吉法師様は、いまは十三、四歳……」

と、なお一巴が説明しようとするのへ、

「ばかめ!」

弥七郎の足が、一巴の肩を突き押した。

一巴はあおむけになった。すぐさま平伏の姿勢に戻り、

「申し訳もござりませぬ」

「お、お、おぬし、おのれの申すことがわかっておるのか。われらがあるじは織田信

安様ぞ。おなじ織田の姓を冠していても、こちらは葉栗、丹羽、中島、春日井の上四郡の支配者であられる。尾張統一をめざす敵手どうし、そう、おぬしは敵に寝返るようなもの。さらに」

と、弥七郎はまた一巴を足蹴にして、

「思い出したわ。その吉法師とやら、近年まれにみる大あほうだそうではないか。那古野などという取るに足りない辺境の城に追いやられたのが不満なあまり、刀槍の稽古をやらず、書も読まず、わらべのごとく野山であそんで日を送るのみ。元服して三郎信長なる名を得たにもかかわらず誰ひとり三郎とも信長とも呼ぶことをせず、いまだ『吉法師様』と幼名で呼ばれるのもその故である上、またそう呼ばれることを吉法師本人が気に入っているという暗愚ぶり」

「………」

「なるほどおぬしは、この岩倉では弓の名人にはなれずとも、そこでなら千載不磨の伝説になれるわ。もっとも、それも、われらが信安様がいずれ下四郡を統一なさるまでの話じゃが」

「いえ、それが」

一巴はまた身を起こし、ひたいを地に押しつけて、

「それが、て、て……」

「何じゃ」

「弓ではなく、鉄砲のほうで」

「てっぽう？」

「はい、つまり、その、那古野では……それがしを砲術師として召し抱えたいと」

大砲のない時代である。ここでの砲術とは鉄砲術をいうが、以後はまぎらわしいので鉄砲術、鉄砲師と呼ぶ。

弥七郎は、

「何と」

白目を剝き、あおむけに倒れた。

やわらかい土へ、後頭部が、ズンという鈍い音とともに激突した。あわてて弟子たちが駆け寄り、介抱する。

彼らの罵声を背に受けて、一巴はそこを永遠に去った。

†

尾口村の実家には立ち寄らず、そのまま那古野へ飛びこんだ。妻も子もいないから身軽ではある。

吉法師に拝謁する。老臣・平手政秀の屋敷をおとずれ、政秀とともに城へ上がる。吉法師は十四歳である。おのが中指を鼻へつっこみ、ぐりぐりと突きまわしながら、

「てっぽう？」

「はい」

「知らん」

「いやいや」

と、平手政秀が口をはさんで、

「吉法師様、あなた自身が『鉄砲なるは、おもしろそうじゃ。習うてみたい』と申されるから、それがしがわざわざ一挺のみを購うたあげく、岩倉へ人をやり、こっそりと名手を勧誘したのではありませぬか」

「ああ、言うたな」

「何しろ鉄砲というのは、南蛮人の手で、種子島にはじめて伝来していまだ三、四年しか経っていない。名人と呼べる者がなく、おなじ飛び道具の故をもって弓の上手に……」

「さがれ」

「はあ？」

「さがれと申した。興味なし」

吉法師はそう言うと、鼻から指を出し、着物の襟でごしごし拭いてから、そのおなじ中指でこんどは耳をほじりはじめた。ふたりは退出した。控えの間に入るや、政秀は立ったまま、

「わが殿は、ああいうお人じゃ。なかなか城内では不機嫌でのう」

「どういうことです」

「とにかく外出をこのまれる。外出しておれば雨雪のなかでも上機嫌、とまでは申さぬが……ともあれ仕方がない。ほとぼりがさめるのを待たっしゃれ」

耳打ちして、去ってしまった。一巴はひとりになり、

（ばかな）

呆然とした。

転職初日に失業したようなものである。たぶん人はこのようにして人生を誤り、世間のかたすみへ追いやられ、窮迫して死ぬのだろう。

(やはり、岩倉にふみとどまれば)

ただしまあ、一巴のほうもいいかげんなもので、この時点で、じつは鉄砲など触れるどころか見たこともない。そんなもの岩倉城にはただの一挺もなかったからである。

城主の織田信安が新技術に対して鈍感だったというよりは、師の林弥七郎が、

「鉄砲など、一時の軽薄な流行にすぎませぬ。やはり侍の本分は弓にあり」

と言い言いして、買い入れることをさせなかった。弥七郎は偏狭(へんきょう)な人間ではない。この意見はむしろ時代の常識にすぎなかったのである。

何しろ弓術というのは、鎌倉時代から、

——武家の、たしなみ。

と、されてきた。

騎射ならば犬追物(いぬおうもの)、流鏑馬(やぶさめ)、笠懸(かさがけ)といったような競技がさかんにおこなわれたものだったし、歩射(ぶしゃ)には百手(ももて)式、大的(おおまと)式などの方式があった。

それらは室町時代には儀礼化して、いくつかの流派にまとまり、権威をほこった。

足利将軍家の公式師範は小笠原流である。そういう三百年以上の伝統とくらべると、なるほど、まだ来て日もあさい鉄砲などというものが「軽薄な流行」でしかないというのは当然の認識というほかなく、逆にいえば、そういう常識家の弥七郎であればこそ、手塩にかけた一番弟子に、

――そっちへ、行く。

と言われて失神した。裏切りとか何とかいう以前に、ただただ驚愕したのである。

だが一巴は、

（もう、帰れぬ）

那古野の鉄砲屋になるしかない。翌日また平手政秀の屋敷へ行き、その一挺だけのしろものを見せてもらった。

「あれ？」

銃口が、鉄でふさいである。

ためしに先端を爪の先でたたいてみたところ、音はこつこつ充実していた。一巴はおそるおそる、

「あの、鉄砲というのは、銃身が筒のようだと聞きましたが。その筒先から鉄の弾がとびだすものと……」

この日の相手は、政秀の家臣の乗本大炊である。大炊はほかの仕事の手をとめて来たらしく、早口で、

「いかにも」

「これでは、ただの鉄の棒でしょう」

「そうか」

「どこから買い入れたのですか」

「紀州根来寺」

とだけ言って去ってしまおうとする。一巴は、袖をとって食いさがり、

「では根来寺に、至急、人をよこさせてください」

九日後、根来寺から、ひとりの僧が来た。

秋というのに信じられぬほど日に焼けていて、何というか、烏が袈裟を着たようである。

「拙僧、杉ノ坊妙算と申す。つねづね織田のお殿様にはたいへんご後援を頂戴して」

などと、商人のような如才ない口ぶり。場所はこの日もやはり平手屋敷の一室だった。一巴もあれから城外に家をあたえられたものの、床の間もない粗末なもので、客

をむかえられないのである。

一巴は、

「いやいや。後援など」

なぜか照れてから、

「貴僧が、鉄砲の玄人（くろうと）なので？」

「玄人というより、張本人」

「何の？」

「鉄砲を、本土へもちこんだ」

おのが鼻を指でさし、自慢そうに白い歯を見せた。

杉ノ坊の話は、こうだった。三、四年前、風のたよりに、種子島に鉄砲なるものが伝来したと聞いた。

根来寺は、もともと種子島とのあいだに文物の交流がある。種子島はさらに南方の島や大陸より珍奇な美術品のたぐいがもたらされる。今回もまず、

——壺（つぼ）か、掛軸か。

くらいに思いつつ、それでも船を出して行ったところ、

「これは異なことと、拙僧は、にわかに心ふくらみました」

鉄砲は、壺や掛軸とは根本的にちがうとわかったのである。なぜなら島の侍に聞いたところ、島主の種子島時堯はおなじものを二挺も買い入れた上、そのうち一挺は家臣へ貸し出した。

しくみを調べさせ、まったくおなじものを製作させ、ゆくゆくは量産までする気なのだという。

「これは尋常ならざる道具だと判断し、ほんとうは見せていただくだけのつもりでおりましたが、島主様へ特に懇願して、一挺おゆずりいただいたのです」

実際には懇願どころか恫喝すれすれの言辞を弄したことは前話で述べたとおりだが、杉ノ坊は、ここではそういう腹黒いそぶりは見せることをしなかった。

あくまでも、下手に出ている。一巴が客だからだろう。

一巴が、

「それで根来寺へ持ち帰り、複製を開始した？」

「はい」

「だがこれは、撃てぬ」

当該の鉄砲を、ごろりと畳へころがした。杉ノ坊は一瞥して、顔の前で手をふり、

「いやいや橋本様、ご期待はずれは当然ながら、われらが寺で産するものは、ふつう

撃つことを目的としておりません」

「はあ」

一巴は目をしばたたき、

「これが、ふつうか」

「いかにも」

「では何を目的に？」

「美術品」

杉ノ坊は、さらに説明した。いまや鉄砲の存在は有名になり、全国の大名や領主はわれら（根来寺）に製作を依頼するようになったが、こんな人気の原因は、もっぱらその誰も見たことのない形状による。

つまりは、置きものとしての需要なのだ。

「ということは、大名や領主は、それを茶室の違い棚にでも置いて……」

と一巴が首をひねったら、杉ノ坊は、

——こいつ、何も知らんのか。

という顔になり、しかし次の瞬間にはにこにこと、

「そういう使途もあるでしょうが、この場合はまあ贈答品ですな。意外にも、みなさ

ん将軍様へ献上なさいます」

「ほう」

おもしろい、と一巴は思った。この時代の日本には、まだいちおう室町幕府というものが存在する。

将軍は第十三代・足利義輝である。ただしその威光はおとろえているというより消滅寸前で、わずかに京とその周辺を照らすにすぎず、その義輝もそもそもは三好長慶、細川氏綱に追い出されるようなかたちで最近まで近江国坂本へ亡命していたのである。

征夷大将軍への補任の儀式も、彼はそこでおこなったのだ。そういう落ちぶれ者のご機嫌をいまさら取ったところで、

（何が、あるか）

杉ノ坊は薄笑いして、ひょいと一巴の鉄砲を両手ですくいあげ、

「もちろん利点はないのですが、かりにも武家の頭領でありますからな。万が一のときのため敬意だけは払っておこうというのでしょう。こんなので済むなら安い、安い」

こちらの胸へ押しつけた。一巴は、

「なるほど」

両手で受け、あらためて見おろした。銃身には蔓草(つるくさ)の巻きつくような線刻(ほりもの)がほどこされ、その線刻は朱色に塗(ぬ)られている。

「なるほどこんな装飾は、実戦には必要ありますまいな」

と言い、指でつーっと線刻をたどると杉ノ坊はきゅうに腰を浮かし、ぽんと手を打って、

「いま思い出しました。その蔓草、五弁の木瓜(もっこう)があしらってありますな。発注者(あつらえぬし)は清須の大和守(やまとのかみ)（織田信秀）様じゃった。木瓜は織田家の家紋ですからな。あのときは二挺、お納めしたはずですが、もう一挺はどうなされた」

「は、はあ」

どうなされたと言われても、一巴にはわかりようがない。杉ノ坊はつづけて、

「おそらく一挺は公儀（幕府）へ献上し、もう一挺はこちらへさしまわされた。こちらの殿様は、ご子息の、えーと……」

「織田三郎信長様」

「そうそう、その三郎様に『お前からも献上しろ』と。よくあることです」

「ともあれ」

と、一巴は銃を突き出し、ふさがれた銃口をこつこつと中指のふしで打ってみせて、

「それがしは、撃ち方教授がつとめです。まさか日がな一日せっせと菜種あぶらで銃身をみがいてすごすわけにもまいらぬ。撃てるものを買いたい」

「値段が」

「ちがうのは承知じゃ。機構がよほど複雑なのであろう？　いかほどになる」

杉ノ坊はにやりとして、顔を耳へ寄せ、ささやきを吹きこんだ。一巴はのけぞって、

「そんなに！」

「のみならず」

杉ノ坊は間髪を入れず、しかし威圧感はあたえぬ口調で、

「買うてしもうたら、銭の出は止まりませぬぞ。何しろそれは弾がいる、火薬がいる。火薬というのは黒い粉で、三つの成分から成る」

そのうちふたつは大したことはない、と杉ノ坊は言った。木炭はわが紀州にくさるほどある、硫黄は種子島より入手可能。あとのひとつ、

「硝石が、どうにもなりませぬ」

硝石というのは、白っぽい石のようなものである。火薬に使うには薬研ですりつぶす。大明（中国）では鉄鉱石のように山を掘って採るというが、

「わが国では、さてさて。われらも八方に山師をやりましたが、いまだかけらも掘り出せませぬ。さしあたりは堺の商人にたのんで大明からの輸入をあおぐしかなく、当然のごとく微量で高価になる」

「硝石がなかったら？」

「木炭と硫黄だけなら、という意味ですかな。ゆっくりと燃えて、それだけです。くさい、くさい」

杉ノ坊は顔をしかめ、鼻の前で手をふった。

「なるほど」

一巴は鉄砲を置き、腕を組んで考えた。前途は暗い。しかしここはやはり何としてでも吉法師にほんものを買ってもらわなければ一巴のほうが放逐される。路頭にまよい、飢え死にする。唯一の希望は、

——外出をこのまれる。

という平手政秀のなげきだった。吉法師様は、とにかく外出していれば雨雪のなかでも不機嫌ではなく……。

「行く」

立ちあがり、一巴はそう言いきった。杉ノ坊がまばたきして、

「どこへ?」

「おぬしの寺へ、吉法師様と。おぬしらが鉄砲や火薬をこしらえる、その現場をじかに見ていただければ、あるいは興味を抱かれるやもしれぬ。撃てる鉄砲も……」

「お買いになる、と?」

「ああ」

「それは拙僧にも、当寺にも、まことに都合よきことと存じまするが、しかし実現しますかな。この兵事だらけの乱世において、領主みずからが国境をこえて物見に出るなど」

「実現させる。この那古野のために」

(俺のために)

杉ノ坊は、

「歓迎いたす」

立ちあがり、抱きつかんばかりにして一巴の両手をにぎりしめた。ふたりの足もとには、飾りつきの鉄砲がむなしく寝ころがっている。

†

根来寺は、正式名称を、

――一乗山大伝法院。

という。

根来寺というのは、通称である。そもそものはじまりは空海が王朝時代に創建した真言宗・高野山金剛峯寺で、この高野山内に、約三百年後に覚鑁という僧があらわれて鳥羽上皇に気に入られ、大伝法院というのを建てた。

覚鑁は、野心のつよい人だった。

生まれは肥前国、平将門の末裔を称する武士の家である。おさないころ家に役人が来て、

「年貢をおさめろ」

と、わめきたてた。

父はどこかへ隠れてしまった。完納できなかったのだろう。覚鑁はものかげから役人の様子をうかがっていたが、たまたま来た比丘に、

「父はこの家でいちばん偉い人ですが、あの方は、それより偉いのですか」

「そのとおりです。彼もまた太守の臣下ですが」

「いちばん偉いのは、太守ですか」

「太守は京の天子より命を受けている。天子の上には神々がいる」

「神々の上には?」

「仏がおられます。仏こそが至高の存在にほかならないのです」

　これはもちろん、比丘にとっては職業的な定型句にすぎなかったろう。しかし覚鑁は真に受けた。仏道をこころざしたのはこれがきっかけだったというから上昇志向がはなはだしいというか、要するに一番にならねば気がすまないのだ。

　頭もよく、行動力もあったから、その性格はおのずから倨傲の風を帯びた。ほかの僧のそねみをまねき、とうとう高野山を出てしまった。

　紀ノ川をわたって西へ行ったところに新たに一寺をかまえた。根来寺のはじまりである。ということは根来寺は高野山の分派なのだけれども、その後はむしろ高野山をしのぐ隆盛ぶりを示した。

　祖師・覚鑁ゆずりの野心のつよさの故だろうか。一巴の時代には坊舎堂塔が二千をこえ、大名なみの軍事力を保持していることは前章でも述べたとおりである。

そんな寺だから一巴はもう、遠目にも、

「……むう」

その異様さに、うめくしかなかった。山そのものは峻険ではなく、稜線もおだやかなのだが、何しろ緑色の木々のなかの至るところに瓦屋根、瓦屋根、瓦屋根。

それらを梯子がわりにして山頂にまで登れるのではないかと錯覚してしまうほどの密度の濃さ。山に近づき、山門をくぐると、息が苦しくなるくらい赤とんぼが無数に飛んでいた。何にしても極端な寺ではある。

「お二方には、まず当寺の本堂と申すべき大伝法院にお参りいただきます」

と杉ノ坊が言うと、参道を歩きつつ、

「いらん」

即答したのは吉法師すなわち信長だった。鷹の飛ぶような早口で、

「まっすぐ作事場へ案内せい」

一巴がさすがに袖を引いて、

「いや、あの、殿様、さすがにそれは仏のお怒りを……」

「時間の無駄だ」

杉ノ坊、このときばかりは笑顔を消したけれども、

「やむを得ませぬ」

　またにことして、

「尾張のせっかちといえば織田吉法師様のことと、諸国にとどろいておりますからな。鉄砲の製法は秘中の秘ゆえ、作事場は、さらに奥にございます」

「承知した」

　と返事しつつ、打ち割ったところ、一巴はこの情況がまだ呑みこめないでいる。こんなにかんたんに実現するとは、自分で言い出しておきながら想像もしなかったのである。

　吉法師自身が、

「行く」

　思いのほか乗り気になったのだ。いくら弱小国とはいえ、いや弱小国だからこそ領主の不在が近隣に知れたら一大事なので、平手政秀にだけは事情を話して、

　――おん腹痛につき、二、三日、お臥せりになる。

　ということにしてもらった。城内の味方にも、もちろん清須の父・信秀にも秘し隠しにしたのである。

　その上で、未明に馬をならべて出発したわけだ。それにしてもふしぎなのは根来寺

である。全国的に見てそれほど大した領主でもない吉法師へどうしてその「秘中の秘」をすすんで開帳するのだろう。

(罠、かな)

参道の左右には、建物がならんでいる。

庭つきの塔頭が多いのはむろんながら、商家らしいもの、民家らしいもの、それに土器づくりの窯小屋めいたものまで見えるのは、境内というより、ひとつの街である。

その街も、道をのぼるにつれ樹々が多くなり、甍が絶えた。林のなかを四度ばかり左右へ折れると視界がひらけ、吉法師が無邪気な声で、

「ホウ」

その土地は、階段状に五つ、かさなっている。

土留めには石垣が使われている。五つそれぞれに建物があり、いずれも土壁に漆喰ぬりの蔵造りであることは、もちろん火事をふせぐためだろう。杉ノ坊が言うには、

下から、

砲身打ち　一

同　　　　二

同　　三
火皿取付け
木枠取付け
のための棟だそうな。杉ノ坊はさらに、

「これとはべつに、下界の川べりには火薬づくりの棟があります。それと試射場も」

と注釈してから、

「何と申しても、鉄砲づくりのかなめは砲身打ち。これだけで三つも棟を要するほどですからな。さっそくご覧じろ」

いちばん手前、最下段の建物へと一巴たちを招じ入れた。

建物の内部は、ひろびろとした土間である。

炭を焼くにおいがする。そこここに舟形の火床が置かれ、人の背丈ほどの炎が立っているのだ。

火床の横では烏帽子をつけた刀鍛冶が、いや鉄砲鍛冶が、二人一組で、鉄板をはさんで向かい合っている。鉄板は灼い。彼らが柄のながい金槌のようなものを交互にふりおろすたび、ちん、ちんと軽い音がひびいて、鉄板が打ち延ばされるわけだ。

ゆっくりと歩きまわりつつ見ていると、鉄板は、どうやら形状が二種類あるらしい。ひとつは長方形である。長辺(ながて)が三尺(じゃく)(約九〇センチ)ほどの帯状(おび)のもの。もうひとつも似(に)たようなかたちだが、よく見ると長方形ではなく、極端にながい台形だった。短辺二本のうち一本が、もう一本よりも短いのである。

吉法師が、

「どうちがう。どうちがう」

目をかがやかせる。杉ノ坊は、

「つぎの棟へ」

三人はそこを出て、石垣のあいだの石段をのぼり、二段目の建物へ行った。こちらの内部は、ざっくり左右に分けられている。

左右とも、例の火床がある。右のほうが多いので、まず右のほうへ足を運ぶと、杉ノ坊が、

「ここで、先ほどの台形の板を筒にします。このように」

左手の人さし指を立ててみせた。それから右手をさかさにして、四本の指を縦にそろえ、それで左手の人さし指をくるりとつつむ。

人さし指は、かくれてしまう。杉ノ坊はもう一度やってみせた。一巴はそれから鍛冶たちを見た。なるほど彼らの仕事というのは、杉ノ坊の指わざと同様、ほっそりと

した金属の棒へ、台形の鉄板をくるりと縦に巻きつけることだった。

　もちろん、指のように容易にはいかない。じゅうぶん巻き終わらぬうちに台形がひえて固まってしまうので、棒をはずして火床で熱し、やわらかくして棒をさしこむ。そうして鋏（はさみ）で巻きつける。そのくりかえしをやるわけだ。

　筒の継ぎ目は、やはり金槌でちんちん打って接着する。最後に棒をはずして形をととのえれば完成。できあがりの筒は、もともとのかたちが台形なので円錐（えんすい）台形になるわけだ。

「これが、その筒です」

　杉ノ坊が言う。いつのまにか二本持っている。一巴と吉法師に一本ずつ手わたした。一巴はそれを縦にしたり横にしたりしてながめたが、たしかに円錐台形だった。いっぽうの口径が、もういっぽうの口径よりも小さい。

　杉ノ坊が、説明した。

「われわれは、素筒（すづつ）と呼んでいます。小さいほうが銃口（つつさき）です。大きいほうが銃尾（つつもと）になる。銃尾のほうが火薬の力の非常なふくらみに耐えなければならないため、このようにするわけです。当寺でこしらえる鉄砲の最大の特徴にほかなりませぬ」

「なるほど」

としか一巴は言えなかったが、吉法師は、

「だとしても、これでは継ぎ目が耐えられぬ」

「それを補強するために……」

「左の工程が？」

「お察しがよろしい」

杉ノ坊は二本を回収して、鍛冶へ手わたし、左半分のほうへ歩を向けた。一巴と吉法師もしたがった。

「こちらでは、長方形の鉄板を切断します」

という意味のことを杉ノ坊は言った。

鍛冶たちは何組かにわかれて、例の、長辺が三尺ほどの帯状の板をさらに縦に切っている。

切るには、鏨をもちいている。

金槌でぢんぢんと――こちらの音はやや濁っている――鏨の尻を打ち、根気よく刃を入れていく。金属くさい。鼻毛を焼かれるような気がして、一巴はくしゃみをしてしまった。鏨の刃はどれほど打っても刃こぼれせぬようで、察するに、よほど良質の鋼でできているのだろう。

吉法師が、

「切るだけか」

「ええ」

「火床は何に使う」

「ここでは使いません。ただ火の神を祀るのみ。切った鉄板は、つぎの棟へ持ちこみます。先ほどの素筒とともに」

三人はまた外へ出て、石段をのぼり、三段目の建物へ入った。砲身製作の工程はここで最後ということになる。ほかよりも建物自体が小さく、なかへ入ると、中央に火床が密集していた。

火床は、ここでも舟形である。舟は六艘。みんな船首を内側へ向けて、放射状にならんでいる。

それぞれの舟の外側に、鍛冶たちがいた。彼らのやることはおなじだった。下の棟より持ちこまれた細長い鉄板を、素筒へななめに巻きつけていく。

「ちょうど草の蔓というか、葛というかが木に巻きつくみたいでしょう。だからわれわれは、これを葛巻きと呼んでいます」

巻くときは、銃口方から始める。半分をすぎたくらいで一本目が終わるので、二本目を継ぐ。ぴったりと銃尾でおしまいになる。もちろん鍛冶たちは巻きながら火床で熱して打ちに打って、葛の斜線をつぶし、整形するわけである。

「こうすることで、吉法師様のおっしゃった素筒の継ぎ目の問題は解決できます。その上さらに剛堅(ごうけん)になる」

「なるほど」

と吉法師は返事した。こんどは一巴が、

「ひとつ聞く」

「どうぞ」

「そこまでの細工が必要なのか、将軍への献上物に？　しょせん飾り銃ではないか」

「飾り銃には、葛巻きは致しませぬ。素筒のみでこしらえる」

「つまりこれは、実戦用？」

「はい」

杉ノ坊はうなずき、自然な口調で、

「いかがですかな、吉法師様」

一巴はどきりとした。聞きようによっては、

――特別に見せてやったのだ。これで合戦してみぬか。

吉法師をけしかけているようである。

吉法師は、動じない。鼻歌を歌いながら、

「つぎを見せろ」

あとはもう大したことはない。四段目の建物は銃尾にこまごまと火蓋、火皿、火縄挟みなどを取り付けるだけ。引き金や目当（照準用の銃口部の突起）もつけるけれども、金属加工的にはむつかしくない。

いや、唯一たいへんに困難だったのは、

「雌ねじでした」

杉ノ坊は告白した。話はそもそもの種子島に戻るけれども、若き島主・時堯が最初に鉄砲の国産をこころざしたとき、その製作は、これを牧瀬今兵衛という謹直な刀鍛冶の青年が担当した。

牧瀬はいちおう半年で製作に成功したが、ただ一か所、お手本とおなじにできなかったのは、銃尾のところの処理だった。

筒の口をどうふさぐか。南蛮人のもたらした原型のそれは、

――ねじ。

と、のちに日本人すべてが呼ぶことになる仕掛けを使用していたのである。

筒の内側に、渦巻状の溝をきざみこんでいる（雌ねじという）。そこへ指の先ほどの棒状の鉄をつっこんで口をふさぐわけだけれども、その棒状の鉄（雄ねじという）には渦巻状の山がほどこしてある。回転させながら押しこむことで、溝と山が咬み合って、強固かつ密閉度の高い銃尾になるわけだ。

分解も容易である。何しろ雄ねじを逆のほうへ指でまわすだけで穴があくので、筒内のそうじがしやすいし、何より不具合のときの修理がしやすい。

鉄砲の銃身というのは何度も弾を撃つうちに微妙にまがるものなのだ。筒のなかが目で見えれば、その矯正も容易である。ねじというのはすこぶるよくできた仕掛けだと感嘆しつつも、しかし牧瀬今兵衛は、雄ねじは容易につくったが、雌ねじのほうが何としても再現できなかった。

こんな細い筒の内側に、こんな奥まで、どうしてこんなに精密に溝をきざむことができるのか。

「わからぬ。わからぬ」

牧瀬は三か月のあいだ家から出ずに悩んだ末、結局、鋳つぶすことにした。

雄ねじも雌ねじもない。次善の策で間に合わせたのである。ひとまず撃てることは撃てるものの、清掃と修理の便がない。特に後者は危険だった。まっすぐな銃身はいずれ変形の度をふかめ、暴発の危険がふえるだろう。

種子島時堯は、

「何じゃ」

失望した。

牧瀬への褒美(ほうび)をうんと減らした。それだけ鉄砲に期待していたとあたたかく見るべきだろうか。

翌年になると、例の明の商人の五峰(ごほう)先生がふたたび船で来た。五峰は前回の猛太(もうた)、いいいい、むしゃくしゃとはまた別の南蛮人をつれていたので、時堯はよろこんで、こんどは牧瀬の師である八板金兵衛(やいたきんべえ)を召し出した。

八板金兵衛は、南蛮人にまなんだ。

雌ねじの作製に成功した。その製法はわかってみれば単純だった。あらかじめ銃身をまっ赤に焼いておき、そこへ雄ねじを突っ込んで、外から叩(たた)きに叩く。

銃身がわりあい冷えたところで雄ねじを鋏ではさんで回し、むりやり引っぱり出す。これで筒の内部には正確に一対となる溝がのこるわけだ。製法の伝授とひきかえに五峰先生がまたもや多額の仲介料を要求したことは言うまでもないが、時堯はためらわず支払った。禰寝(ねじめ)戦争が終わってもなお、この島主は、武装への意志を持ちつづけたのである。

もちろん右の製法は、口で言うのはかんたんだが、実際には高度の手わざがいる。銃身を焼く温度。雄ねじの長さ。外から叩くときの力かげん。雄ねじを引っぱり出す頃合い。すべてが完璧でなければならない上、完成しても、ひとつの雌ねじに、つまり一挺の銃に合う雄ねじはひとつだけ。

のちの近代的な規格化社会におけるように、どの雄ねじが、どの雌ねじにも合うわけではなかった。しかしながらとにかく最高度の複製がこうして実現したことにより、種子島の地は、鉄砲の量産体制に入った。

時堯は大いによろこび、みずから百発百中の腕前になるまで銃の稽古に励んだとか。ちなみに言う、八板金兵衛はこれで財と名誉を得て、子孫がつづいた。

つづくうち世間のほうも鉄砲製作の功はこれを金兵衛ひとりに帰すようになり、こんにちにいたる。言い伝えとはそういうものである。若き牧瀬今兵衛はただ雌ねじが作れなかったというだけのために、その努力と功績にもかかわらず、名前を歴史に登録する権利を永遠にうしなったのである。

杉ノ坊が話を終えると、一巴は、

「おぬしらではない」

「え？」

「その話では、おぬしの言うところの雌ねじの困難を解決したのは根来寺ではない。種子島ではないか」

「そのとおり」

と杉ノ坊はあっさりうなずき、火蓋や火皿や火縄挟みのついた銃身を一本よこさせて、

「われわれは、種子島から学んだのです。大した島です」

放ってよこした。一巴はそれを両手で受け取り、片目をつぶり、遠めがねのようにして銃身の筒のなかをのぞいた。たしかに銃尾の内側には螺旋状の小路が穿たれている。

学んだというのは体のいい言いかたで、ほんとうはここでも技術流出を強要したのだと一巴は思ったが、何も言い返さなかった。五段目の建物では銃身にしっかりと木枠をはめこむ工程がおこなわれていた。はめこんだら下界の川べりへ持って行って、試し撃ちをするのだそうな。この試し撃ちは、もちろん飾り銃の場合には省略するわけだ。

すなわち根来寺の鉄砲づくりの肝腎のところは三段目の葛巻きにある。一巴はそう

得心した。あの建物がほかより小さかったのも、つまりは、

（寺外の者に、見つかりづらいよう）

五段目の建物を出たとき、一巴は、汗をぬぐいつつ、

「銃一挺に、複雑だな」

「これでも日本刀よりは工程の数が少ないそうですよ、鍛冶どもに言わせれば」

「ほう」

「大したものですな、鍛冶というのは。はっはっは」

と、杉ノ坊はいかにも鷹揚に笑ったけれども、吉法師が、

「撃ってみたい」

と言い出したら、きゅうに鼻の前で手をふって、

「いけません、いけません。万一のことが」

「万一のことがあるのか、貴様の銃は」

「そういうわけでは……」

「万が一を気にするやつは、万にひとつの好機をも逃すぞ」

一巴も横から、

「殿様、おん身をいたわりなされませ。清須のお父上にも叱られましょう」

言ってから、しまったと思った。この吉法師という若者は、ふだんから、父を理由に行動を制限されることを極端にきらう。がしかし、このときは、

「まあ、よいわ」

すたすたと山道をくだった。

†

その晩は、豪勢な料理でもてなされた。

宴(うたげ)はほかの僧たちも加わり、三十人ほどになった。酒がうまい。魚がうまい。一巴はたちまち体中の血がほかほかした。こんな山のなかの一堂(いちどう)でこれほど新鮮な刺身が出るのは、おそらくは、若山(わかやま)(和歌山(わかやま))の海のめぐみを紀ノ川のぼりの舟に載せたのだろう。それにしても根来寺の僧ども、平生(へいぜい)こういうなまぐさものを食っているせいか、どいつもこいつも僧というよりはむしろ兵士のごとく腕に、胸に、首のまわりに、しっかりと筋肉がついている。

髪も、剃(そ)っていない。

吉法師も頬(ほお)を上気(じょうき)させつつ、

「これからは弓矢の世ではない。鉄砲の世じゃ。おい売僧めら、聞け、どんどんわしによこすのじゃぞ。愚昧な将軍をよろこばせるまやかしものではない、正真正銘の鉄砲をな」

もっとも、吉法師は酒を飲まない。水の杯をかさねている。杉ノ坊はそのたびに瓶子から注いでやりながら、

「お望みのままに」

「金がない」

「おやおや」

「この吉法師、しょせん那古野のぬしにすぎぬからな。父様の飼犬じゃ。うんと安うせい」

杉ノ坊はとぼけた顔で、

「さてさて、容易なりませぬことを。こちらも原料代がかかりますし、あの気位の高い鍛冶たちを養うのも……」

「種子島から買うぞ」

「遠すぎましょう」

「風のうわさに聞いたところでは、和泉国堺、近江国国友でも鉄砲づくりを始めたと

か。どこのやつらも、儲かる仕事には手出しが早いのう。そうは思わぬか」

「値下げくらべを強いるので？」

「世のならいだ」

「どうしたものかなあ」

杉ノ坊はうんと顔をしかめたが、吉法師は目がすわり、

「迷うそぶりはよせ。わしには通じぬ」

「いやいや」

「なぜ見せた」

「え？」

「なぜ見せたのかと聞いたのだ、この秘中の秘たる鉄砲づくりの作事場を。たかだかこんな辺陬の小城の城主ごときに。俺を何に使う気だ？」

僧たちが、ぴたりと騒ぎをやめた。

おたがい視線を交わして、その視線が、おのずから、ひとりの僧にあつまった。杉ノ坊よりも年上らしい、この席でいちばん体の大きい僧である。視線の圧力に、

――耐えかねて。

という感じで、箸を置き、もったりと口をひらいて、

「拙僧、恵崇と申す」

「名乗りはいい」

「叡山」

「何」

吉法師は、目を細めた。恵崇は、

「天台宗総本山、比叡山延暦寺。われらの願いは、それをこの世より滅し去ること」

訥々と、おそるべき話をした。

根来寺が、高野山の分派であることは前述した。その高野山金剛峯寺の開創は、七百年以上をさかのぼる弘仁七年（八一六）、弘法大師空海によるけれども、この空海の、いわば最大の敵というべきが伝教大師最澄だった。

おなじ密教をこころざし、おなじ唐に留学し、いっときは七つ年上の最澄のほうが空海に教えを乞うような美しい関係でもあったというのに、或る時期から仲違いして、犬猿の仲になった。

教義という形而上的なところでも、経典の貸し借りという形而下的なところでも感情がもつれにもつれたらしい。この最澄がひらいたのがすなわち京のみやこの鬼門

（北東）にあたる比叡山延暦寺なのである。最澄の死後、この山は要塞化した。田舎守護、田舎大名など足もとにも及ばぬほど僧兵をかかえるようになり、あるいは僧兵どうしで争ったり、あるいは神輿をかついで朝廷にのりこんで要求をむりやり呑ませたりした。平安後期のあの独裁的権力者・白河法皇でさえもが、

——わが意にかなわぬもの、賀茂川の水、双六の賽、山法師。

と嘆いたほどの乱行専横。この山法師がつまり比叡山の僧兵だったわけだ。

いっぽう、高野山のほうは要塞化しなかった。

空海入定後もあくまで学問の山、信仰の山でありつづけたが、そのぶん、きなくさい干戈のことを一手に引き受けたのが分派の根来寺である。根来寺では、いまも僧たちが、

——一日一本、矢をつくれ。

と命じられ、その仕事を忠実にこなしているのだ。

場合によっては京へのぼって強訴もやる。紛争も辞さない。比叡山にしてみれば、おのれと似たような勢力でありつつしかも七百年来の確執の対象となるのは、この根来寺をおいて他にないのだ。

「そういう次第なれば」

と、恵崇は吉法師へ顔を近づけ、

「殿様には、お父上へのおとりなしを願いたい。ほかの大名と連合して、叡山のおさえをしていただけるよう。それなら」

「それなら？」

「当寺の鉄砲、どんどん心を尽くさせてもらう」

「………」

吉法師、血の気が引いている。

ひたいには、湯玉のような汗。一巴はその顔つきを横から盗み見しつつ、

（それは、そうじゃ）

一巴自身も、息がつまった。那古野の城のあるじなど、この比叡山と根来寺という巨大な犬と猿の前では子猫にひとしく、その点では清須城主の父・信秀でもさほど変わらないのではないか。もしも吉法師がここで、

――わかった。

と返事をすれば父ともども叡山を敵にまわすことになる。

ことわれば根来寺が敵になるどころか、そもそもいまこの場を生きて脱け出せるかどうか。要するに吉法師と一巴はいま、丸腰で取り囲まれているのだから。髪もあえ

て剃ることをせず、生魚を食い、酒を飲み、一日一本せっせと矢をこしらえている筋骨隆々たる坊主どもに。

吉法師は、どう返事するのか。それを無言で待ちながらも、一巴は、心のかたすみで、

(弓)

そっちにも、こだわらざるを得ない。

吉法師はさっき上きげんで「これからは弓矢の世ではない」と放言したけれども、根来寺は、鉄砲の生産に傾注しつつ矢の生産にも励んでいる。

それが現実的な対応なのだろう。どんな金持ちの大名でも、どんな新しいもの好きの領主でも、鉄砲だけで戦闘をやるわけにはいかないのだ。一巴の心はゆれている。この世が弓の世であってほしいという願いも、胸のどこかでは、ぽつりと灯がともっているのだ。

吉法師は、

「……わかった」

うつむいてしまった。

「叡山は、わしがつぶす」

消え入りそうな声。ざわっ、と僧たちが失笑した。虚勢であることは誰よりも吉法師本人がわかっているのにちがいない。

杉ノ坊が、

「さあさあ、不粋な話はこれでしまいじゃ。殿様、一献。さあ一献」

ふたたび瓶子をつまみあげたので、吉法師は受け、あとは酒でみだれて夜は終わった。酒を飲まない吉法師も、僧に強いられて、多少はむりやり飲んだらしかった。

翌朝、ぶじに根来寺をあとにした。根来寺としては今回はとにかく日本一肥沃な尾張国の半分をおさめる梟雄・織田信秀の嫡男から、

――言質を、取った。

というだけで収穫だと見たのかもしれない。山を下りつつ、一巴は、おのが主人をあわれに思った。この人は戦国の世を生きられぬだろう。この人がいずれ泥田の生首になるとき、自分もそうなる。

（まもなく）

そういう未来しか思い描くことができなかった。

†

その後の吉法師は、どんどん世の中へ打って出た。

というより、どんどん世の中にまきこまれた。まずは根来寺に行った翌年、妻を娶った。

相手は斎藤道三の娘・濃姫。

もちろん政略結婚である。斎藤道三は隣国・美濃国の実質的なあるじで、形式的には足利幕府より正式に守護に任命されている土岐頼芸の一家臣にすぎないが、世間の大勢は、

——いずれ、名実ともに美濃国のあるじになる。

と見ていた。その不気味さから、

——蝮。

などと陰口をたたかれてもいる。

織田信秀もそれまで数度、国境をこえて、美濃への侵攻をこころみたけれども、そのたび道三に撃退されている。だから態度をひるがえして、

——同盟しよう。

そう決めたのである。その同盟のための口実づくりに、吉法師はつまり駆り出された。よくある結婚風景だった。

結婚の三年後、その信秀が死んだ。

病死だった。享年四十二。吉法師が、いや、もう信長と呼ぶべきだろう、その葬式の席に出たおり、僧侶三百人の読経の声のなか抹香をつかんで仏前へ投げつけた逸話はあまりにも有名である。そのさいの信長のいでたちは、頭は茶筅まげ、袴もつけず、長柄の太刀と脇差をぐるぐると腰のしめ縄でまいていたという。

信秀の死の二年後の天文二十二年（一五五三）閏正月、こんどは宿老・平手政秀が自害した。享年六十二。もっとも、信長はこれに構うひまはない。もうすぐ美濃国より斎藤道三がじきじきに訪れて来るのである。

道三はこの前年、やはりと言うべきだろう、土岐頼芸を追い出して稲葉山城のあるじとなり、美濃の頂点に立っている。その頂点がみずから城を出て、

「わが愛娘の、良妻ぶりを見たいわい」

などとえびす顔をしているというのだ。

むろん、良妻うんぬんは建前である。本音では信長を見たいのにちがいない。なる

ほど道三は美濃国をその手におさめはしたけれども、もう若くなく、死ねば息子の斎藤義龍（よしたつ）（濃姫の兄）に継がせるのが常道にもかかわらず義龍とはかねて親子仲がわるい。

おなじ武将として、さほど評価もしていない。それならばいっそ信長に、

——美濃を、やるか。

信長も娘の夫である以上、義理とはいえ、まごうかたなきせがれなのである。その相続の可否を判断するため、道三は、いわば面接試験をやりに来るのだ。

対する信長は。

道三の事情は、むろん知らない。

知らないがしかし道三におのれを強く印象づけたい理由はあった。信長もまた、この時期、けっして順風満帆ではなかったのである。父・信秀の死によって家督はひとまず継いだものの、清須城へは入ることができず、いまだ那古野にくすぶっている。なぜなら清須城の城主は、形式的には父ではなかった。守護の斯波義統（しばよしむね）だったからである。義統は凡庸（ぼんよう）な人物で、何らの才も野心もなく、たまに城外へ散歩に出るのが唯一のたのしみという男だったけれども、ただ斯波氏という室町幕府開府以来の名家の末裔（まつえい）であることによって、かろうじて「尾張守」の官位は持ちつづけていた。その

義統の代理という立場で、信秀はこれまで尾張半国を支配していたのである。

信秀の死後、その実質的支配者の地位には、織田信友がついている。

おなじ織田の姓ではあるが、形式的には信秀の主人だった。もしも信長が今後、世に出ようとすれば、まずは実力でこの斯波義統・織田信友のがんばっている清須城を落とさなければならず、落とせなければ逆に清須のほうから攻めこまれ、ほろぼされるだろう。

信長は、じつは追いつめられつつあったのである。こういう危うい情況のもとでは、信長としては、いざというとき道三の援護を得られるかどうかは生死に直結する。ここは何とか、

――いいところを、見せたい。

それが信長の本心だった。いくら何でも、今回はまさか道三に抹香をぶつけるわけにはいかないのである。

会談の場所は、両国国境にちかい尾張国富田の聖徳寺ときまった。一か月ほど前になると信長は一巴を呼び、

「イッパ」

「はい」

「蝮めに、思うさま見せてやりたい。ただちに鉄砲を用立てろ。一千挺」

「無理です」

一巴は即答した。この織田信長という主人は、ちょっとでも返事が遅れると、それだけで顔を殴るのである。

信長は、

「無理とは何だ」

顔を殴った。一巴は三間(約五・四メートル)もうしろにふっとんで尻もちをつき、立ちあがって、

「無理です、やはり。道三殿にあっと言わせたいお気持ちはわかりますが、たった一か月ではどうにもならぬ。いや、一か月どころか一年あったところで、金子のほうが足りませせぬ」

「やらぬ理由をさがすな、あほうめ」

と、これは信長の口ぐせである。一巴も負けじと、

「やらぬのではない、できぬのです」

あの根来寺での作事場視察から五年半。一巴はいろいろと金をやりくりして、根来寺に値引きもさせ、それでも買えたのは四十挺程度にすぎなかった。千挺などは夢の

夢である。

が、信長は、

「頭をつかえ。だからおぬしは駄目なのだ。その日だけ揃えればいいのであろう。飾り銃を借りてこい。蝮といえど旧時代の老人じゃ。どれほど目を皿のようにして見たところで、ほんものと区別はつかん」

「あっ」

一巴は左の頬を手でおさえつつ根来寺へ走り、しかし結局、根来寺のほうも、千挺は用意できなかった。

四百挺あまり、船で那古野へ運んできた。もともと持っているものと合わせればまあ五百挺とは称し得るだろう。

当日、道三のほうも小細工をした。聖徳寺の本堂は、入口の手前にながながと板敷きの道がある。その左右にずらりと老臣ばかり七、八百を立たせたのだ。

全員しわひとつない肩衣、袴に身をつつんで、威圧的な目をして待ちかまえている。信長はどうしてもこの列のあいだを通らなければ、会談にはのぞむことができないのである。

「上総介（信長）は、二十か。まだまだ年寄りにひるむ年じゃ。どういう態度を取るかのう」

その上で、道三自身は街に出て、小さな家にもぐりこんだ。第一の目的はもちろん聖徳寺へ遅れて行くことだけれども、どうせならば、ついでに信長の素の様子も、

——目睹してやろう。

そうもくろみ、竹組みの格子窓のすきまから通りを見た。

のちの世に有名なのは、このときの信長の異様な風体である。大人のくせに茶筅まげを野菊のごとく風にゆらし、着物はひらひらの湯かたびら。帯のかわりに腰にぐるぐる巻いたのは、稲穂の芯でなった稭縄だった。

いちおう大小をさしているものの、そのほかに燧袋やひょうたんを七つも八つもぶらさげている。しかしながら実際のところ、このとき道三は、むしろそれよりも信長の先に立った五百挺の銃隊のほうへ目をとめている。

「おい」

供の者の袖を引いて、

「ありゃあ、借りものじゃわい」

あっさり見やぶった。

道三の耳にはこころもち、鉄砲のかちゃかちゃと鳴る音が大きかったのである。い

くら担いで歩くだけにしても、人間というのは、本人または主君の持ちものでないと扱いが雑になる。

「どうせ、弾も出んじゃろう。猿使いの猿とおなじ、ただの見せものさ」

その後ふたりは、正式に、聖徳寺の本堂で面会した。信長は正装である。寺で着がえたのである。道三は湯漬けを食いながら、さもさも、

――つまらん。

という顔をして、

「りっぱな鉄砲隊を連れてきたのう、婿殿。あれが一斉に射撃するところ、見せてくれぬか」

「いつでもどうぞ」

「いま、ここで」

と道三は言い、箸を置いて、

「さだめし壮観であろうのう。山へ帰る烏の群れがみな落ちる」

信長は、箸を置かない。

ずるずる湯漬けを掻きこみつつ、

「烏など、つまりませぬな。いずれ龍を落としましょう」

会談が終わり、道三は、稲葉山城へ戻った。戻るみちみち、春日丹後(かすがたんご)という重臣に、

「あのたわけの婿殿は、どんな態度であったかな。おぬしら年寄りの列のあいだを歩んだとき」

「それが」

と、春日は頬を紅色にした。いわく、春日丹後はあらかじめ言いふくめられていたとおり、信長が前を通ったとき、

「さあさ、はやく本堂へお上がりあれ」

わざと大声でうながした。信長への圧力である。信長は無視して階段をあがり、体の向きを変え、腰をおろした。

老人どもを見おろしつつ、仏頂面(ぶっちょうづら)をして、本堂の縁側の柱にもたれたという。それから頃合いを見て着がえをして、道三に会い、湯漬けを食ったわけだ。

「一種の虚勢ではありましょうが、あの面、なかなか堂に入っておりました。この俺をいつまで待たせるのだと言わんばかり」

と、春日は話をむすんだ。道三は、

「そうか」

うなずくと、まるで独り言みたいに、

「あの婿殿は、やはり大したたわけじゃったな。わしの子供は、いずれたわけの門外に馬をつなぐことになるじゃろう」

道三はおそらく、信長が会談時に、

——鳥のかわりに、龍を。

とうそぶいたことを思い出したのだろう。そうしてその龍というのが嫡男の斎藤義龍をさすことは、この場合、火を見るよりも明らかだった。信長ははっきりと、

——あんたが死んだら、美濃は俺のものだ。

と宣言したのである。道三はのちのちまでも、この日の会談が話題になると、ひどく苦い顔をしたという。

親子仲がわるいとはいえ、感情的には、やはり実の子のほうに仕事を継いでほしかったのにちがいない。

†

この会談の翌日、信長は一巴を城へ呼んで、

「爾後(じご)は、わしみずからも鉄砲をならう。おぬしは師である。しっかりと教授せよ」

「はい」

一巴はうれしくもあり、やや悲観的にもなった。一巴自身はかなり命中度が高くなったが、この弟子はこれから何度、

——教えかたがわるい。

だの、

——ぜんぜん腕が上がらぬではないか。

だのと言って一巴を殴打するだろう。いっぽう信長も、道三との会談を機に、

(目先の策は、通ぜぬ)

そのことが、肌身にしみている。

これからは弓矢の世ではない、鉄砲の世じゃなどと根来寺で坊主相手に気炎を上げておきながら、その上げた信長自身がまだまだ認識が足りなかった。道三のごとき旧時代の梟雄ですらも偽物(にせもの)とほんものが判別できるほど、それほど鉄砲という兵器は急速に普及しているのだ。

時代は、

(変わる)

信長はこの一日だけで十年ぶん成長した。稽古はその日から始まった。

†

ほどなくして、清須城に政変があった。守護代であり実質的支配者である織田信友が、おなじ立場の坂井大膳と共謀して、守護の斯波義統を城内で急襲したのである。斯波義統にも、むろん忠誠ずくの屈強の護衛役がいる。しかし彼らはこの日たまたま息子の義銀という、これまた平凡で外出ずきの若者とともに川へ鮎とりに行ってしまったため、義統のまもりは手薄になっていたのだ。急襲側は、かねてこの隙をねらっていた。

義統は、腹を切らされた。

鮎とりの最中にこの報に接した息子の義銀は、はだしのまま郡境をこえて那古野にのがれた。そうして信長へ、

「清須を討て。たしかに命じたぞ。あやつらは主君を弑した逆臣じゃ。めでたく討ったあかつきには、わしの名のもと、尾張半国の支配をゆるす」

信長にしてみれば、餌がむこうから来たようなものである。形式上は、

――君臣の序を明らめる。

と称して、兵を出した。

家臣のうち、もっとも指揮能力の高い柴田勝家をえらんで越境させた（厳密には弟で末森城主である織田信行の家臣）。清須城からも兵が出てきて、両者は清須城外・安食村成願寺の前でぶつかった。

勝家のほうが、勝利した。

勝家はさらに清須城まで攻めこんだものの落城までは持ちこめず、信長はその後、謀略をからめて織田信友を殺害した。

坂井大膳は城をのがれ、駿河へ奔った。東海一の大大名である今川義元をたよったのである。こうして清須は空城になり、信長が入城した。その陣列はまことに堂々たるものだったという。父・信秀の死から約四年、ようやく信長は力ずくで実家を手に入れたのである。

あるいはようやく父と同様、尾張半国の支配者になったのである。例の鮎とりの斯波義銀ははじめ信長に奉じられ、尾張国の守護になったものの、のちに仲違いして尾張を追われた。自尊心の末路だった。

以上の清須城奪取の緒戦には、信長は、最後までみずから出ることをしなかった。

奪取後の或る日、一巴は城へ上がり、信長に面会をねがい出て、

「殿様」

「何じゃ」

「殿様は、こたびのいくさじたくについて、拙者にはあらかじめ一言もお洩らしあられなかった。かわりに権六（柴田勝家）などという……いや、それはいい。なぜ拙者を出しませなんだか」

「む」

信長は、顔をそらした。

めずらしいしぐさだった。一巴はつづけて、

「拙者を出さぬということは、とどのつまり、鉄砲を出したくなかったのでしょう。刀と槍と弓だけで片づくならばと。殿様、そろそろ心をおきめください。もはや拙者も、足軽どもも、鉄砲のあしらいには慣れきっております」

「わしが臆病じゃと？」

「いかにも」

こぶしの飛んでくるのを覚悟したが、信長は、

「わしの立場は、貴様とはちがう」

ふっと息を吐き、諭すように、

「わしはすべての家臣、すべての領民に対して責任がある。自陣内でうっかり破裂させ、勝てるいくさで城を取られるなどあってはならぬ」

一巴は、返事しなかった。この若殿も、向こう見ずらしくふるまっても結局は、

（命惜しみの、徒だったか）

失望した。もっとも、立場がちがうのは確かである。人の上に立つ者にとって、新しいものに手を出すというのは想像を絶する恐怖があるのかもしれない。

一巴は、ひざを進めて、

「とにかく、つぎの大いくさでは。ぜひ」

「貴様を出せと？」

「はい」

「つぎの大いくさは、岩倉攻めじゃぞ」

「あ」

一巴は、絶句した。そんなことは考えもしなかった。

いや、ちがう。わざと考えぬようにしていたのだ。信長がこうして尾張半国の支配者になったからには、もう半国を取りに行くことは当然予想し得たはずなのに。

信長は一巴を見て、

「岩倉は、清須よりも堅いぞ」

要するに、

——鉄砲を、使う。

その宣言とも受け取れる。一巴は平伏して、

「ぜひ」

岩倉は、一巴にとって実家である。いずれ来るとわかっていた日が、とうとう来ようとしている。

「もういい」

「はっ」

一巴は、退出した。

†

斎藤道三は結局のところ、誰に美濃をやるとも言わぬまま、長良川（ながらがわ）の合戦に負け、息子の義龍に討たれてしまった。

信長はただちに、

——義龍、討つべし。

満天下に宣言した。

——自分はかねて、道三殿から書状をあずけられていた。美濃をゆずると書いてある。その美濃を横から奪い去った義龍こそ事の順逆をわきまえぬ極悪人なり、君徳なき者なり。討つべし討つべし。

書状うんぬんは、むろん嘘である。信長はその写しと称するものを近隣へばらまいたのち、しばしば美濃へ兵をやり、小戦闘をかさねた。美濃の兵はつよく、なかなか埒があかなかった。

信長はまた、このころになると、駿河へもさかんに兵を出した。

駿河の国主は、今川義元である。東海一の大大名と称されていることは前述した。信長にしてみれば、外敵はそれぞれ美濃国、駿河国をまるごとその手におさめているのに対して、こっちは半国の所有者にすぎない。信長はこのころ、しきりと、

「男と生まれれば、やはり、一国持ちにならねば」

と家臣に言っていたが、これは野心というよりはむしろ焦燥のあらわれだったろう。

時代の趨勢に、

——遅れている。

そのあせりである。戦国の世もはじめのうちは小さな荘園領主の代理のそのまた代理がちょっとした勢いで主君をやぶる例が多かったが、世の中が進むと、勢いだけでは勝てなくなる。

勝つ理由のあるやつが勝つようになる。その理由とは、より広い土地であり、より多くの年貢収入であり、より良質の人材であり、なおかつそれを効率的に操作することのできる、より強固な組織力にほかならぬ。

いくら肥沃な尾張でも、半国ぽっちではどうにもならぬ。基礎体力で劣るのである。この点でもやはり、岩倉城は、

（落とさねば）

信長は、待つ。

じりじりと待ちつづける。あらたな口実がとびこんで来て、天下晴れて兵を出せるようになる日を。

†

信長が岩倉攻めを決意したのは、永禄元年(一五五八)五月である。

この月、岩倉城内で政変があった。城主である織田信安が、長男・信賢に城を追い出されたのである。

信安はどうやら、かねて次男に家督を継がせようとしていて、それで長男が機先を制したという。数十の手勢とともに父の居室へ押し入って、

——腹を切るか。城を出るか。

とせまり、後者をえらばせた。この長男はまた以前より美濃の斎藤義龍と親交があったから、あるいは義龍による何らかの関与もあったのかもしれぬ。

以上の速報を聞くや、信長は、

「これはいい。これはいい。千載一遇の好機が来た。ここまで信賢がばかだったとは」

子供のように跳ねまわった。

「なぜ、ばかです」

と、近侍のひとりが問うたところ、

「わしならば父を追い出したりはせぬ。その場で殺す。のちのち憂いになるではないか。討ちこみじゃ、討ちこみじゃ」

二か月も経たぬうち、よく晴れた日をえらんで兵を出し、みずからも出た。今回にかぎり何の口実もかまえなかったのは、その必要がなかったからか。単に忘れていただけか。

目標は、じつは近い。

清須城からならば、北東へほんの一里（約四キロ）ほど行けばもう岩倉城へ着いてしまう。目と鼻の先である。だがこのときの信長は、まっすぐ行くことをしなかった。いったん北へ行きすぎて青木川をわたり、それから南東へ急にまがる。

ふたたび青木川をわたろうというところで、川べりの、

――浮野。

の地で、全兵に、

「止まれ。止まれい」

と、信長は命じた。

川をこえれば城なのである。兵はざわつき、なかには、

——殿は、臆したか。

ささやく者もあった。

岩倉から、もちろん兵が出る。川をこえて来て、陣形をととのえ、一番貝を吹き鳴らした。

合戦の合図である。信長は、

「こっちも、法螺貝を吹け」

命じつつ、

(ここまでは、たくらみどおり)

兜の内側で、頭皮をべったり汗でぬらしている。この浮野は、河畔の地でありながら、のちに田よりも畑のほうが多くなったことからもわかるとおり地に水の気が少ない。土がしっかりしているのだ。

よく晴れた日に、まわり道までしてここを選択したのは、

(鉄砲を、使う)

その一念のためだった。

兵力は、信長が二千。

これに援軍である犬山城主・織田信清の一千がくわわる。対して岩倉方は三千だ

った。兵力は互角である。勝敗は、戦術と士気できまるだろう。

貝吹きが終わるや、岩倉方から、弓の雨がふりそそいだ。

青空を覆う無数の黒い直線たち。それを信長は本陣から見つつ、しごく落ちついている。前もって一巴から、

「岩倉方には、林弥七郎という弓の名人があります。きっと弓から来るでしょう」

と進言されていたためだった。信長は、兵はむりに進ませず、姿勢ひくく待機させた。

兜もあらかじめ深くかぶらせていて、被害はない。弓の雨がおおかた降りやむと、信長もまた軍配をふるって、

「射ろ」

弓隊を出し、おなじように仕事させた。矢はたっぷりとある。例の、根来寺で僧たちが「一日一本」こしらえたものを買い入れたのだ。ただしこれはあくまでも見せ技というか、平凡をよそおう戦いの入り。信長はつぎに歩兵に突撃させ、槍隊、騎馬隊も投入した。

これもまた、合戦の常道。本陣ちかくに残ったのは、槍隊の一部と、それから七十名の鉄砲隊のみ。

鉄砲隊の長は、一巴である。慣れぬ鎧に身をつつみ、じっと戦場を見つつ、

（来るか）

命令を、待っている。

吐き気のため、口のなかが酢になっている。初陣なのである。わけもわからず叫び出したいのをこらえて戦場を注視した。敵兵は、ひとりも鉄砲を持っていない。ただのひとりもである。弥七郎が配備をゆるさなかったのだろう。ほどなく信長みずからの、

てっぽう、まいれ。

の声を聞いて、一巴は、配下の足軽全員へ、

「縄へ火をつけい」

高らかに命じ、みずからも点火した。

戦場へ、駆け出した。七十名があとにつづく。全速力で走ったら縄の火が消えてしまうので、ぎりぎりの速さをたもつ。心の落ちつきがためされる。彼らは鳥が翼をひろげるように散開し、左右から戦場をはさみこんだ。

いっせいに片ひざをつき、火蓋を切り、引き金を引いた。一、二、三と数えるほどの間。

つぎの瞬間。

戦闘中の全兵の動きが、ぴたりと止まった。

まるで時間が止まったように。それほどの轟音だった。煙が視界をまっしろにし、焦げくささが天を覆う。

空気のわななきが肌をなでる。およそ人間の聴覚、視覚、嗅覚、触覚をくまなく犯すこの人工の天変地異ののち、先に我に返ったのは信長方の兵である。

わずかな隙に、つぎつぎと敵を刺突した。

ないし斬り裂いた。あらかじめ言われていたからである。敵のなかには逃げ出すやつもあらわれるしまつで、このときから、戦況は信長方のものとなった。

一巴たちは、あとはもう遊軍である。筒のそうじもせず銃口から新たな火薬と弾を入れ、火皿へも火薬を入れて、縄に火をつけ、戦場へおどりこむ。

ひとりひとり、ばらばらに走る。そうして敵を見つけては引き金を引き、また弾を込めるのだ。つまりは刀や槍の兵とおなじ。なかば白兵戦。戦法としては素朴というより幼稚だが、しかし何しろ信長にとって鉄砲は最初の経験であり、全国的に見ても初期に属する。組織化、効率化などはまだまだ先の話なのである。

一巴は。

ほかの足軽と同様、やたらめったら戦場を駆けた。

駆けつつ、引き金は引かぬ。ひとりの人間をさがしている。

（いた）

土の舞うなか、馬に乗り、りっぱな甲冑(かっちゅう)を身につけている。その人もこちらに気づいたので、

「やあやあ、わが姓名は橋本一巴なり。尾張国守護代織田三郎信長の臣にして、もと尾張国丹羽郡尾口村橋本太助(たすけ)の三男たり」

名乗りを上げた。これだけで相手には、

――一対一で、やり合おう。

その意図がわかるはずである。相手もこちらへ馬首を向けて、

「やあやあ、われこそは林弥七郎なり。尾張国守護代織田信賢の臣なり。堂々たるべき果たし合いに妖(あや)しき飛び道具をもちいんとする卑怯(ひきょう)のふるまい、いま成敗(せいばい)あらしめん」

（卑怯）

一巴は、その語にこだわった。名乗りというのは、ふつうは自分の姓名や出自、家系などを述べるもので、直接相手を批判するものではない。弥七郎、よほど感情的になっている。

名乗りが終わるや、弥七郎が動いた。

左手に弓をかまえ、右手を背にまわす。箙（えびら）から矢を取って弓につがえる。

一巴は引き金を引くだけである。速さならこちらが上だけれども、弓のほうが射程が長い。こちらはもっと近づかなければ弾がとどかぬ。もしくは命中率が極端に下がる。

一か八かで撃つ、という手はない。なぜなら弾をはずしたら、二発目を撃つまでの長いあいだに向こうは四、五本も矢を放つことができる。一巴は死ぬ。鉄砲という武器は、弓に対して、速射性でも劣るのである。

（やむを得ぬ）

一巴は地を蹴（け）り、弥七郎めがけて走りだした。ただし蛇行した。弥七郎にねらいを定めさせないためである。

距離がつまり、片ひざをついた。

左腕を前にのばして鉄砲をかまえた。その左の脇へ、

「あっ」

脇には、防具はない。一巴は息をのみ、そのまま呼吸できなくなった。

おそるべき弓の師のねらいの正確さだった。痛みで何も考えられなくなり、視界がぐらりとななめになる。引き金の指に力をこめつつ、どうしたことか、

(殿様)

信長との稽古のあれこれが、脳裡に影絵を描きだした。

信長は、とうとう上達しなかった。鉄砲の腕はまあ中の下といったところだろう。そのくせ気がみじかいから恐れていたとおり一巴を叱る、殴る。

人に向けて撃つなと一巴が言うと、かえって人をねらったりする。だが信長はとにかく稽古をやめはしなかったし、それで効果は絶大だった。

鉄砲は卑怯だとか、格式が低いとか吐かす連中がいなくなったからである。彼らは沈黙するほかなかった。それにまた信長は、どうも自分ではそうとう上達したと思いこんでいたらしく、

「鉄砲のような新物でも、慣れれば巧みの者になる。わしがいい例じゃ。向後は槍も長くせよ、どの家中よりも長くせよ。長いと扱えぬというのは固定観念じゃ。慣れれば敵よりも先に刺せる」

の特長となって、
と言いだして、そのとおりにさせた。これは結局のところ、終生にわたり信長の兵

——織田の長槍。

と恐れられることになる。信長という男はもともと合理的な人間なのではない。鉄
砲に合理を教わったのである。

一巴は、
（はっ）

我に返った。戦場である。土ぼこりの向こうに馬がいて、いままさに弥七郎がすべ
り落ちようとしている。

こっちの引き金の指が、どうやら無意識に動いたらしい。弥七郎の鎧の胴の下には
赤革の草摺（くさずり）が垂（た）れているが、その草摺に、小さな白い穴がひとつ見えた。一巴の弾は
そこをつらぬいて腿（もも）へ食い入ったのだろう。

弥七郎が、地に達した。味方の兵が、二、三人そこへ駆け寄り、弥七郎を組み伏せ
た。

味方のひとりが短刀を下ろした。それから立ちあがり、一巴にむけて何かさけびつ
つ弥七郎の首を掲（かか）げたが、一巴の意識はもうなかった。左の脇の矢はふかぶかと、心

ノ臓にまで達していた。

「……先生」

一巴の死体は本陣へ戻され、信長の前へ出された。信長は一瞥しただけだったという。ほどなく合戦は決着がついた。信長方の勝利。鉄砲よりもむしろ槍の長さで結果が出た感がある。こののち信長はやや日数をかけて岩倉城を包囲し、街を焼いた。城主・織田信賢が降伏するや、城そのものを破却した。もっとも、そのときにはもう信長はいない。包囲の時点で京へのぼり、室町幕府第十三代将軍・足利義輝に拝謁して、

——尾張国を、統一した。

と報告している。どこまでも気のみじかい男ではある。

第三話　鉄砲で儲（もう）ける

一汁三菜とあらかじめ聞いていたにもかかわらず、出て来たのは二菜だった。ひとつは焼き鮭。もうひとつは鶉肉のたたきを味噌で焼いたもの。

それと、白いめしに青菜の汁。彦右衛門は箸をとり、正面の庵主へ、

「いただきます」

一礼した。庵主は、

「うん」

彦右衛門は、まず汁に口をつけた。かんぴょうのだしへ塩を足し、蕪の葉を入れただけの素気なさだが、湯気がかすかにツンとする。

鼻の奥が、むずむずした。

だしには干し蓼も入っているのだろう。彦右衛門は内心、

(死ぬ、かな)

ちらりと庵主の顔を見た。庵主はうつむいて鮭をむしっている。

庵主の名は、武野紹鷗。

泉州堺を代表する豪商であり、かつ日本の茶道史を大きく前へ推し進めた偉人だが、いまは顔が小さくなり、頬骨が秀で、黒い影を垂らしている。きょうの体調はさほど悪くないようだけれども、最近は、茶席でとつぜん顔をゆがめて、

「腹痛が」

退席することもしばしばだった。このツンとする干し蓼も、味のこのみというよりは、一種の薬用なのにちがいなかった。

年は、たしか五十三だったか。来年には、いや、

（ことしのうちに）

料理の時間は、しずかに流れる。

箸をつかう音。椀の上げ下げの音。ほんのわずかの咀嚼音。それらが逆にいっそう閑寂をふかくした。陽の光でまっしろになった戸障子の外では、コッコッと木の板をたたくような音がしはじめている。水鶏が鳴いているのだろう。

「ときに」

と、室内で、人の声がした。

彦右衛門の右に座を占める、もうひとりの客。

つるりとした声である。服装こそ黒の烏帽子をいただき、大紋に長袴をつけた立派な侍のものながら、この声ひとつでも経歴が知れるというより、無経歴が知れる。戦場で采配をふるうより、むしろ屋根の下で筆を執ることで時間をすごしてきた人間の典型。

その侍が、箸を置いて、

「ときに、紹鷗殿」

「何です」

「銭をくれ。四千貫」

頭を下げた。

侍の名を、松永久秀という。この前の年、室町幕府第十三代将軍・足利義輝をやぶって入洛し、京および畿内諸国の支配者となった大名・三好長慶の重臣である。

松永はこのとき、三好より、堺の代官に任じられている。いわば政治的支配者であるわけだが、その支配者がたかだか一介のあきんどを、いくら豪商でもあるにしろ敬称つきで呼び、お辞儀までしたことになる。

一貫とは、基本的に銭一千枚である。四千貫なら四百万枚。紹鷗は、

「それはまた、難儀やなあ。四千貫とはおびただしや」

と、ちっとも難儀そうでない口ぶりで応じた。やはり体調がいいらしい。松永はかさねて、

「応仁の乱より九十年、京はたびたび戦火にまみれ申した。民草はいまや住む家もなく、たよるべき寺も神社もない哀れさ。わが主人たる筑前守（三好長慶）もその火を出したひとり故、ひとしお胸を痛めておられる。京のみやこの再興こそが民のため、侍のため、御所の裡の天子のために必要なのじゃ。のう、紹鷗殿、おぬしは堺の豪商たちの頭人じゃ。みなおぬしの指図にはしたがう。どうか彼らを説得して銭をあつめ、わが主人におさめてもらえぬか」

また頭を下げた。松永はのちに東大寺大仏殿を焼いたり、室町幕府第十三代将軍・足利義輝を暗殺したりしたため、後世には、

――悪人。

その印象が強烈だけれども、本質的には官僚肌で、気のつよい男でもない。悪人ふうに世に出るのは、この七、八年後、三好が死を前にしていちじるしく精神を病んでからである。

紹鷗も、そういう人柄を見ぬいたのだろう。横を向いて、

「鶉は、お気に召さなんだようじゃ。三菜目をお出ししよう」

はっきりと、

──おことわりする。

の意である。松永の声が、

「じょ、紹鷗殿……」

と消え失せて、また座敷のなかが静かになった。

彦右衛門はこの間、汁を吸い、めしを食い、鮭も鶉もすっかり平らげてしまっている。紹鷗と目を交わし、ぱんぱんと手を打つと、ただちに背後の襖がひらいて、加用（給仕）の者たちがあらわれた。

紹鷗、彦右衛門、松永久秀それぞれの膳から二枚の皿を引き、三菜目の椀を置く。

椀の料理は、あつめ汁だった。

本来は街の大工や職人が何でもかんでも鍋へあつめて煮る、こんにちでいう鍋料理のようなものだけれども、この日のそれは煮物である。

小芋を白味噌でやわらかくしている。煮汁は少なく、やはり干し蓼のにおいがツンと来た。ほかには二枚の小皿が添えられたが、それには煎り昆布と香の物が置かれている。

彦右衛門は加用の者へ、めしと汁のおかわりも命じてから、

（誰が、出すか）

小芋を箸でちぎりつつ、内心、松永を鼻で笑っている。どうせ京の再興などは嘘っぱちで、自分の軍備に使うのだろう。京に旗を立てるというのは、いわば全国の大名を、

――さあ来い。俺を倒してみろ。

と挑発するようなものなのだから、三好長慶はこれから四方の敵と戦わねばならず、また京の内部にしつこく巣食う幕府の実力者とも陰湿な神経戦をやらなければならない。将軍を追い出したからといって、幕府機構そのものが消滅したわけではないのである。

金は、無限に必要なのにちがいなかった。松永はおそらく三好から、

――どうしても、堺の連中から銭を引き出せ。出せぬうちは帰って来るな。

と命じられているのにちがいない。羽織の袖で汗をふきふき、

「どうか。どうか」

「あつめ汁を」

「い、いただく」

箸をとり、口を大きくあけ、小芋をまるごと放りこんだ。田舎者のしぐさである。

紹鷗はあごを引き、上目づかいに松永を見て、

「ただし」

口をひらいた。一瞬、悪鬼のような目になり、

「手前は、あきゅうどにございます。あきゅうどは義では動かぬ、利で動く。見返りがあるなら話はべつ」

「見返り？」

「これを」

箸を置き、その手をかざし、彦右衛門から見て左を示した。

左には床（床の間）があり、一幅の書がかけられている。南宋の偉大な禅僧である虚堂智愚の墨跡で、これだけでも地方の一、三郡に値しようが、さらに目を引くのは、その手前に置かれた壺だった。

茶葉を入れるための、いわゆる茶壺である。あまり大きなものではなく、高さはせいぜい一尺（約三〇センチ）だが、全体に暗緑色であり、ときどき大海に浮かぶ小

島のように瘤が浮いている。焼いたときの火ぶくれである。

この瘤が、それこそ島の多さで有名な陸奥国のあの歌枕を思わせるので、壺そのものを、

――松島の壺。

と呼ぶ。

紹鷗は、

「こちらも」

と、こんどは右のほうを手で示した。右の畳には台子が置いてあり、そのなかに天目茶碗だの、面桶だの、茶杓だのが整然とならべられているけれど、見る者が見れば、何と言っても、

（みをつくし）

茶入の姿がめざましかった。

手のひらに載る大きさの、要するに小さな壺である。葉を挽いた濃茶を入れる。口が細く、下ぶくれで、こういう形状のものは一般に茄子のかたちに似ているため茄子茶入と呼ばれるが、これは肌の地が、胡桃色をしている。

その胡桃色のなかに一か所だけ、どういう焼きの具合なのか、黄色い模様が入って

いて、こちらを向いている。
　模様はさながら漢字の「谷」の字を縦にのばしたよう。そうしてその底には、いまは見えないけれども「みをつくし」の五字の書き入れがあることを彦右衛門は知っている。
　紹鷗みずからが書き入れたのだ。縦長の「谷」の模様を澪標、つまり海に突き刺して船の通行の目印とする杭になぞらえての命名。すなわち、
　松島の壺
　みをつくしの茶入
　このふたつは紛れもなく紹鷗所有のうちの最上等、いや、天下第一の品である。
　むろんどちらも由来は申し分なく、宋代に産したいわゆる唐物で、日本では東山御物だった。東山御物というのは書院文化の創始者というべき室町幕府第八代将軍・足利義政の収集である。とにかくその二尤物をわざわざ手で示したということは、紹鷗はすなわち、
　――松永殿。おぬしの主人も、これほどのものを何かよこせ。それなら銭は出してやる。
　松永はそのように確信したにちがいなく、箸を持ったまま早くも、

「無理じゃ。無理」

顔の前で手をふった。評判はかねて聞いていて、その評判とおのれらの見識または収集をつい比べてしまったのだろう。紹鷗はにやりとして、

「逆です」

「は？」

「この壺か、茶入か、いずれか一方をあなたの主君にさしあげる。そう申そうとしたのです。名物（めいぶつ）というのは不思議なもので、単なる物体にすぎぬながら、器量ある者に持たれれば輝きを放つ。なき者に持たれれば……」

「持たれれば？」

「そやつを、ほろぼす」

「ほ、ほろ」

松永は、絶句した。紹鷗は淡々と、

「この紹鷗ごとき、とても持つに値する徳はござりません。見るだけで胸が苦しゅうなる。ぜひぜひご主君にご所蔵あられたい。それが叶（かな）うなら、いわば嫁入りの持参金として、よろこんで銭も献じさせていただきましょう」

松永は、即答すべきでない。本来なら、

——帰って主人の意をうかがう。

とでも答えるべきところである。だが、それすら忘れて、

「なおなお、無理じゃ」

「残念至極(しごく)にございます。それでは食事はしまいとしましょう。菓子は白あん餅(もち)。彦右衛門」

「はい」

「茶を点(た)ててさしあげよ」

「承知しました」

松永は茶を飲み、餅を食うと、逃げるように去ってしまった。戸外の水鶏ももう鳴きやんでいる。茶器や皿をすっかり片づけさせて、ふたりきりになると、

「彦右衛門」

紹鷗の声が、にわかに枯(か)れた。彦右衛門は、

背が、猫のようである。

「はい。ちちうえ」

「年齢(とし)は、いくつじゃったかな」

「三十五になりました」

「わしは死ぬ」

「え？」

「おぬしもかねがねそう思うておるであろう。顔に書いてあるわ。わし亡きあとは、おぬし、堺の街を背負うて立てよ」

（これは）

と、彦右衛門は、いずまいを正した。遺言ではないか。紹鷗はつづけて、

「こたびの三好ないし松永は、取るに足りぬ。しょせん京のみやこを掌握するのも一時のみにすぎぬであろう。茶器ひとつ取れぬ臆病者に、どうして天下が取れようか。ただし今後はわからぬぞ。三好よりももっと強い大名が来て、三好とおなじく、矢銭（軍資金）をよこせと言うかもしれぬ。京というのはむかしから、どういうわけか、人に銭を落とさせるばかり。けっして拾わせてはくれぬ土地じゃからな。彦右衛門」

「はい」

「わかるな、おぬし。われら堺の商人は、誰が来ようが鐚銭一枚やってはならぬ」

「はい」

「わしの見るところでは、彦右衛門、おぬしの商才は堺で一番じゃ。ということは要するに日本で一番ということ。誰もかなわぬ。おぬしが侍どもに立ち向かい、侍ども

を翻弄せねば、堺はたやすく踏みつぶされるぞ」

「はい」

と、何度目かに力のこもった返事をしたとき、彦右衛門はもうさっき内心で「死ぬ」と毒づいたことを忘れている。根は素直なのである。

「まあ、茶の湯の技は、与四郎に一歩ゆずるが」

そう言われて、彦右衛門、

(よけいなことを)

玉に傷がついたような心持ちがしないでもない。彦右衛門、後世には今井宗久という名で知られることになる堺の豪商、茶人である。

†

翌年冬、武野紹鷗は死んだ。

彦右衛門の立場は、微妙になった。なぜなら養子である。紹鷗の長女おこうの婿なのである。

ただし紹鷗には、嫡男もいる。新五郎、おこうの弟ということになる（のちの武野宗瓦（そうが））。この時点では六歳にすぎぬから、家督どころの話ではない。

すなわち彦右衛門は、あとは継げぬが、武野の家の、

——後見。

という立場にはならなければならぬ。後見になれば、その商才により、たちまち実質的当主と化すだろう。

現に、化した。新五郎はすくすく育っている。将来もめごとになるに決まっている情況になったわけだけれども、彦右衛門はそのほかに、実家である今井家の納屋（なや）（屋号）をも差配しなければならぬ。実家もやはり人材がないのだ。

そんなわけで、堺の港に大船が着くと、彦右衛門はいそがしい。紹鷗の死んだ翌年の春の或（あ）る日には、

「船が来たデェ。平戸（ひらど）、平戸からヤァ」

街中を触れてまわる子供の声を聞くと、

「平戸か……外国じゃな」

つぶやいて家を出ようとしたら、奥から、

「平戸が、どうして外国かえ」

声がした。

妻おこうの声だった。彦右衛門は、

「何度も教えたでしょう、おこうさん。もちろん平戸は日本の港です。九州の北西のはしっこにある。けれどもそこへ来る船は、どこから品物を持って来るかというと、さらに南方からなのです。琉球沖やら、寧波沖やらで明や南蛮などの船と落ち合って、海の上で、荷移しやお金のやりとりをやる」

「ほう。ほう」

「明船の場合は、明の政府が正式には外国との通商をみとめておりませんので、一種の密輸ということになります。これをわれわれ堺の商人の側から見ると、平戸から来る船は、まず外国船のようなものなのです。そこに積んでいるのは琉球、朝鮮、明、南蛮などの文物なのですから。わかりましたか、おこうさん」

「わかった」

声だけが、返って来た。声そのものは、鈴をころがすような心地いいものである。ほんとうに、

（わかったかな）

とは、彦右衛門はもう考えない。おこうという女は、裕福な商家で育ったら逆にそうなるものなのか、およそ商売に関しては知らぬというより無関心なのである。いま

話したことどもも、どのみち、

（あすには、わすれる）

彦右衛門は、家を出た。部下を五、六人つれている。彦右衛門の店では、

――衆頭。

と呼んでいる、中堅どころの立場の者どもである。港は近い。潮のにおいがする。

この年はなかなか冬が去らず、寒さの嫌いな堺の人々が、

――世も、終わりじゃ。

と大げさに言い合った年であるが、ここ数日は、その寒さもようやく去ったようだった。港に着くと、空は晴れ、風がおだやかに海面をゆらゆらさせている。沖合には鳥のくちばしのように舳先を長くした木造船が三隻、ならんで停泊していた。

こちらの岸とのあいだの距離は、五十間（約九〇メートル）ほどか。

まるで蟻の行列のように無数の艀が往復している。蟻たちは岸に着くや否や、テキパキと積み荷を陸揚げして、また沖へ向かって行くのである。

積み荷のほとんどは、木箱か俵である。

そのなかに入っているのが何であれ、木箱も俵もずいぶん重いにちがいないが、人夫たちは例外なく右肩にひとつ、左肩にひとつ、かつぎあげて行ってしまう。足どり

は軽やかだ。品目ごとに決められた集積場へとそれらを運び入れるのである。

ただしかつぐさい、さしこまれていた木の荷札だけは抜いて別の者にわたしている。彦右衛門の衆頭たちはその者のところへ飛んで行って、荷札を受け取り、飛んで帰って来る。

彦右衛門は、岸ちかくに立っている。

立ったまま、つぎつぎと彼らのもたらす荷札を見て、

「鹿皮三十枚が、ひい、ふう、みい……六箱か。これは武野のあつかいじゃな。鎧飾りに使うものじゃから、奈良の中屋さんへ売れ。値段交渉は、そうじゃな、ためしに鹿次にやらせてみよう。一箱あたり三十貫から」

とか、

「これは硝石……一箱？　まことか？　それしか手に入らなかったのか。橘屋さんへ、いや、これでは商いにならぬわ。ひとまず納屋（今井家）の土蔵へほうりこんでおけ」

とか、瞬時に判断して指令を出す。ぜんぶで荷札は百枚くらいで、半刻（約一時間）もかからず終わってしまうが、終わるころには、全身、水をあびたようになっている。

冷や汗である。当然だった。その短時間でおそらく三、四千貫は動かしている。ひとつ判断をまちがえれば身代がかたむく。知識や経験や意志力はむろんのこと、意外に体力も必要だった。彦右衛門は大きく息をしつつ、

（硝石）

　にわかに腹が立って、

「与四郎は？」

　と、衆頭のひとり、二十一歳の徳積に聞いた。徳積というのは本名である。親が熱心な一向宗の信者という。こまったような顔をして、

「出店のなかと」

「またか」

　与四郎は、姓は千。おなじ堺で魚屋という大店をいとなんでいるので、彦右衛門にとっては商売がたきである。魚屋といっても魚しか売らぬわけではなく、そういう屋号なのである。いや、じつは現在はべつの名に変わっているのだが、みんな何となく、

　――ととや。ととや。

　と、以前の名でこの人物を呼んでいる。とと（魚）という幼児語が似合うくらい、

それくらい千与四郎の性格はふんわりしているのである。
無邪気(むじゃき)、ともいえる。彦右衛門のふたつ年下だから、ことしで三十五のはずである。

「あいつめ」

彦右衛門は、岸ぞいの道を歩きだした。魚屋の——と彦右衛門も呼んでいる——港湾支店というべき出店へ入り、

「彦右衛門じゃ」

勝手に上がりこんだ。店の者があわてて出て来て、

「これはこれは、納屋のあるじ様、ただいま案内しましょうほどに」

と囀(さえず)るのを手でことわって、奥へ行き、座敷へ入った。

床飾りも違い棚もじつにりっぱなものだが、誰もいない。彦右衛門はまっすぐ部屋を突っ切り、べつの戸障子をあけ、庭へ出た。

飛び石のむこうに、小さな四阿(あずまや)がある。与四郎は、この出店に来るときは好んでその決して豪勢ではない別棟のなかに籠居(ろうきょ)することを彦右衛門はかねて知っている。

四阿へ上がり、障子戸をあける。

なかには四畳半の部屋がひとつあるだけ。その奥のすみっこで、与四郎はこちらを

向いて、あぐらをかいていた。

　かたわらには、荷札が散っている。それを若い奉公人がかちゃかちゃと両手を熊手のようにして掻きあつめ、かさねて塔にした。

　その塔を大布でつつみ、右肩へひょいと背負って、出て行ってしまう。彦右衛門は立ったまま、

「仕事が遅いぞ、与四郎」

「やあやあ、これは彦右衛門さん。そっちの荷さばきは終わったのですね」

「百年も前に」

「売れ高はいかがでしたかな。彦右衛門さんなら聞くまでもないか」

　歌うように言いながら、与四郎はふところに手を入れ、梅餅をふたつ取り出した。

　ふたつとも、裸である。懐紙にも何もつつんでいないばかりか、ひとつは食いかけだった。なかの小豆餡があらわれて動物の内臓さながらである。

「ほい、彦右衛門さん」

　と、その食いかけのほうを渡そうとして、

「あ、こっちか」

「食いながら、仕事しておったのか」

「甘いものは、いいものだ。思案がなめらかになる」

「態度が悪い」

「彦右衛門さんは、きょうも船つき場で立ったまま、ですか。律儀ですなあ」

「一瞬の遅速が巨大な差になる。父上（紹鷗）もそう申しておられた」

「硝石はこっちが頂きましたよ」

（こいつ）

彦右衛門は、二の腕に力がこもった。

髪の毛をつかんで引っぱってやりたい、そんな衝動に駆られたが、そのかわりとばかり梅餅をひったくって、その場にあぐらをかき、まるごと口へ入れた。

求肥の皮が、案外こわい。もちろん彦右衛門は、腹を立てても、

（詮ない）

そのことは理解しているのである。与四郎はまったく悪くないというより、商売なのだから、出し抜かれた自分のほうが申しぶんなく悪いにきまっているのだ。

しかしながら、硝石である。餅をのみこんで、

「茶をくれ」

彦右衛門は、ぶっきらぼうに言った。与四郎はにこにこと、

「承知しました。濃茶を点てましょう。頭がすっきりする」

硝石はここ数年、もっとも価格が急騰している商品である。全国の大名や土豪が、

――のどから、手が出る。

というくらい欲している。何しろ木炭、硫黄とともに火薬の主要成分をなすもので、これがなければ鉄砲が何万挺そろったところで弾は撃てぬ上、木炭、硫黄となり、国内では生産も採取もできない。手に入れるには外国からの輸入をあおぐしかないのだ。

商人にすれば、理想的な商品である。仕入れれば仕入れただけ大儲けになる。だが彦右衛門はその理想的な商品を、きょうも一箱しか得られなかったのだ。歯がゆいことこの上ない。

対して、与四郎はどうだったか。さっきちらりと畳の上の荷札を見ただけでも、三箱や四箱のそれが何枚もあった。

大きく水をあけられている。儲けの差がどうこういうより、

（こんな、お調子者に）

その感情が、彦右衛門のなかにある。彦右衛門もむろん努力しているのだ。これまで何度も、人を介して、

――硝石なら、こっちのほうが高値で買う。

と海のむこうの商人へうったえているのだから。

けれども彦右衛門は、ここでは遅れて来た荷車だった。もともと硝石に手を出したのは与四郎のほうが早かったのだ。海のむこうの商人からすれば、そのつきあいの長さの差が、そっくりそのまま信用の差になっているのだろう。

彼らはしばしば、国家の承認を得ぬまま一種の密輸をおこなっている。必要以上の警戒心がある。取引相手をえらぶにあたっても、そういう信用の有無のほうが結局のところは多少の買い値の差よりも重要なのにちがいなかった。彦右衛門は、

(硝石だけ)

とは思う。もともと商売の手腕ならば与四郎よりも自分のほうが上なのだし、そのことは、ふたりの共通の師というべき紹鷗も生前はっきり認めていた。

(硝石だけ。これだけ例外なのだ)

とは思うものの、しかし負けは負けである。彦右衛門はここのところ納入先からも、

「これしかないのか」

とたびたび文句を言われるし、最近はもう、頭のなかは、この硝石という白色の粉

のような結晶体のことでいっぱいだった。

　ややもすると、浜の砂までいちめん硝石に見えたりする。ちょっとした心神耗弱(こうじゃく)である。実際には彦右衛門はまだましなほうで、堺でも、ほかの店のなかには一箱どころか半箱も入手できぬ者も多いのだけれども。

（どうすればいい。どうすれば）

与四郎は、茶を点てる姿勢になっている。

膝(ひざ)をそろえて正座して、茶碗を置き、しゃしゃっという小気味いい音を立てて茶筅(ちゃせん)で渦(うず)を巻いている。しゃっ。しゃしゃっ。その手の動きはほとんど竜巻同然であるくせに、ぴたりと静止しているとも見える。

　茶の香りが、部屋いっぱいに花ひらく。それを受ける茶碗までもが、どうということもない日用品なのに、唐物の名器さながらの後光を放ちはじめたようである。この所作ひとつでも、茶の湯のほうの腕前は、

（わしは、かなわぬ）

　紹鷗にも言われたことである。茶器の知識の豊富さ、鑑定の正確さでも与四郎のほうが上だった。なおこの千与四郎という男は、のちに紹鷗直伝のいわゆる「わび茶」を大成し、豊臣秀吉(とよとみひでよし)に近づき、正親町(おおぎまち)天皇に献茶をして、天皇より、

利休(りきゅう)の号をあたえられることになる。いま彦右衛門が目にしているのは、すなわち史上最大の茶人の若芽(わかめ)のわざにほかならなかった。

その与四郎が、

「どうぞ」

押し出した濃茶を、彦右衛門は片手でとり、飲みほした。口のはしを手の甲でぬぐいつつ、われながら、あてつけがましい。

(これは)

うまいものはどう飲んでもうまい、そう思わざるを得なかった。茶などはしょせん緑色の粉を湯で溶くだけであり、誰がやっても変わらぬように見えて、じつは泡の立ちようで舌あたりのよしあしがきまり、味がきまる。おなじ茶の粉、おなじ水、おなじ道具をもちいても自分には永遠にあらわせぬ境地だろう。

茶碗を置いて立ちあがり、

「邪魔をした」

「いえいえ」

と、与四郎はふたたび顔を笑みくずして、

「これから、どちらへ」

「橘屋」

橘屋は、おなじ堺の商家である。ご多分にもれず多分野多種類の物産をあつかうが、最近は特に鉄砲と火薬に力を入れていて、全国の大名のもとへ売り子をじかに派遣して注文を取り、品物をとどける。

無数にある店のなかでも、まず小売に近い業態だろうか。彦右衛門はつづけて、

「叱られにな」

「叱られに？」

「橘屋は、わしの硝石の納め先なのじゃ。どうして手に入らぬのかと。あそこのあるじは怒りっぽい」

「ああ」

「おぬしのせいじゃ」

われながら、よけいな一言である。与四郎は笑顔のまま、

「すみません」

「おぬしは、橘屋には納めんのか」

「納めませんねえ。以前からのつきあいを先にすると、どうしても根来寺や国友へ」

「堺の外へ出すのだな。堺の商人のくせに」

と彦右衛門は言ってから、着物の裾をなおしつつ、

「……と、おぬしにも文句を言うておったぞ。あのあるじは」

「怒りっぽいから」

「それはそうだが」

彦右衛門は、四阿を出た。この堺でももう鉄砲の生産は始まっているのだ。初夏のような陽ざしの下、彦右衛門は、おのずから足どりが重くなった。

†

堺で鉄砲の生産が開始されたのは、三年前だった。

紀州根来寺とくらべると、十年遅れている。そもそもの、ポルトガル人がそれを種子島へ伝えたという情報自体はかなり早くつかんでいたのに、それっきり世の動きを、いわば指をくわえて見てしまった。無為の十年をすごしたのだ。

原因は、狩野珠幸という絵師だった。

生まれも育ちも堺だが、鉄砲伝来のとき、たまたま種子島に滞在していた。おりし

も島は、本土の禰寝(ねじめ)氏による侵攻を受けていたところであり、珠幸も一度、和平交渉の仲介をした。

仲介といっても島主・種子島時堯(ときたか)に乞(こ)われて禰寝重長(しげたけ)のもとへ行き、使者のつとめを果たしただけなのだが、この珠幸がその後まもなく堺へ帰り、

「鉄砲など、大したことはない。俺はじかに見た。あれなら人間が石を投げるほうがましだ」

と吹聴(ふいちょう)した。もちろん見てなどいなかっただろう。もともと画才はない。修業歴もまあ、若いころ半年ほど京で狩野派の世話になっただけだから皆無(かいむ)といえる。狩野の名乗りも師家にゆるされたものかどうか。勝手にしていただけではないか。

要は、いいかげんな人間なのである。鉄砲うんぬんの吹聴も、おそらくは、ひょっくりと種子島で大事件に際会(さいかい)したのに乗っかって故郷で大きい顔をしたかっただけ。その浅薄(せんぱく)な、ただの見栄(みえ)っぱりにすぎぬ物言いが、しかし堺の市民の先入主になった。

――鉄砲など、大したことはない。

何しろこの時点では、この絵師は、唯一(ゆいいつ)の目撃者だったのである。それに堺市民全体に、何となく、

——種子島ごときに。

その感情もあった。自分たちをさしおいて国の宝があの南海の小島へ来るはずがない。大都市の驕りである。

この間、鉄砲の重要さに、まず根来寺が気づいた。

ついで近江国国友村が気づいた。国友村はもともと刀打ちがさかんで鍛冶屋が多い上、京にちかく、足利将軍家と多少の交流があったことがさいわいした。

将軍家には、飾り銃ながらも、とにかく全国から鉄砲があつまって来るし、ときには将軍家のほうからも贈答しなければならぬ。その贈答品の製作のため、国友村は、この新産業をせいいっぱい興したのだった。やがて他の大名や土豪からの注文もふえたため、火薬づくりも始めることになる。

堺はようやく、

——完全に、出遅れた。

そのことに気づいた。

あわてて街中の道ぞいに広い土地を確保して、ながい屋敷を建てて工場としたため、鉄砲の生産はわずか一年で急増した。

このあたり、この街はやはり地力がちがう。国内外から鉄や木炭、硫黄といったような必須の材料をすばやく集められることは当然として、それ以上に、人間を集める力がすさまじかった。この日本一の大都市は、ほかよりも賃金が高く、娯楽が多く、そこにいるだけで山海の珍味がたのしめる現世の極楽浄土だったのである。

例の、ながい屋敷には、各地から腕っこきの刀鍛冶がまねかれた。

もともと堺の街そのものに刀鍛冶がたくさんいたところへ、さらに増えたのである。それに加えて、根来寺から芝辻清右衛門という優秀な職人頭を引き抜いたことは大きかった。これにより生産効率はいよいよ上がり、二年後にはもう堺の街はその鉄砲生産数において根来寺や国友の背中をうかがうまでになった。きわめて短期間のうちに、日本の第三勢力になったのである。

がしかし、ここに問題が生じた。その鉄砲生産に、火薬のそれが追いつかなかったのである。

原料の木炭はある。硫黄もある。急所は硝石にほかならなかった。これだけは国内では採取も生産もできず、輸入をあおぐしか方法がない。いうまでもなく堺はその輸入こそ得意中の得意のわざなのだが、しかし硝石にかぎっては、なかなか手に入らなかったのである。

理由は、前述した。千与四郎の魚屋をつうじて根来寺や国友へと流れる流通経路が完全に確立してしまっていて、どうしても割りこむことができなかったのである。

後発組の苦しさである。しかたなく火薬なしで、鉄砲だけで売ろうとしてもみたけれど、これは各地の大名や土豪に、

——火薬がないのでは、鉄砲など無用の長物。

と、購入を拒否された。それはそうだろう。彼らとしても火薬だけ別の商人から買えるならとにかく、そうでないなら、わざわざ大枚はたいて「無用の長物」をそろえる必要はないのである。

とどのつまり、堺の鉄砲界はいま、硝石ひとつに足をひっぱられている。彦右衛門は、それを解決しなければならなかった。

とはいえ、むろん、

——与四郎を、つぶす。

というわけには参らぬことも事実である。魚屋の身代はつぶすにはあまりにも大きすぎるし、また与四郎自身、あの剽軽(ひょうきん)な性格が町衆の気に入られている。

「硝石。硝石」

彦右衛門はいつしか声に出して歩くようになり、口の悪い同業者から、

——硝石居士(こじ)。

とささやかれるようになった。

†

「あたしは、恥ずかしい」

例の、鈴をころがすような声である。彦右衛門の耳もとへ、

「あんた近ごろ『経櫃、経櫃』ってぶつぶつ言いながら街中をふらふらしてるって。きつねが憑いたんじゃないか、いっぺん熊野さんでお祓いしてもらったらどうだって、あたし、きょう奈良屋のおかみに言われたんだけど。あの頭の足りない、平目みたいな顔の女にさ」

「きょうびつ？」

と彦右衛門は聞き返し、木枕の上で首をまわした。

妻のほうを向いたのである。妻は夜具の下で腕をふるわせ、もう一度おなじ訴えをした。

「ああ、それは硝石です」

「硝石？」

「鉄砲の、火薬に使う白い粉です。そうですか、そんなに大声でつぶやいてましたか。なかなかうちの商(あきな)いにならないもので。以後は気をつけて……」

「誰に取られるんだい」

「硝石を？」

「ああ」

「与四郎に」

「何だ。よっちゃん」

と、おこうの口調はどこまでも権高(けんだか)である。何しろ武野家という堺きっての、ということは日本きっての富豪の家つき娘である上に、もともと彦右衛門など、彼女の父である紹鷗のたくさんの弟子のひとりでしかなかった。

与四郎もまたそうである。のちには、

——紹鷗門の、二大弟子。

とも称されるこのふたりも、若いころは失敗もしたのだ。ことに、ふたりで紹鷗愛用の褐釉四耳(かつゆうしじ)の大壺をよいしょよいしょと運ぶ途中、庭の敷石(しきいし)につまずいて、うっかり落として割ってしまったときなど、紹鷗に、

「ふたりとも、腹を切れい。いますぐ切れい」

とまで罵倒されたものだけれども、それを、

「お父様、まあまあ。金繕いでもすれば味になります」

と、とりなしてくれたのはおこうだった。こういう経緯があってみれば、いくら結婚したとはいえ、おこうはいまさら彦右衛門を旦那様などと立てる気にはなれないのだろう。口調の権高さも当然といえば当然だった。

もっとも、このときのおこうは、夜具の下で、

「よっちゃんも、やるね」

ひとまず口調をやわらかくした。与四郎には少し甘いのだ。とはいえ関心の中心はやはり奈良屋のおかみにあるらしく、ふたたび口をとんがらせて、

「聞いてよ、あんた。あの平目のたわけ女ときたら、その話のあと、うちの内情にまで口をつっこんで来たんだ。そりゃあまあ厚かましいこと厚かましいこと。言うに事欠いて、あんな……」

「何を言われました」

「あたしたち夫婦は、すぐにお父様の名物を新五郎へ返すべきだって」

「それは」

彦右衛門は身を起こし、けわしい顔をした。おこうは横寝の姿勢のまま、

「それが世の道理だって。あの匹婦(ひっぷ)！　妲己(だっき)！　訳知り顔して『返す』って何だ。まるでもともと新五郎のものみたいじゃないか」

「ほんとにそれを、奈良屋の女房が？」

「うん」

「ふむ」

彦右衛門は、腕を組んだ。くりかえすが武野家における彦右衛門の立場は微妙なのである。家を継いだわけではない。けれども当主・新五郎はまだ七歳なので、こっちで商売のめんどうは見てやらなければならない。

商売は、社交をともなう。

この時代、社交はしばしば茶の湯を介しておこなわれる。ときに名物も必要となる。そこで彦右衛門は、紹鷗が死んだとき、

――ここぞ、人生の一大事。

とばかり思いきったことをした。紹鷗愛用の茶器のうち最上のもの五十点あまりを今井の家に、つまり彦右衛門の実家に、運ばせてしまったのである。彦右衛門夫婦はそのころ、いまもだが、今井の家に住んでいるのだ。

その五十余点の頂点に立つのが、例の松島の壺、みをつくしの茶入であることは言

うまでもない。そのときはおこうも上きげんで、

「よくやった、あんた」

と肩をたたくとか、

「ふん。当然だ。ほんとうならあたしたちが武野の家を継いでもよかったんだ」

と気炎を上げるとか、いろいろ忙しかったものだけれども、武野家の側にしてみれば、混乱に乗じて、

——取られた。

あるいはいっそ、

——どろぼう。

という感情にもなるだろう。そうしてたぶん奈良屋のおかみは、心情的に、武野家のほうへ共感している。彼女自身はまあおこうの言うほどではないにしろ賢婦でないことは知れわたっていて、大した脅威ではないのだが、しかしこの堺で一、二を争うおしゃべりではある。ほうぼうで舌をふるううち、彼女の感情がひろく堺の世論になってしまったらこまる。社交うんぬんは別にしても、いまの武野家には、そもそも茶の湯がわかる者がいないのである。

新五郎とて将来ものになるとはかぎらぬ。そういうところへわざわざ名器のかずか

ずを「返す」などということは、おこうでなくても、

（天下の宝は、わしがまもる）

おこうは、なおも悪口を言いつづけた。が、とつぜん、

「じゃあね」

くるりと向こうを向いてしまった。眠くなったのだろう。その白いうなじへ、彦右衛門は、

「おやすみなさい」

おこうは大声で、

「徳積。徳積」

例の衆頭の名である。彼はすぐ来た。ふすまの外で、

「参りました、奥様」

「あかりを消せ」

「はい」

徳積は、ふすまをあけて入って来た。夫婦の枕の先には銅製の燭台（しょくだい）がすっくりと立ち、蠟燭（ろうそく）の火がともっているが、徳積はそれを吹き消して、部屋全体を闇にして出て行った。彦右衛門は、

「このくらいのこと、わしが……」

「いいんだ」

が、どうやら眠れないらしい。ときおり夜具がごそごそ動くのは、おこうが苛立って寝返りを打っているのにちがいなかった。しばらくしてまた、

「徳積。徳積」

「参りました、奥様」

「火をともせ」

「はい」

徳積はいったん去り、ふたたび来たときには火のついた火皿を手にしている。室内へ入り、その火でぱっと蠟燭をあかるくした。

まぶしさに目を細めつつ、彦右衛門がねぎらってやろうとしたら、おこうが先に、

「徳積、あほう、分別外れ。あたしはきょうは一刻（約二時間）も昼寝したんだ。眠れるわけないって前もって察しなかったなんて、ほんとに頭のにぶい子だよ。さっき消せって言ったときにもう『それには及びません』って言い返すべきだったんだ」

彦右衛門は、徳積がかわいそうになった。もしもほんとうに言い返したとしたら、それはそれで、お前はあたしに逆らうのかとか何とか叱責されるに決まっている。徳

積はうつむき、

「申し訳ありません」

「あれを持って来い」

「は？」

「あれだよ、あれ」

「あ、はい」

徳積は去り、こんどは一枚の仮面を手にして来た。おこうが、

――蛇(へび)の面。

と呼んでいる、真臘(カンボジア)だか大越(ベトナム)だかから来たものである。むこうでは演劇でよく使われるというから、日本でいえば猿楽(さるがく)の面のごときものか。木製である。全体が緑色で塗られていて、黒い目の点がふたつあり、下半分はそっくり赤い口腔(こうこう)で占められている。

その口腔のさらに半分は、上下の歯で占められている。とにかく色づかいが毒々しく、その頭部中央にすっくりと銀色の蛇が立っているのは、これはもう彦右衛門の美的感覚を超越していた。

日本の蛇とは、体形がちがう。顔の下の頸(くび)がまっすぐ紐(ひも)状に落ちず、やたらと横に

ふくらんでいる。こういう蛇が、むこうでは神様あつかいされているらしいのだ。

　この面は、望んで得たものではない。干し果物か何かだったろうか、ほかの品物の取引のついでにたまたまもらったものであり、もちろん日本では買い手がつくはずもないのだが、どういうわけか、おこうが、

「あな、凜々しや」

　うっとりして、大事にした。子供のころから唐物の水墨画だの、名刹の枯山水だのという一流の視覚的体験をくりかえしていると最後にはこういう趣味にたどり着くのだろうか。おこうは身を起こし、徳積から仮面を受け取ると、

「ああ、もういいよ」

　うつむいて、ここだけはそそくさと言った。

　徳積がふすまを閉めて行ってしまうと、おこうは仮面をつけ、

「ねえ」

　体を寄せてきて、彦右衛門の首に腕をまわした。

　燭台は、あかるいままである。彦右衛門は仮面に接吻し、かすかな塩味のようなものを感じつつ、それから生身のあたたかな首すじに顔をうめた。

　おこうが息をのむ。鼻を鳴らす。この仮面をつけるということは、

——これから、契るぞ。

という妻からの誘いのしるしなのである。あられもない顔を見られたくないのか、それとも、べつの誰か——蛇の神？——になることで興奮がいっそう高まるのか、彦右衛門にはわからないけれど、何度もこの習慣をくりかえすうち、彦右衛門のほうもいつしか仮面を見ただけで熱い血が腹の下へあつまるようになってしまった。われながら、元気なことではある。彦右衛門は夜具の下で手をのばし、裾を割り、いきり立った肉の蛇神をおこうのそこへ押しつけようとした。

が。

この夜は、脳裡にあれが残っていた。

そのあれが、仮面のふたつの目のあたりへ突然しらじらと姿をあらわし、光を放つ。まぼろしと知りつつ、彦右衛門は、

「そうだ！」

両手をつっぱって女体を引き剝がし、身を起こして、

「そうだ、こっちから」

「え？」

「こっちから行く。こっちから」

「あんた」

おこうはあおむけになり、動かなくなった。仮面がじっと天井を見ている。これからの行為に関する方法論的な表明とでも受け取ったものか。彦右衛門はやさしく抱き起こして、

「ああ、ちがうんだ。すまないね。硝石なんだ」

「はあ？」

「何でもない」

彦右衛門はあらためて体を抱き寄せ、妻の誤解のとおりに精勤した。白い結晶体のまぼろしはなお仮面の上を去らなかった。

†

この晩、彦右衛門が得た着想は、つまるところ彦右衛門自身が、

——海へ、のりだす。

このことだった。堺のおだやかな港のほとりで待つことをやめ、みずから船に乗り、取引の最前線に出る。すなわち南の洋上へ出る。

そもそもの話、硝石はきわめて水にとけやすい。このため湿潤多雨の日本列島では天然のものはまったく得られず、日本人はもっぱら中国内陸の乾燥地帯で大量に採掘されるものを買い入れるほかなかった。

ただし、ここがややこしいのだが、日本と中国は、このとき国交が断絶状態だった。例の明の海禁である。明はことに日本を毛嫌いしていた。

なぜなら、それ以前の室町時代において、彼らが、

——倭寇。

と呼ぶところの日本人海賊がさかんに明はもちろん朝鮮の沿岸をも襲撃して、あるいは米穀を奪い、あるいは人々をむりやり連れ去って奴隷さながらに使役したためである。このころの日本人は、たしかに益荒男だったのである。

その後、ポルトガルやスペインの船が来るようになると、明はいくらか海禁をゆるめたが、しかし日本との貿易だけは頑として認めることをしなかった。実際には当の明の人々が倭寇のふりをすることも多くなったのだが、それでも国家としては、よほど過去の記憶が苦かったのだろう。

民間人は、したたかである。倭寇のふりとはまたちがう、もっとおだやかな方法で、

——日本人相手に、金儲けしたい。

そういうやつも、少なからず出現した。むろん日本の側にもいた。両者の利害は一致して、いうなれば抜け道がきりひらかれたのである。

いや、ここで使うのは海だから、むしろ「抜け海」とでも呼ぶべきか。具体的には南蛮の船をなかだちにする。

明の商人はまずマカオなど、公式にみとめられた港湾でいろいろなものを南蛮船へ積みこむ。これは合法である。南蛮船は港をはなれるだろう、陸地の見えぬ海まで出るだろう、そうしたら日本船と落ち合って、積み荷の交換をしたり、銀の支払いを受けたりするのだ。

日本船は、明の文物を手に入れる。南蛮船はたっぷりと日本の文物をかかえることになる。南蛮船はそれをはるばる本国へ持ち帰ることもあるが、ふたたびマカオに舞い戻って荷をおろし、明の商人へ売りさばくことのほうがむしろ多かった。こうして三者はいずれも違法の追及をまぬかれるばかりか厚い利が得られ、祖国へも大きな顔ができる。文化文明の向上に貢献するからである。

場合によっては明や日本から複数の商人が話にくわわり、利益の分配で揉めることもあるけれども、ともあれ日本人にとっては、硝石というこの人気急上昇中の鉱物は、こうした無国籍海域での密貿易もどきによってしか手に入らなかった。南蛮船がもっと大っぴらに九州の坊津(現鹿児島県)、平戸等の日本の港へじかに接岸して来るのは、もう少しあとのことである。

そのさい日本側の代表商人というべき存在が千与四郎であることはすでに述べた。むろん与四郎その人は、ほかのあらゆる品目を扱うあらゆる大商家の主人がそうであるように、自分で海へ出ることはしない。

店で待つだけである。実務はいわば代理店のような小規模な商家にやらせるのだ。与四郎の場合はその実務を、天草屋という平戸の商家に託していた。

りっぱな屋号を掲げてはいるが、性格的に、まあ半分くらいは海賊の親玉である。その親玉の手下たちが危険を冒して南の海へ出て、硝石を買い、それを堺へ回漕するわけだ。

いっぽう彦右衛門が使っているのは、おなじ平戸の梅崎屋という店だった。彦右衛門はこれまで何度も、

――硝石は、買えるだけ買え。天草屋よりも買え。

と叱咤の使者を飛ばしたものだが、この梅崎屋、もとより彦右衛門とは金銭ずくの関係にすぎない上に、天草屋と親戚である。というより梅崎屋はそもそもが天草屋の

分家として貿易界にあらわれたので、両者のあるじは実の兄弟どうしだった（天草屋のほうが兄）。

地方によくある世間のせまさ、血縁の濃さ。これでは彦右衛門がいくら叱咤したところで買えるだけ買う、天草屋よりも買うなどという感心な事態にはなりようがないのだ。

察するに、おそらく天草屋と梅崎屋は同時に船を出し、おなじ南蛮船と落ち合って、同時に硝石を買い入れているのだろう。

買い値はその場で——洋上で——きまる。どちらが何箱取るかもきまる。となれば本家筋である上にさらに既得権をにぎっている天草屋のほうが優先されるのは当たり前だろう。彦右衛門のもとへは、これでは大量の硝石が来ることは永遠にない。もちろん彦右衛門は、

——ほかの店に、やらせよう。

そう思ったことも何度もあるのだ。

あたりをつけたこともある。が、こと硝石に関するかぎり、この二店以外では南蛮船のほうが相手をしてくれぬようだった。それはそうだろう。南蛮人にしてみれば、これは明の法律の網の目をくぐる脱法行為である。細心の注意を要する。ここでは未

知の相手との接触を避けるのは自衛の第一歩なのだ。

彦右衛門がみずから現地へ飛んで、洋上での取引に、

（立ち会う）

そう決意したのは、以上のような八方ふさがりの情況を打ち破るためにほかならなかった。

自分がそこにいることで、買い値にも、箱数の配分にも口が出せる。何しろ依頼主である。天草屋も梅崎屋もまったく言いなりにはならぬまでも、まったく無視もできないはずだ。交渉事というのは話術がどうの、条件がどうのという以前に、そもそも相手との距離の近さによって圧倒的に有利になるものなのである。

妻のおこうは、後日、この考えを知って、

「よしなよ、あんた」

たびたび甲高（かんだか）い声を出した。

「南の海だなんて、大魚に呑（の）まれたらどうするんだ。怪鳥にさらわれたらどうするんだ。あんたが命を落とすことはない。奉公人がいくらでもいるじゃないか」

口は悪いが、やはりおこうも彦右衛門のことが心配なのだろう。彦右衛門はそのつど、

「こっちから行く。こっちから。こっちから」

と、あの晩、閨事(ねやごと)の床で言ったことをくりかえす。もともとこの着想自体、彦右衛門は、おこうがあの真臘だか大越だかの蛇の仮面をつけたことから得ているのだ。

或る意味、おこうがあの授けた着想である。おこうは不満そうに口をつぐむほかなく、彦右衛門は、安んじて少しずつ準備しはじめた。

†

が、実行の機会はなかなか来なかった。

何しろ彦右衛門は、あんまり毎日がいそがしすぎた。今井と武野の両方の店を見なければならない上、京の政情がくるくる変わったからである。

京および畿内の支配者が、三好長慶であることは前述した。

三好は、ただし京には常駐しなかった。京から五里(り)（約二〇キロ）ほど西へ離れた摂津国(せっつのくに)芥川山城(あくたがわやまじょう)（現在の大阪府高槻(たかつき)市）に居城しつつ、何か用があるたび入洛して、幕府重役・伊勢貞孝(いせさだたか)と話し合い、ふたたび芥川山城へ帰るという方式。まあ通い婚みたいなものである。

ということはつまり、室町幕府は、ほろびたわけではない。

なるほど第十三代将軍・足利義輝なら三好が近江国朽木谷へ追い払ったけれども、幕府機構そのものは首のない胴のように存在しつづけたし、首がなくともこの胴はじゅうぶん機能したのである。

もっとも、足利義輝は、京への復帰をあきらめたわけではなかった。

永禄元年（一五五八）ということは武野紹鷗の死の三年後、朽木谷を出て、腹心である細川晴元とともに三千の兵をひきいて京へ攻め入った。

三好は、これをむかえ撃つ。両者京の北東・北白川で激突した。

義輝は、性格に欠陥がある。一本気といえば聞こえはいいが、

——京へ入りたい。

——真の将軍でありたい。

その意志があんまり強すぎて、やることすべてが粗雑だった。こっそりと三好の屋敷へ人をやって放火させようとしたり、宴席の場で三好を暗殺させようとしたり。謀略と呼んだら謀略が怒り出しそうな粗忽さ、早計さ。このたびの北白川での激突も、そもそものきっかけは、改元に腹を立てたことだった。正親町天皇の践祚によって弘治から永禄へと元号があらたまるにさいし、朝廷は、それまでとはちがい、儀式

にかかる費用の負担を義輝に求めることをしなかった。

「落ちぶれたと見て、あなどったか」

と、義輝は激怒した。こんな理由でやるくらいだから、北白川での戦闘は、やっぱり三好側の圧勝だった。死者は四、五十人というから大した戦闘でもなかったのにちがいない。

ところがここに、摩訶(まか)不思議なことが起きた。義輝は負け犬よろしく尻尾をまいて朽木谷へ逃げ戻り、おとなしくしたかと思いきや、半年後、逆に堂々と入洛を果たした。三好はそれをわざわざ北白川まで迎えに出たのだからどっちが勝ったかわからない。そういう政情の風が吹いたとしか言いようがない。

義輝は、あらたな京の支配者となった。

さっそく毛利元就(もうりもとなり)らの大大名に上洛を命じ、さらには尾張(おわり)の織田信長(おだのぶなが)、美濃(みの)の斎藤(さいとう)義龍(よしたつ)、越後(えちご)の上杉謙信(うえすぎけんしん)といったような地方の中級大名の挨拶(あいさつ)をも受けている。

このうち信長については、本稿前章において、尾張国内最大の敵である岩倉城(いわくらじょう)をもう少しで落とすというときに早くも戦場をすてて京へのぼり、将軍義輝に拝謁(はいえつ)したことを記している。あの拝謁は、すなわちこの入洛祝いの挨拶だった。実際のところは、半年前の北白川での完勝により三好長慶の威勢がいよいよ高まるのを懸念した全

国の有力大名が、よってたかって、

——公方様（将軍）と、和睦なされよ。

と三好に勧めたことが原因だった。

事実上の強要である。三好はこれへ、売られたけんかは買うとばかり立ち向かうほどの気概はなかった。

よほど軍資金が底をついていたのかもしれない。ほとんど抵抗のけしきを見せることなく、和睦を受け入れて将軍の帰洛を出むかえたばかりか、御供衆という幕府機構の一役職にすら就任してしまうのである。これが政情の風である。京および畿内の支配者であることをみずから放棄したにひとしかった。

三好長慶はこれ以降、あたかも樹木が枯死するかのごとく存在感を急速にうしなっていく。精神も病んだ。その機に乗じて、一躍とばかり家臣のなかから台頭したのが松永久秀。そう、かつて武野紹鷗の茶室・大黒庵をおとずれて矢銭四千貫を要求し、あっさりといいなされたあの官僚肌の男にほかならなかった。

あのときの松永は、まことに意気地がなかった。それがにわかに有能をこえて辣腕家の顔を見せるようになり、たとえば三好の領国である河内、大和等のこまごまとした土地あらそいなど、松永がほとんど一手にひきうけて直截簡明に裁定をくだし、有無を言わせることがなかった。

誰かに嫌われることを恐れぬ、世の役に立つ悪人になった。

「へえ、あの松永が」

と、彦右衛門はじめ、堺の商人連中はみな目をまるくしたものだが、とにかくこのとおり三好長慶から足利義輝へ、松永久秀へと京の政局が動揺すると、彦右衛門たちも、

——われら、関係なし。

というわけにはいかない。

なぜなら堺は、一種の会議場になったからである。幕府の連中も、松永久秀も、その他の大名も、みんな京は人の目があるものだから堺にあつまる。茶の湯をやる。茶の湯の名目で密議をこらす。

堺というのは商人自治の街であり、武士たちから見れば中立国である上に、船で来やすいことが選ばれる理由だったのだろう。彦右衛門はその周旋で忙殺され、ときには地方の豪族に茶の湯の指導もしてやらなければならず、

（くだらぬ）

とは思いつつも、なかなか無下にはできなかった。彼らはまたいろいろの物産を大

量に買ってくれる上客でもあるからである。

結局、多少の時間ができたときには、あの妻の仮面で着想を得た夜から数えるともう七年もの歳月が経過していた。武野の店のほうで新五郎が十四歳になり、彼の側近も成長して、やや手が離れたことが大きかった。

永禄六年（一五六三）六月、彦右衛門は、堺の港を出発した。

平戸へまわり、いったん上陸し、あらためて梅崎屋に船を出させた。

梅崎屋の船は木造の、いわゆるベザイ船である。角笛を大きくしたようなかたち。けれども水に浮かぶ船体はおどろくほど小さく、もしも船首から石を投げたとしたら、かるがると船尾にとどくだろうと彦右衛門は不安になった。

帆も、筵張りである。じょうぶな木綿張りではない。これでほんとうに外洋に出る気なのか。瀬戸内でちょこちょこと島から島へ跳ねまわるのが似合いなのではないか。

正直、

（帰ろう）

天候は、くもり。

外海はおだやかだったが、彦右衛門は酔った。舷から身をのりだして吐くものを吐き、それがなくなって胃液を吐き、なお口中の酢味が耐えがたいので、おがくずを食っては吐くことをくりかえした。

涙も、鼻水も、奔りっぱなし。あんまり身をのりだしたときには梅崎屋の手下にえりくびをつかまれ、

「落ちたら、探さん！」

意地悪で言ったのではなかったろう。帆船というのは風を受けて走るという原理上の特性により、けっして逆戻りができないのである。

永遠とも思われる時間ののち、船首のむこう、水平線の上に、ぽつりと黒い点が見えた。

点はみるみる大きくなり、三つにわかれ、南蛮船の船団になった。こちらの船はまるで紐でつながれてでもいるかのごとく、いっさんに近づいて行く。ようやく彦右衛門はやや気分がよくなり、ふりむいて船尾のほうを見た。

もう一隻、おなじような背格好のベザイ船がついて来ている。

いまは少し遠いけれども、白い波がしらを切れ味よく左右へわけている様子はわかる。いい走りぶりだ。それが商売敵というべき天草屋の船であることを、彦右衛門はすでに知っていた。

平戸を同時に出たからである。そのさい梅崎屋のあるじと天草屋のあるじに、つまり実の兄弟に、

「われらは取引も、いっしょにやります」

口をそろえて告げられもしている。やはり両者は共謀していたのだ。そうしてこれから同時に南蛮船と落ち合い、同時に話し合いに加わって、買い入れる硝石の値段も取り分も、

（きめる気だ）

もちろん洋上へは彼ら兄弟がみずから出るわけではないが、自分ははたして、その談合に割って入り、

——わかりました。これから硝石については梅崎屋がたくさん扱います。

と納得させることができるだろうか。いや、かならず、

（させる）

そのためにははるばる来たのではないかと、彦右衛門は、口のよだれを着物の袖でぬぐいつつ自分を叱咤した。

もっとも、その天草屋の船がこちらとの距離をつめて来ると、

「あ！」

彦右衛門は、弓のように背すじが伸びた。

船酔いが、消し飛んでしまった。その商売敵の船の船首あたりで仁王立ちになり、あごを上げて前方を遠見している男ひとり。その頬は、むかしはやわやわと白かったものだが、いまは樫の木の皮のような色をしている。

「徳積！」

つい、呼んだ。

相手はこちらを見て、点頭した。

首だけの礼である。こちらを侮ってのことではなく、船のゆれに備えたのだろう。平戸の陸では会わなかったから、おそらくは、彦右衛門の目をぬすんで乗りこんだのだ。

（そういうことか）

彦右衛門は、合点した。ここ最近の堺における彦右衛門の動きから、

——彦右衛門さん、自分で海へ出る気だ。

と察した与四郎が、話し合いを阻止すべく徳積を派遣したのにちがいなかった。徳積はいまや彦右衛門の手下ではない。与四郎の魚屋の衆頭なのである。

三年前、いや四年前だったろうか。徳積が或る日とつぜん、

「おひまをいただきます。今後は魚屋さんにお世話になります」

と言いに来たときには、

「な、なぜ」

彦右衛門は、狼狽した。しつつも理由は思いあたった。

（おこう、か）

たかだか寝間の灯火をともしたり消したりの用で一晩に何度も呼び出すばかりか、日中もわずかの誤りすら許さず他の店員の前で面罵する、打擲する。罰と称して下着の洗濯までさせる。おこうとしては特別つらく当たっているわけではなく、ただ心のまま言動しているだけなのである。こういう過酷な労働環境に耐えかねて徳積がとうとう与四郎の店に駆けこんだという話なのか、それとも与四郎のほうが徳積に、

――うちへ来ないか。

とこっそり声をかけたという話なのか、彦右衛門はいまも知らない。詮索する気もない。どちらにしろ彦右衛門はそのとき、おのが非を詫び、こころよく徳積の移籍をみとめたのである。

徳積は魚屋の店員となり、衆頭となり、そうしてこの日この海の上にいるというこ

とは、彦右衛門による硝石の横どりを阻止しに来たということである。与四郎の信頼も、よほど厚いのにちがいない。

見たところ、船酔いもしていないようである。彦右衛門はひどく心が傷ついて、

（ふん）

答礼をせず、ぷいと前方をふたたび見た。われながら大人気ないことではある。三隻の南蛮船はもう目の前だった。みんな船首を右に向けて、横一列にならんでいる。いったいどういう方法を使えばこうして過たず出会うことができるのか、彦右衛門には想像もつかないが、おそらくは暦とか、太陽の位置とか、島影の見えかたとかで前もって取り決めているのだろう。まぢかで見ると三隻とも丈が高く、甲板が太陽を隠していて、その影になるので船腹がまっくろな大魚の口に見えた。

縄ばしごを垂らしてもらって、まず徳積が、それから彦右衛門が船上へ這いこむ。甲板に立つ。おどろくべきは船のゆれの少なさだった。

ほとんど大地である。水平線がななめにならない。船体そのものの巨大さによるのだろう。

「ここは寧波沖かな。大越沖かな」

と徳積へ小声で言ったら、徳積はにこりともせず、

「坊津の先、五里だそうです」

寧波どころの話ではない。種子島よりもまだ、

（近い）

彦右衛門はつい首をちぢめた。無知をさらした恰好だった。逆に言うなら、南蛮側にすれば、そこまで来るに値する取引ということでもある。

もっとも、出て来た相手は、南蛮人ではなかった。

肌は褐色で、鼻が低く、全体に顔のかたちが丸っこい。アジア系だろう。着ているものは染めの緑色があざやかで、木綿織りらしい。水夫ではない。なかなか金持ちの商人または仲買人なのにちがいなく、彦右衛門は内心で、

（緑の男）

と呼ぶことにした。緑の男は口をひらいて、

「マア」

とか何とかいう発音から話をはじめた。

何を言っているのか皆目わからなかった。琉球語と朝鮮語、それに明の南方のことばなら堺で少し聞いたことがあるけれど、そのどれとも異なるようだった。彦右衛門は、

（これが、貿易じゃ）

肺が破裂せんばかりに心が躍った。港のほとりや家のなかで店員の報告をうかうか待っていたのでは永遠にまのあたりにできぬ無加工の風景、生きた情報。

こういう経験一瞬で、人間というのは、十年ぶんの成長が得られるのである。ときおり足の下がどすんと音を立ててゆれるのも、いまは愉楽の対象だった。大きな魚がぶつかって来たのだ。

横には、徳積が立っている。

緑の男と話すことができないのは彦右衛門とおなじなので、一見すると単にぼんやり突っ立っているだけ。

表情は、凪である。内心では彦右衛門とおなじ現場の魅惑にとらわれているのかどうか。

少しの時を経て、つぎつぎと、四人の日本人が縄ばしごを上がって来た。

甲板に立つや否や、相手と意思の疎通をしはじめた。

四人のうちふたりが梅崎屋の、ふたりが天草屋の衆頭である。ことばも発しているけれど、それよりも身ぶりのほうが応答に寄与しているらしい。おたがい手を出し合って、さかんに指を屈伸しているのは、それこそ値段や取り分を、

(いま、きめてる)

彦右衛門が目を見ひらいたのと、徳積が体を動かしたのが同時だった。徳積は彦右衛門の前に立ち、腕を組んで、あたかも、

――ここから先は、見せませぬ。まして口出しはさせませぬ。

と言わんばかりに彦右衛門を上目づかいににらんだのである。そうしろと与四郎に命じられたのだ。

むろん、一種の威嚇にすぎない。

こちらを物怖じさせることが目的の、いわば平和的な暴力。それ以上のことはできないし、また、するなと命じられてもいるはずである。商談にとってほんものの暴力ほど非効率なものはない。

彦右衛門は、ひるんだ。

この刹那だけは、たしかに与四郎の術中に落ちた。が、あらためて二つの足で甲板をふんまえて、両手を法螺貝にして口にあてて、

「こっちに、まわせ！」

全員、こちらを向く。

きょとんとしている。梅崎屋の衆頭ふたりへ、

「例のことを、言ってくれ」

ふたりはうなずき、身ぶりでそれを伝達した。こっちで大量に引き取らせてくれ。金なら出す。……緑の男は申し訳なさそうに首をふり、ふたりは彦右衛門へ首をふった。申し訳なさそうに。

要するに、こちらの顔を立てただけ。一種の儀式。彼らは最初から彦右衛門など眼中になく、徳積しか気にしていないのだ。天草屋のほうの取引先しか。

徳積が、かすかに笑ったような気がした。

太陽が光の火矢をふらせつづける。頭皮がじりじりと音を立てる。彦右衛門は、

（どうする）

この七年間、日本では、硝石をとりまく情況はほとんど変化していない。

ただし流通量は増加している。やはりと言うべきだろう、諸大名が、

――鉄砲は、使える。

それに気づいたことが大きかった。めいめい飾り銃ではない本物の銃を三十挺とか五十挺とか城にそろえて、あるいは家臣に稽古させ、あるいは戦場へ持ち出し、火薬をもちいて発射した。

彦右衛門の扱い量も、だからいちおう増えている。儲けも出た。しかしそのぶん与

四郎の魚屋のほうの扱い量も増えているので、全体の割合というか、魚屋による市場寡占（かせん）そのものには変化がなかったのである。

ということは結局、それだけの硝石がまっすぐ根来寺や国友へながれ去ってしまうわけである。堺はつらい。もはや鉄砲ならば何百挺でも製造できる態勢がととのっているにもかかわらず、火薬がないから売りさばけぬ、根来寺や国友の前に立てぬ。そんな状態がつづいている上、このごろは平戸や坊津など、九州の商人までもが鉄砲を売り出すようになった。

新規参入というやつである。彼らはおそらく自前で製造しているのではなく、種子島あたりから安く仕入れているのだが、今後もしも勢いが増したりしたら、

（堺の鉄砲鍛冶どもは、死に絶える）

これから大名たちの戦争の方法がますます鉄砲への依存度を高めることは確実であることを考えると、彦右衛門はどうしても、いま、ここで、

（手を、打たねば）

自分のために。おこうのために。奉公人のために。自分をここまで大きくしてくれた堺の街のために。

緑の男は、ふたたび大声でしゃべりはじめた。四人の日本人がいっせいに身ぶりで

応じた。ときに例の指の屈伸をまじえたりして、ほどなく話はまとまったらしい。声をそろえて、
「ヤア」
とか何とか叫ぶと、四人はふたりずつにわかれて舷側へ駆け、身をのりだし、はるか下方の梅崎屋、天草屋それぞれの船へ大声で指示をした。
それぞれの船倉から、木箱が出て来た。
木箱は、赤うるし塗りである。縄をゆわえられ、するすると持ち上げられ、舷側をのりこえて甲板の上へごとごとと置かれた。
大箱がひとつ、小箱がひとつ。彦右衛門はそれらへ近づき、見おろした。どちらも角のまわりの赤うるしが剝げているのは、長いこと使ううち船倉の壁やら何やらにぶつかったのにちがいない。緑の男はしゃがみこんで、帯から鍵を出し、大箱のほうの蓋をあけた。なかには海鼠のかたちの、
銀
銀
銀
箱いっぱいにつめこまれている。いったい何十本あるのだろう。みな蠟紙でつつま

れることもなく、遠慮なき太陽の光を受けて黄金のごとくきらきらしている。彦右衛門は、

(銀か)

緑の男は、手をのばした。三つ四つ取って見た。いわば検品作業だが、そのいかにも形式的な手つきひとつとっても、彼とこの日本人業者とのあいだの信頼の深さがうかがわれる。緑の男はごとりと銀を置き、つづいて小さい箱をあけた。

こちらもやはり海鼠の銀がいっぱいに入っているが、全体の量は、大きいほうの八分の一くらいか。どっちが天草屋の箱でどっちが梅崎屋の箱なのかは問うまでもなかった。小さいほうが、

(梅崎屋、か)

商談もこの段階に入ってしまったら、もう覆すことは不可能である。

「やはり、だめだな」

つぶやくと、徳積はほっとしたのだろう。彦右衛門に近づいて来て、

「あ、あの」

媚びるような顔。もう十年以上も前、まだ前髪の少年だったころには、この子はよくこんな表情をしたものだった。彦右衛門はほほえんで、

「よい、よい。お前はお前の役を果たした、それだけじゃ。もとより意趣などあるはずもないわ」

「かたじけのう。へへ」

素の性格が出たのだろうか。あるいは勝者の余裕かもしれない。

緑の男は立ちあがり、

――仕事は、終わった。

と言わんばかりの無表情になったかと思うと、きびすを返してふたたび船室へ入ってしまおうとする。その背中へ、

「おい」

彦右衛門は、低い声を出した。

緑の男は足をとめ、ふりかえり、

「まだ用か」

とでも言ったのだろう。蠅でも追い払うような目になった。彦右衛門は、

「これを見ろ」

ふところに手を入れ、手のひらほどの箱を出した。

箱は、桐箱。ふんわりと木の香がした。蓋はきっちりと閉まるもので、あけるのに

苦労したのが少々間が悪かったけれど、何度かこころみたら蓋がとれた。なかには、あざやかな黄色の石ころが一個。

独特のにおいを発している。それが潮風とまじって生ぐさくなり、一気にあたりを支配した。

もっとも、相手の顔がさっと変わったのは、これは嗅覚的刺激のにおいのせいではなかっただろう。彦右衛門は、

「どうじゃ」

「………」

「わしなら貴様の硝石を、銀では買わぬ。銀よりももっとたくさんのこの石、そう、硫黄と交換するのだがな」

硫黄は、これまで何度も述べたとおり、火薬の三つの成分のうちのひとつである。木炭、硫黄、硝石のあの三つ。いったいに日本列島というのは太古から火山だらけの列島であり、硫黄など、めずらしくも何ともない。

なかには無限の産地もある。一例が、種子島の北西十五里のところにある島など、全島まるまる火山と言ってよく、そのため硫黄島だの、鬼界ヶ島（黄海ヶ島）だのと実態そのものの名で呼ばれているくらいで、原石がごろごろと河原石なみにころがっ

ている。日本とは、要するに硫黄の国なのだ。

そうしてこの硫黄という物質は、地球規模で見た場合、圧倒的に珍奇な商品でもあった。中国大陸にもヨーロッパ大陸にもめぼしい産地はなく、例外はイタリア半島とその周辺の島くらいで、そのくせ洋の東西を問わず国王や貴族や豪族たちは戦争のためにこの鉄砲という強力な武器をさかんに使う、とりもなおさず火薬を使う。硫黄を欲する。特にその不足が深刻だったのは、中国の明王朝だった。

この王朝は、ほとんど慢性的と呼びたいくらいに北方のモンゴル高原から異民族の侵攻を受けていたからである。そのためにたいへんな手間をかけて万里(ばんり)の長城(ちょうじょう)を改修したほどなので、鉄砲も弾も火薬も、いくらあっても足りなかった。

硫黄は、どうするか。日本からの輸入をあおぐしかない。

いっぽうで明には例の海禁の祖法があり、本来であれば王朝みずからが破るわけにはいかないのだが、この場合はやはり致し方なかった。もし明の商人がそれを南蛮船経由で手に入れたとしても、つまり脱法的行為におよんだとしても、王朝はそれを見て見ぬふりをせざるを得ず、商人もまたそういう事情を知っているから目立つまねはしない。そこには暗黙の了解というか、一種の隠微(いんび)な共犯関係が生じていたのである。

いきおい、硫黄に関しては、

——なるべく、ふつうの取引で。

すなわち日本からの硫黄に対しては、明のほうでは書画や銅銭、生糸、香料のごとき一般的、伝統的な品物をもって応じる。わざわざ特殊なことはしない。それが商人たちの強固な習慣になった。

当然、硝石などという非一般的、非伝統的な人気商品との直接交換はあり得ない。悪目立ちがすぎるのである。おのずから硝石のほうも「ふつうの」取引になるほかなく、日本からも一般的な品物を出した。

日本の一般的な品物とは、この時期は、すなわち銀にほかならない。三十年ないし二十年ほど前、石見国(いわみのくに)の石見銀山、および但馬国(たじまのくに)の生野(いくの)銀山が開発されたことを皮切りにして、日本はにわかに世界的な銀の産出国になっていたのである。

その産出量は、一説によれば世界全体のそれの約三分の一を占めたという。たいへんな量である。とにかくこのような事情によって、硫黄は硫黄、硝石は硝石、おたがい触れ合うことなく日明間の平行な道をすれちがっていた。店もべつ、商人もべつ、船もべつ。そのことに誰ひとり疑いを持つことをしなかった。

その固定観念を、いま、彦右衛門は打ち破ったのである。

日本の南の海上で。かりかりと照りつける太陽の下で。おそらくポルトガル人の船主の代理人なのであろう緑の服を着たアジア系の商人を前にして。

彦右衛門は、

「どうじゃ」

と、もういちど言い、さらに念入りに、

「わしなら貴様の硝石を、そんな銀などではなく、まとめて硫黄でもって買い占めよう」

「そんなことが、ほんとうに可能なのですか」

と聞き返したのは、緑の男ではない。

横で聞いていた天草屋の衆頭のひとりだった。ありありと興味がうかがわれる声色である。彦右衛門はそちらへ、

「ああ」

「まさか、出まかせでは」

「あろうはずがない。わしは納屋のあるじじゃぞ。現にもう入手の経路(すじ)は確保してある。信濃国米子(しなののくによなこ)、豊後国九重(ぶんごのくにくじゅう)あたりの火山から出る硫黄の鉱石(いし)に関しては、地元の採鉱業者(やまぬし)から、問屋から、堺の街へ出入りする運送業者(ばしゃく)にいたるまで残らず話をつけ

てある」

「まことなりや」

「まだ疑うか」

「そのような大仕掛けは、にわかには……」

「にわかにはしておらぬ。わしがこの七年間、ただ為すところなく日々をすごしたと思うてか」

われながら、声が何かで漲っている。むろん入手経路うんぬんは嘘いつわりのない真実なのである。天草屋の衆頭はびくりと肩を上下させて、

「は、はい」

緑の男のほうへ体を向けて、彦右衛門の申し出をせわしなく身ぶり手ぶりで翻訳した。緑の男が目の色を変えた。通訳を介して、

「明の要路には、露見せぬか」

「しない」

「なぜ言える」

「店員には細心の注意を払わせる。くりかえして言うが、わしは納屋のあるじじゃ。堺の中心をなす大家のひとつ。そのわしが、ただひたすら、この申し出ひとつのため

に長駆この海へ姿を見せたのじゃ」

相手は、ひるんだ。通信技術のない時代では、

——親分が来る。

というのは、ほかの何にもまさる強い誠意のあかしなのである。彦右衛門はなお口をひらき、少し調子をやわらげて、

「それに明の皇帝も、このごろは海禁をそこまで厳しく敷いていない。おぬしらの——われらの——密貿易があんまり盛んになりすぎて取り締まりが追いつかぬ上、うわさでは財政難が深刻で、むしろ密貿易のあがりを取るほうへ態度を変えているとか。そのあたりの動向は、わしらより、おぬしらのほうが敏いのではないか？」

「む」

と緑の男は下唇をかみ、それから急にしゃべりはじめた。その内容はあんまり複雑にすぎて通訳もなかなか困難なようだったが、つまるところ以下のようなことだった。

「たしかに硫黄に関しては、自分も、この船のもちぬしであるポルトガル人も、手を出したい気はあった。まず確実に儲かるからだ。だがそれを、このとおり硝石を売りつつやる習慣はなかった。硝石は硝石用の、硫黄は硫黄用の船や水夫や商店員をそれ

ぞれ用意しなければならなかった」

その上で、

「しかしながら、この船一隻でおぬしの申し出のとおりにやれるなら、それに越したことはない。今回の取引はもう済んでしまったけれども、次からはそのようにしてもいい。いや、そうしてくれるようぜひお願いする。こちらの持ちもの（硝石のこと）は天草屋ではなく、梅崎屋のほうへ渡せばいいか？」

「いや」

と首をふったのは、通訳をしていた天草屋の衆頭である。緑の男と彦右衛門、双方を見ながら、

「取り分は、これまでどおり」

「おいおい」

と彦右衛門が抗議しようとするのを手で制して、

「そのかわり、今後は天草屋があんたの代理店だ。あんたのところへ多いほうの箱数が行く。それで文句はないだろう」

「ない」

彦右衛門はうなずいた。天草屋の衆頭は、こんどは徳積へ、

「よいかな、魚屋さん」

「…………」

「あんたの用は、次から梅崎屋がまかなう」

徳積はだらりと手をたらし、呆然(ぼうぜん)としている。

ほんとうに聞こえているのかどうか。これまで止めに入らなかったのも、おそらくは、何が起きたのかわからなかったのだろう。ようやく口をひらいて、

「……わたくしの、一存では」

（勝った）

彦右衛門はそう確信した。こういう場合、徳積は、どうしてもこの場で判断しなければならない。いくら帰堺と同時にこのことを与四郎に伝えたところで、そうして与四郎がいくら陸(おか)でものを言ったところで、話はすんでしまったのだ。

あとはもう事務処理である。天草屋と梅崎屋の衆頭たちは緑の男にむかって何か話しつつ、あるいは空を指さし、あるいは遠くの島影へあごをしゃくっている。

次に会う手筈(てはず)をととのえているのだろう。そのあいだに甲板の上にはわらわらと数十人の水夫があらわれた。彼らは船倉から黄色い漆喰(しっくい)塗りの箱を出して来て、つぎつぎと海面ちかくの天草屋の船へ、梅崎屋の船へ、それぞれ縄で下ろす仕事をした。手

なれたものである。箱のなかみはわからないけれど、

（硝石だな）

彦右衛門は、合点した。硝石はきわめて水にとけやすい。漆喰がぶあつく塗りこめられているのは防水のためであり、これらの箱は、この姿のまま堺まで運ばれるのである。

彦右衛門から見ると左のほう、つまり天草屋の船のほうが海へ深くめりこんでいるのは、いうまでもなく積み荷が多いせいである。今回は、与四郎のもとへと届けられる。

（今回は）

横には、徳積がいる。

ぼんやりと海を見おろしている。彦右衛門はその横顔へ、

「悪いことをした」

徳積がこちらを向いて、

「商売(あきない)ですから」

と胸をそらしたのは、せいいっぱいの虚勢だったのだろう。彦右衛門はにっこりして、

「いい態度だ」

「ありがとうございます」

「なあ、徳積」

「何でしょう」

「……うちへ、戻らぬか」

徳積は即座に、

「ご勘弁を」

「だろうな」

徳積は終生、魚屋での奉公をつづけた。この点では彦右衛門は完敗だった。

†

その後の展開は、彦右衛門のもくろみどおりになった。この洋上での勝利の翌年には、彦右衛門は、硝石の扱い量において与四郎を圧倒したのである。

彦右衛門の硝石は、ほとんどが堺のものとなった。

堺のなかの工場で木炭、硫黄とまぜられて火薬となり、堺産の鉄砲とともに全国の大名へ売りさばかれた。これは巨額の商いになった。堺の鉄砲の生産量はほどなく根来寺や国友を抜いて日本一になり、差をひろげた。

ところで。

永禄十一年（一五六八）十月、ということはあの洋上取引から数えて五年あまりのち、彦右衛門のもとに一通の書状がもたらされた。

発信者は、京の出店の店長である。その内容はおどろくべきものだった。このたび新たに上洛して来た大名が、もうじき以下の命令を出すとのことにござります。心じたくなされませ。

その命令とは、

――堺の街の商人衆は、ただちに矢銭二万貫を差し出すべし。

彦右衛門は一読、

「ばかな」

十四年前、似たようなことを言ったやつがいる。松永久秀である。武野紹鴎の大黒庵で。

いや、あのときの松永は三好長慶の名代だったから、三好が言ったとすべきだろう。その松永ないし三好でさえ要求はたった四千貫にすぎなかったし、「ただちに」

などという形容語はつけなかったし、それでも紹鷗に一蹴されたのである。当時の紹鷗は、いうなれば堺市長の立場だった。

紹鷗はそのあと彦右衛門へ、遺言同様のおもおもしさで、

「誰が来ようが、鐚銭一枚やってはならぬ」

と告げたものである。

(狂人が、来た)

そう思わざるを得なかった。

書状をあらためて読み通すと、その狂人の名は、織田弾正忠信長。何年か前、一度だけ堺に来たことがあるらしいが、それは物見遊山である上にごく短期間で、彦右衛門は顔も知らなかった。

ただしその名は、最近とみに耳になじんでいる。何でも尾張国那古野城の出身だとかで、それが父・信秀の居城だった清須城を侵し、さらには同族のおさめる岩倉城を陥落させて尾張一円を手に入れたのが九年前。

このとき織田信長の名ははじめて京や堺の商人たちに知れわたったと見ていいが、時すでに遅し、もはや東どなりでは室町将軍家の支流の裔である今川義元が駿河、遠江、三河三か国の支配をほぼ完成させており、しかも翌年、その広大な領国から数

万の兵をあつめて上洛を開始したのである。

上洛の名目は、

——将軍を、補佐しに行く。

というものだったが、もちろん今川本人が天下とりへの野心をかくすことなく大きな一歩をふみだしたのである。

京および畿内を支配していた三好長慶、足利義輝、松永久秀といったような連中はさだめし飛びあがらんばかりに驚いたにちがいないが、結局、今川が京へ来ることはなかった。

遠征の途次、尾張国に侵入したところ、桶狭間村、大脇村へんの丘陵地帯で信長の奇襲を受け、まさかの大敗北を喫したからである。

いわゆる桶狭間の戦いである。今川は本陣で討たれて首級となり、信長の近臣・毛利秀高のこの上ない名誉と化した。信長は「時すでに遅し」をひっくり返したのである。もっとも信長のほうもまだ力が足りず、その後みずからが上洛の途に就くためには延々九年もかけて環境をととのえなければならなかった。例の斎藤義龍とさかんに戦い、その嗣子である斎藤龍興を追い出して美濃国を手に入れたり。その美濃国の岐阜城下へ足利義輝の弟・義昭をむかえ入れたり。

あるいは三河の松平元康（徳川家康）と同盟をむすんで東の国境の憂いをなくしたり。そうして九年後、いよいよとばかり足利義昭をかついで京へ向かった。上洛の名目は、

――義昭様を将軍の座に推戴したてまつり、それを補佐する。

もとより信長本人があらたな支配者になる気であることは九年前の今川義元とおなじである。信長は今川のまねをした。

そうして今川のように誰かの奇襲で足をすくわれることなく、岐阜を出てから二十日たらずで入京を果たした。京ではこの時点ですでに三好長慶が病死しており、また三好にかつがれた将軍・足利義輝も、松永久秀と仲違いして暗殺されている。義輝はもともと将軍ながら剣術にたいへん秀でていて、このときも、みずから刀を取って最後まで奮戦したという。

はるかのちの江戸時代には、

――斬り伏せること、三十余人。

などという伝説も生まれたほどで、奮戦そのものは事実だろう。殺したほうの松永久秀も、信長のすさまじい来勢を見るやあっさり京をあけわたし、奈良で降伏の意を示した。信長はこうして京および畿内のあらたな支配者となり、なったとたん堺の街

へと右のごとき金銭の供出命令を出したのである。

「二万貫じゃと？　田舎出の、どあほうが」

そう吐き捨てたのは、能登屋の主人。

彦右衛門とおなじく堺の市政の意思決定機関というべき会合衆に属している。これにはやはり会合衆のひとり、臙脂屋のあるじが同調して、

「聞けばその織田なんとか、まだ三十そこそことか。われらには息子のごときもの、よほど世の中を知らぬのであろう。とっとと断りの手紙を出すがいい」

感情的には、これは当然のことだった。信長の命令はあまりにも急だったし、それに堺の会合衆はもう、このころには、何だかんだで現状へ愛着を感じている。

当時の堺が、一種の会議場であることは前述した。その来場者は幕府の奉公衆だの、三好長慶だの、松永久秀だのいう京の政治の中心人物だったけれども、結局はみな大した権力がなく、この堺でできることといったらせいぜい茶碗の佳品を用意させるとか、料理の好みをうるさく言うとかいう程度で、街そのものを支配することまではできなかった。これを会合衆のほうから見れば、ちょうどいい塩梅で中央との関係を持つことができる情況だったのである。

信長の命令はすなわち、こういう文化的、ぬるま湯的な堺の空気をぶちやぶろうと

するものだった。なるほど空気を読まぬ野蛮さではある。

「そうじゃ」

「断れ」

「一議におよばず」

と、つぎつぎに賛成の声があがった。

場所は、能登屋の広座敷である。

この臨時の会合に列席した三十六名のうち、じつに三十四名が同意見だった。だが
彦右衛門は、ひざを打って、

「わしの意は、いや、納屋の意はちがいます。この命にはすすんで応じるべきと」

「何と申す、彦右衛門」

「織田弾正忠はあの今川義元の首を取ったほどのいくさ上手である上に、いまや三好、松永などとは比較にならぬ大兵を擁し、さらにはその三十そこそこという年齢があなどれませせぬ。体力がある。われらとおなじ一日を、われらの二倍、三倍にも使える年ごろ」

彦右衛門自身、もう五十に近いのである。そこへ、

「同感です」

と受けたのは、魚屋の主人・千与四郎である。相変わらずのにこにこ顔で、くるりと列席者の顔を見まわしてから、

「わしも彦右衛門さんが正しいと思う。われらはこれまで京の人士のとりもちで多忙をきわめた。猫の手も借りたいほどでした。なるほど消息をいろいろ得られる利もありましたが、そのため本業の商売をしばしば差し置かねばならなかったことも事実。そろそろこのへんで京の首領はしかと一人におちつかせるほうが」

「矢銭を出してもか？」

と、能登屋がぎょろりと与四郎を見る。与四郎は悪びれもせず、

「ええ」

彦右衛門は、

（与四郎）

絶句した。

思いもよらぬことだった。五年前のあの洋上での取引とそれによる鉄砲商売の奪取からこのかた、彦右衛門は、与四郎とは表面上は平穏な関係でありつづけたけれども、ふたり差し向かいで語り合う機会はめっきりと減ってしまった。

おたがい多忙になったせいか、それとも与四郎のほうが内心こだわりを持っている

のか、彦右衛門にはわからなかった。それだけに彼がこうして重鎮たちを向こうにまわして自分に味方してくれたのは意外でもあり、また胸の熱くなることでもあった。

能登屋は、

「われらが堺は」

隈(くま)の深い目を細めて、地を這うような声になり、

「堺はこの百年間、どの大名の支配をも受けなかった。そんな街は日本でここだけじゃ。われら商人が、会合衆が、血まみれの刀槍(とうそう)ではなく平穏賢明なる合議によって街のあらゆる問題を解決してきたからにほかならぬ。その貴(たっと)いならわしを、おぬしらふたりは、みずから殺そうとするか」

能登屋の言うのは、こんにちのいわゆる商人自治である。もしもここで唯々(いい)として信長へ二万貫を差し出したりしたら、それはただちに自治の自殺、無条件降伏を意味する。

ゆくゆく二度目、三度目の無心があっても断る理由が立たないばかりか、信長がさらに、

——堺の政治も、俺がやる。

などと言い出したら始末にこまる。

少なくとも、完全に拒否することはできなくなる。そもそも矢銭を出すという行為は、単なる金銭の提供ではなく、そのかわりに、

――われらを、武力で庇護(ひご)してくれ。

という意味あいをも帯びているからである。占領の口実をくれてやるようなものなのである。

与四郎は、

「みずから殺す?」

「そうじゃ」

「これはこれは、能登屋さんともあろうお方が何を申されるかと思えば。はばかりながら元来そんなのは自治でも何でもなかったのではありませんか」

与四郎いわく、自治とは自分たちが努力で手に入れたものの謂(いい)であって、堺の場合はそうではない。ただ全国の武士どもがあんまり戦争にあけくれたため目を向ける暇がなかった、それだけの話ではないか。

世の中に、自己美化ほど人の判断を誤らせるものはない。商人の本質は政治にはない。政治にまもられなければ生きて行けぬ無力な立場を取りながら、しかし政治をたくみに利用するところに存在する。

「われらは理非に生きる者にあらず。損得に生きる者なり」

そう言いきった与四郎の目は、ふだん見たことのない真剣なもので、そのこともまた彦右衛門をおどろかせた。

能登屋も、引き下がらない。

「説教はいらぬ。具体的にはどうするのじゃ、織田めがゆくゆく『堺の領主になる』などと言い出したら」

「それは」

与四郎が、口をつぐんだ。そこまでは考えていなかったらしい。ちらりと彦右衛門のほうを見たのが、まるで、

——助けてください。

と言っているように見えた。彦右衛門は、

（やれやれ）

心のなかで、苦笑いした。やはり故紹鷗の言ったとおり、与四郎は、いまや茶の湯では自分をはるかにしのいで日本一の宗匠になりつつあるけれども、商売の創案は一歩足りない。

——承知した。

という視線を与四郎へ送ってから、全員へ、

「条件を、つければよろしい」

「どのような」

「弾正忠様にはこのように言うのです。矢銭は出す。堺の領主になりたくばなれ。そのかわり……」

「庇護してくれと？」

と臙脂屋がぶしつけに口をはさむのへ、彦右衛門は、

「それもありますが、鉄砲です」

「鉄砲？」

「鉄砲、弾丸および火薬は、もっぱら堺より買ってもらいたい、と」

「それだけ？」

「それだけです」

彦右衛門は口をつぐみ、与四郎をふくめた全員が狸(たぬき)に化かされたような顔をしているのを見まわしながら、

「われわれ堺の商人は、これまで弾正忠様から鉄砲を需(もと)められたことがない。弾正忠様はおそらく根来寺もしくは国友からまとめて買っているのでしょう。風のうわさで

は根来寺のほうか。むかし直接見に行ったこともあるという話もありますしな。これを、われらの御用としてもらう」

説明をつづけた。じつのところ堺の鉄砲業界は、ここ数年、経営環境がきびしくなっている。生産量そのものは増大しているのだが、一挺あたりの利が薄くなったのだ。

その理由は、はっきりしている。商売敵がふえたせいである。根来寺や国友、種子島などという従来の生産地にくわえて長崎（ながさき）という新興勢力があらわれたが、長崎の連中は、南蛮人から直接仕入れて売るのである。これには九州の大名がとびついた。

ほかにも、備前国長船（びぜんのくにおさふね）のような刀鍛冶の多い地域でも生産がはじまった。みんないきなり品質がよかった。地元の刀鍛冶のみならず、根来寺や国友、堺あたりで何年も生産に従事した鉄砲鍛冶がまねかれて住みつき、作事場をつくり、技術指導をしたためである。

いってみれば、鉄砲は、誰もがつくれる商品になったのだ。

「弾正忠様はいまや、京をあっさり征服するほどの大兵力を擁しています。鉄砲の買い手としても有望きわまる。その天下一の顧客を根来寺から奪うことができるのは、われらには大きな魅力です」

「じゃが、そのために二万貫も……」

「その二万貫で、また堺の鉄砲を買わせればいい」

「織田は、のむかね。そんな条件を」

「のむでしょう、彼に頭脳（あたま）があるならば。他大名よりも抜きん出て鉄砲をかかえることができる恰好の機会なのですから」

「しかしそれでは、織田だけが強くなってしまう」

と臙脂屋に言われると、彦右衛門はひざを打って、

「そう、まさしくそれこそが究極（つい）の目的なのです。皆の衆」

もういちど全員の顔を見まわしてから、

「われわれの手で、もう戦国乱世は終わらせようじゃありませんか。天下の大権をひとりに帰し、そのひとりへこぞって力をつくすことで、諸国の民も心が安（やす）まる。われらもさらに発展する。経済（かねまわり）の話というのは、結局は、経世済民（まつりごと）の話なのです」

「何と、まあ」

全員、ため息をついた。そのため息に込められた心理をもしも分析するとすれば、納得半分、異論半分といったところか。

いや、それ以前にまだじゅうぶん理解し得ていないのかもしれない。それでも当初

の議論からすれば、ここまで、

（押し返した）

彦右衛門がそう手ごたえを感じた瞬間、

「だめじゃ！」

能登屋がにわかに立ちあがり、幼児がいやいやをするように首をふって、

「堺は、堺じゃ。これまでどの大名の支配をも受けなかった、天下にひとつの特別な街なのじゃ。すべては商人が合議できめる。織田なんぞに。織田なんぞに」

くるりと体の向きを変えて、大きな足音を立てて出て行ってしまった。合議も何もあったものではないが、能登屋はここでは最年長である。

これまで長年、会合衆の長の立場をつとめてもきた。ほかの三十三人が、

「あ、いや」

「能登屋さん」

「待って」

とか何とか言いながら、つぎつぎと部屋を出てしまった。みんな居たたまれなくなったというか、天下国家を視野に入れた重い議論に耐えられなくなったのだろう。

のこされたのは、彦右衛門と与四郎。

ふたりきりになったのは、

(何年ぶりかな)

彦右衛門は照れくさくなり、うつむいて、

「……まあ、こんなものだな」

与四郎の顔をうかがった。

与四郎は、やっぱりにこにこ顔である。雪景色のように汚れのない声で、

「そうですね」

「自治にしろ何にしろ、勿体(もったい)ぶった看板はあっさり投げ捨てて実利を取るのが商人(あきんど)じゃと思うておったが、能登屋さんは、看板のほうが大事らしい」

「そうですね」

「自尊心は、身を滅ぼすぞ」

「そうですね」

「与四郎」

「はい」

「なぜわしの味方をした?」

「ご意見に賛成だったから、では不足ですか」

「ほかにもあるだろう」

「わかりますか」

と、与四郎はちょっと天をあおぐような仕草をしてから、

「それなら申します。もしも彦右衛門さんの言うような弾正忠様の御用が実現して、堺の街の鉄砲商売がさかんになれば、わが魚屋は、その旨い出汁がぞんぶんに吸えますから。何しろ魚屋は、火薬のあつかいが堺で二番目に多いので」

「なるほどな」

「何が『なるほど』です、一番目に多い納屋の彦右衛門さん？」

「はっはっは」

彦右衛門は、大笑した。こんなに笑ったのはいつ以来だろう。たしかに与四郎の言うとおりなので、いま席を立ったのは、結局はみんな火薬商いに出遅れたことと関係があるのだった。

もしも信長がほんとうに徴収した二万貫でまた堺の鉄砲を買うとしたら、その代金は、このふたりの店へもっともたくさん回収されるのである。そうしていまさら言うまでもなく、火薬というのは、硝石という国内では決して手に入らぬ材料をもちいるだけに鉄砲本体より利ざやが大きい。

「ただし」

と与四郎はふたたびあの真剣なまなざしになり、

「そういう私利があったとしても、彦右衛門さん、あなたの言うことは途方もなさすぎる。弾正忠様を儲けのたねにするのみならず、天下人にまで仕立てようとは。どうしてそんな発想が……」

「海さ」

「海？」

「ああ」

彦右衛門はにっこりして、

「わしは五年前、みずから大海へ出て硝石の買い入れをこころみたであろう」

「ええ」

「あれでおぬしを出し抜いたのは申し訳ないことじゃが、人間はしかし、やはり旅に出るべきじゃのう。わしはあれで硝石のほかにも、じつに、じつに大きなものを得た」

「大きなもの？　それは……」

「これじゃ」

と言うと、彦右衛門は右手をかざし、指先を上のまぶたと下のまぶたにあてて、上下へぐいっと押しひろげた。与四郎は、

「目、ですか」

「そうじゃ、目じゃ」

彦右衛門はそう言い、にやりとしてから、

「視界のひろさ、と言いかえてもいい。まがりなりにもこの身を無限の外洋に置き、ことばも通じぬ異人を相手にして命かぎりの交渉をおこなってしまうとな、日本そのものが何とせまく見えることか。こればかりは経験しないとわからない。こんな小さな土地をさらに六十余州に切り割って、取ったの、取られたのと大さわぎするなぞ蟻の群れにも劣る狂気。ばかばかしいにもほどがある」

「…………」

「戦国乱世など、しょせん侍どもの遊びにすぎぬ。あきあきした。そんな目を得たのさ」

翌日、彦右衛門は堺の街を出た。

わずかの供をつれて淀川をわたり、摂津国芥川山城へおもむいたのは、この城に、

——信長が、いる。

その情報を得たためである。信長はいったんは京へ入ったものの、周辺諸城ではまだ三好家の残党による抵抗があり、そのひとつがこの芥川山城だった。これを信長はあっけなく落とし、いまはみずから城主よろしく腰をどっかと据えているという。少しずつ、たしかに王者の風格を帯びはじめている。

彦右衛門は、城の門前についた。

曇天の下、身分の高そうな武士や商人がひしめいている。大名までいるらしい。信長という畿内のあらたな支配者へひとこと挨拶を申し上げるべく諸国から馳せ参じたのにちがいない。

(やはり)

彦右衛門は、胸をなでおろした。もしもこの大群にはなはだしく遅れを取ったりしていたら、信長は自分へ、いや堺の街そのものへ悪い先入観を抱いてしまう。こういうときは一日も、いや一刻もはやく顔を見せるのが商人の有能さなのである。

人をかきわけ、門番のもとへ行き、

「堺から来ました。納屋の今井彦右衛門と申します」

丁寧にお辞儀をした。門番は顔色を変えて、

「来ませい」

まっさきに城内へみちびいてくれた。あらかじめ信長にそうするよう命じられていたのだろう。彦右衛門は少しほっとした。あれよあれよと言うまに石段をのぼり、御殿へ上がり、たったひとりで奥の座敷へ通された。

座敷には、男がいる。

はじめて見る顔である。年齢はまだ三十四、五だそうだから、自分より、

（十五も、年下）

そういう目で見るせいか、意外にも、信長の体はあまり大きくはなかった。いっそ華奢な感じである。その体に比して顔はさらに小さく、頭頂の髷までもが黒豆のように可愛らしかった。

「納屋か」

その声は、むやみと甲高い。

ほとんど黒豆の髷から出ているようである。彦右衛門はふろしきづつみを置き、平伏して、

「はい」

「何用か」

「これを」

顔を上げ、両手でふろしきの結び目をとく。あらわれたのは桐箱ふたつ。大きな桐箱の上に、ちょこんと小さな桐箱がある。彦右衛門は両方のふたをあけ、なかのものを出し、ならべて立てた。

信長は、無教養ではないらしい。腰を浮かして、

「こ、こ、これは」

ただちに理解したようだった。彦右衛門は、

「はい」

「これを、わしに？」

「はい」

「無料で？」

と無用の念押しをしたのは、さすがに信長も度を失ったのだろう。彦右衛門はゆっくりと首肯して、

「いかにも。故紹鷗遺愛の名物二品」

そう。そのふたつの献上品とは、

松島の壺

みをつくしの茶入

にほかならなかった。茶の湯の師であり義父である武野紹鷗が、生前あえて松永久秀に「さしあげる」と言ったあの茶器たち。

もっとも松永は、あのときは泡を食って言下に謝絶してしまい、かえって器量の小ささを露呈したものだが。彦右衛門はひたと信長を見て、

「手前ごとき、とても持つに値する徳はござりません。ぜひ殿様にご所蔵あられたい」

あのときの紹鷗とおなじ言いかたをした。信長は尻を落として、あっさりと、

「ご苦労。もらった」

所有権移動の瞬間である。妻のおこうは、

（どう言うかな）

のみならず、本家というべき武野家も。どちらに対しても彦右衛門はあらかじめ何の相談もしなかったのである。

すれば、どちらも猛反対することは目に見えている。おこうの逆上は想像するまでもないとして、武野家のほうも、跡とりの新五郎はとっくに元服(げんぷく)をすませて成人(おとな)になっているからである。まあ結局のところ新五郎は、茶の湯の腕前では、どうやら父・紹鷗におよぶ見込みはないようだが。

彦右衛門は点頭して、

「おみごとに、ござりまする」

壺と茶入に左右の手をかけ、前へ押し出した。と、

「矢銭は」

「え？」

「二万貫出せと命じたはずじゃ。その回答（いらえ）は、どうした」

そう言うと、信長はにわかに鉄扇をひざの上で鳴らした。

パチッと乾いた音が立った。話のきりかえが稲妻のように速い。彦右衛門は、

（来た）

咳払（せきばら）いして、わざと口調をゆっくりにして、

「正直に申し上げます。三十六名の会合衆のうち、ほとんどが『出さぬ』と言い張っております」

「幾人（いくにん）じゃ」

「三十四名」

「あとの二名は？」

「この宗久と、もうひとり魚屋の与四郎という……」

「説得しろ」

「いつまでに？」

「すぐじゃ。すぐ」

パチッ、パチッと音の頻度が急上昇した。鉄扇が悲鳴をあげている。彦右衛門は、

（吠(ほ)えるか）

身がまえたけれども、信長はぷいと横を向き、鉄扇を持っていないほうの親指の爪をかみはじめる。

（おさえこんだ）

内心、ほっとした。信長の怒りをである。この尾張出身の壮年の男が、

――たぐいなき、癇癪(かんしゃく)もちで。

という情報はかねて仕入れている。彦右衛門はまさしくこの不活化のためにこそ、対面早々、この茶器ふたつを献上してみせたのである。

献上という名の先制攻撃。これで場は荒れず、信長もわれを忘れることなく、つぎへ話を進めることができる。彦右衛門にとっては真の切所(せっしょ)はここからなのである。

「弾正忠様」

「何じゃ」

「説得の儀、たしかに承(うけたまわ)りました。ただの一貫も欠けるところなく進呈申し上げることを約束します。そのかわり……」

「そのかわり？」

「鉄砲の御用につきましては、爾後(じご)、われらにお申し付けありたく」

親指をかむのをやめ、こちらを見て、

「根来寺と、縁を切れと？」

「はい」

「義理がある」

信長は、かすかに顔をゆがめた。この旭日(きょくじつ)昇天の勢いにある大名がはじめて見せる心弱さ、だったかもしれない。彦右衛門は前のめりになって、

「義理では、天下は取れませぬ。ここはわれら商人(あきんど)のごとく、損得ずくでお考えなされませ。鉄砲自体はともかくとしても、火薬の在庫(たくわえ)ではわれらのほうが上手(うわて)です。お申し付け先を替えるだけで弾正忠様はいちじるしく武力がのびる。いよいよ他の大名を圧倒できる」

「火薬だけ売れ」

「なりませぬ」

即答した。ここはゆずれない。信長は目を伏せ、しばし思案したあげく、

「なぜ堺だけ、火薬があつまる」

「硝石ですな」

「硝石？」

信長は、目を上げた。

瞳がにわかに輝きだした。その理由がわからぬまま、

「原料のひとつです。何しろ明からの輸入をあおぐしかなく……」

「おしっこ」

「え？」

「わが尾張でも、取れるぞ」

「はあ」

彦右衛門は、目をしばたたいた。そんな話は聞いたことがない。かりに何らかの方法で国内に硝石が産するとしても微々たるもの、わざわざ堺の商人が注目するほどではない。

「何でもない」

信長があどけない笑顔になり、鉄扇をひらき、こちらの顔へばさばさ風をぶつけだ

した理由はわからなかったが、何となく、

（商談は、成立じゃな）

そのことはわかった。納屋主人今井彦右衛門、法号は宗久、こののち信長の政権運営にふかく関与することになる。鉄砲や火薬の調達に従事したのはもちろんのこと、あるいは堺の代官職に就き、あるいは但馬国生野銀山の経営にあたった。

さらには信長の茶頭となり、与四郎（千利休）や津田宗及などを誘って茶事万端をとりしきった、ということは要するに信長政権の外交全般をとりしきったということである。最盛期の堺を代表する商人である。

第四話

鉄砲で建てる

天正三年(一五七五)五月、徳川家康は西三河の岡崎城にいる。その家康のもとへ、

——長篠城が、かこまれた。

との一報がとどいた。

家康は、三十四歳。

「まことか」

青くなった。長篠は東三河の要衝である。いまは勇猛をもって鳴る武将・奥平信昌を置いているが、いくら信昌でも、甲斐の武田勝頼みずから率いる一万の兵に包囲されては手も足も出まい。

ほうっておけば、陥落はのがれられぬ。

長篠よりの使者は、鳥居強右衛門である。必死で包囲を突破して来たのだろう。土

と血でよごれたままの、ものすごい形相で、

「殿様。至急、援軍を」

「………」

家康は、おのれの力を知っている。なるほどいまは三河、遠江の二か国をおさめる堂々たる大名になりおおせたが、このたびは武田のほうも本気のはずだ。

何しろ京のみやこに旗を立てるというのは父・信玄の代からの悲願なのである。その悲願のためにこそ、まずは京への表参道である東海道に出るべく、その途次でいちばん目ざわりな長篠をつぶすのである。少々の援軍を出したところで返り討ちに遭い、かえって武田を調子づかせるのが関の山だろう。

「殿様」

鳥居が、ひざを進めて来る。家康は舌打ちしたい衝動に駆られたが、ようやく、

「……出す」

「援軍を?」

「ああ」

「むろんのこと、殿様じきじきにお出張りいただけるのでしょうな」

「出る。ただし」

「ただし？」

「織田弾正忠（おだだんじようのちゆう）殿と、ともに」

家康はべつの者を呼び、岐阜（ぎふ）の信長のもとへ走らせた。援軍を乞（こ）うたのである。信長は、

（来たか）

立ちあがり、袴（はかま）のすそを蹴（け）り上げて、

「承知したと返事しろ。馬の支度（したく）をせい。わしも長篠へ行く」

このときの信長の様子を、どう形容すればいいだろう。もしも家康のそれが憂色（ゆうしよく）悶々（もんもん）だったとしたら、ほとんど喜色満面（きしよくまんめん）ではないか。むろん同盟の故（ゆえ）ではある。織田と徳川、どちらか一方が敵襲を受けた場合には、もう一方がかならず助太刀（すけだち）に駆けつけるべしという約束は、この戦国の世にめずらしく、もう十二、三年ものあいだ可能なかぎり相互に遵守（じゆんしゆ）されているのである。

それに加えて、信長としては、

――京を、まもる。

その決意もあったはずだ。あの足利義昭（あしかがよしあき）を奉（ほう）じての上洛（じようらく）から七年、周辺からは、

――京を、あけわたせ。

と言わんばかりに朝倉、浅井、武田（信玄）、石山本願寺といった勢力がつぎつぎと戦争をしかけて来たばかりか、掌中の珠である義昭までもが彼らを恃んで洛中で反信長の兵をあげた。

信長は、これはあっさりと鎮圧した。義昭を京から追い払い、それによって思いがけず室町幕府まで滅ぼしてしまったが、ここまで来た以上はもう京は絶対にまもりぬこう、家康を徹底的に後援して武田勝頼をも駆逐しよう。そんな強い決意である。

しかしながら実際のところ、このとき信長の頭をもっとも占めていたのは、

（勝てる）

その単純な確信だった。武田がどれほどの兵で押して来ようが、確実に、すみやかに、打ち負かすことができる。

この世から大名をまたひとつ消すことができる。子供が目の前のお菓子に手を出すようなよろこびと言ったら言いすぎだろうか。とにかく信長は岡崎へ行き、家康とともに出発し、長篠城の西方、設楽ヶ原という小さな平野に布陣した。

行動、まことに迅い。

そもそもの城の包囲から数えて七日しか経っていないのである。武田軍はいまだ城を落としておらず、いったん包囲をとき、兵の大部分をあつめて西を向いた。

つまり、織田徳川とまともに対峙した。

このとき信長とともにあるのは佐久間信盛、丹羽長秀、羽柴秀吉、滝川一益といったような重臣どもの軍であり、後援どころか主力である。日の出とともに、いくさは始まった。

最初の一手は、家康が打った。麾下の老臣・酒井忠次ひきいる一隊をひそかに山道へ入れ、大迂回の上、鳶ヶ巣山砦を急襲させたのである。

武田軍にとっては、後方を攪乱されたことになる。これに押されるようにして前へ出て、正面から織田徳川にぶつかった。これだけ見ると何やら武田軍がまんまと思う壺にはまったような印象を受けるけれども、実際のところ武田勝頼には、

——正面撃破が、最善の策。

その腹づもりが最初からあった。なぜなら両軍のあいだには連子川という川がながれていて、ちょうどよく浅い。

馬の馳駆には何のさわりもなく、しかし歩兵は足が取られる。そうして武田軍には、

——甲斐に、馬あり。

とその名とどろく、戦国期を通じて日本最強の騎馬軍があるのだ。馬上の侍はどん

な体勢からでも矢を射ることができる。太刀を使うことができる。
　川での戦いを制すれば、あとはもう、その向こうの逆茂木（木の柵）をぞんぶんに蹄で蹴り散らすだけ。勝頼の目には、今回は、信長がわざわざ負けるために陣地をえらんだように見えたのではないか。
　が、実際には、武田騎馬隊が、
「それっ」
　という喚声とともに連子川へとびこんでも、織田徳川の陣からは歩兵はただのひとりも出なかった。そのかわり、
　バ
　ババ
　バリバリバリ
　破裂音が連続した。山びこが幾重にもこだまして、わーんという共鳴になり、武田の馬を竿立ちにさせた。
　火薬のにおいが、濃霧のように立ちこめる。信長方の足軽がいっせいに鉄砲を撃ったのである。
　俗に長篠の、

——三段撃ち。

という。鉄砲隊は三列にならび、まず一列目が発砲する。発砲したら最後列へまわり、弾込め（たまご）をし、火縄に火をつける。

これが時間がかかるのだ。その間に二列目、三列目も発砲して、やはりうしろへまわるので、ふたたび最前列に出て発砲する。そのくりかえしで連射を実現したと。

しかしこれは誤伝のようである。実際はもっと効率がよかった。三人一組で縦（たて）にならんで、兵は動かず、鉄砲だけを順ぐりに受け渡したのである。

弾込めをして手わたし、火をつけて手わたし、引き金を引いて元へ戻す。やはり連射は実現できる。この場合、三人というのは標準の数である。このときの織田軍には各人の習熟度や鉄砲の出来のよしあしによって、四人の組や、二人の組が混在した。

そうなると、組ごとに連射速度がちがうことになる。それはそれで構わないわけだ。およそ機関銃などない時代に、この戦場では、機関銃のように途切（とぎ）れず銃声がつづいたのである。

むろん、武田にも鉄砲はある。

馬は銃声に慣れている。いっときは竿立ちになったものの、たくみな手綱さばきを得て、ふたたび川の上を駆け出した。

さすがは天下の武田騎馬隊である。ばしゃばしゃと華やかな音を立てて川をこえ、逆茂木にまで殺到したけれども、そこで万事はおしまいだった。彼らはその向こうにいる織田兵、徳川兵へどうしても槍をつけることができなかった。逆茂木がしっかりと二重三重に設けられていたせいもあるけれど、それよりも、そこでいったん馬足の止まってしまうのが致命的だった。

止まれば目と鼻の先にいる織田側の鉄砲隊には恰好の大的なのである。外したくても外せぬ距離。ここで日本一をほこる武田の精鋭は死体の山になり、その死体がまた後続にとっての足枷になった。

後方の本陣からは、

「鉄砲なら、いずれ弾はつきるものじゃ。進め。進め」

という勝頼の下知がさかんに飛んだが、織田の弾はつきず、投網をかけるようにして武田兵を撃ち抜いた。この時代の鉄砲はまだ敵を狙って撃つものではなく、いわば弾幕を張るだけだが、じゅうぶん効果があったのである。弾丸は騎馬隊があらかた片づいたのちもなお川中の歩兵を撫で食いにして、血の花を咲かせつづけた。

ようやく勝頼は、不利をさとったのだろう。

——退却。

の命令を出したが、それはそれで、くるりと背中を見せた兵のその背中へつぎつぎと弾がめりこむ。いくさの大勢は、結局のところ午前中のうちに決してしまった。

織田徳川連合軍の完全な勝利。

武田方では山県昌景（やまがたまさかげ）、土屋昌続（つちやまさつぐ）、馬場信春（ばばのぶはる）といったような父・信玄以来の宿将が討ち死にし、大将たる勝頼はほとんど身ひとつで甲斐へ逃げ帰った。

いっぽう織田徳川方は、弓でやられた者が多少いただけ。肉薄戦がなかったため斬（き）り死にはなく、鉄砲での死傷者もほぼなかった。武田方の鉄砲隊は織田方のように組織化されておらず、あくまでも馬侍、弓侍の補助という位置づけだったから単なる歩兵に毛の生えたものにすぎず、いたずらに川の水を蹴ちらすことに終始した感がある。

後世、

――長篠の戦い。

と呼ばれることになる、これがその実態だった。これにより信長は東方の憂（うれ）いがほとんどなくなり、畿内対策、西国対策に集中できるようになった。またひとつ天下人（てんかびと）に近づいたのである。

武田勝頼は、甲斐に帰るや、態勢のたてなおしをこころみた。

まっさきに部下に命じたのが、

――鉄砲を買え。弾薬を買え。

だったことからも、この戦争のどこに衝撃を受けたかがわかる。しかしながら時はもう戻らなかった。武田の声望はとみにおとろえ、寝返りが続出した。七年後、信長の侵攻を受けたときにはもう大名の体裁（ていさい）すら維持していない状態で、勝頼は城を落ち、妻子とともに自刃（じじん）した。

享年三十七。その首はただちに信長のもとへ届けられたが、信長は、

「天下にかくれなき弓取りじゃったが、運がつきた」

という意味のことを言ったという。後世はこれをさわやかな敵への敬意と見たけれども、どうだろう。弓という権威あふれる戦道具を決定的に過去のものにした先駆者の会心の意のあらわれとは取れないか。両将の差はひとえに鉄砲の差であり、弾丸の差であり、火薬の差だった。

それらの物理的に圧倒的な量の差だった。そうしてその差はどこから来たか。ひとことで言うと信長には堺（さかい）の街があり、武田にはなかったのである。信長は、ないし堺は、この後も鉄砲弾薬の豊富さで他を圧倒した。織田軍のあの鉄砲隊の高度な組織化は、物量を前提としてはじめて成立するものだったのである。

†

長篠の戦いに勝利した信長がまずしたのは、

――勝ち申し候。

と、全国の武将や貴族や商人へ手紙で言いふらしたことだった。情報戦である。自分をいっそう大きく見せる効果をねらう。当然、

――味方は無傷、敵はほうほうの体で逃げ去り申し候。

と明暗をはっきりつける書きかたをしたが、今回ばかりは誇張ではなく、事実の報告に近かった。それが終わると越前へ兵を進めて一向一揆を殲滅したり、京の朝廷で従三位・権大納言に叙されたりと小さな仕事をこなしたのち、

「嫡子・信忠に、家督をゆずる」

と、天下に表明した。

長篠の戦いから、わずか半年後である。おもてむきは武田軍の撃破に大功があったことを理由としたけれども、世間は信じない。

――信長様は、気がふれた。

そううわさした。

信忠は、まだ十九歳にすぎないのである。この生き馬の目を抜く戦国の世でその十九歳をあらたな岐阜城の城主とし、ということはつまり尾張(おわり)、美濃(みの)二か国の領主とするなど正気の沙汰(さた)とも思われぬ。

が、彼らは、ほどなく真意を知ることになる。信長は息子へじゅうぶん宿老をつけてやった上で、近江国(おうみのくに)安土(あづち)の地に城を築きはじめたのである。

安土は、琵琶湖(びわこ)の東岸にある。

絶妙の位置である。領国にとっては西のまもり、京にとっては東のまもりになる上に、北陸(ほくりく)へのにらみもきく。北陸はちょうど一向一揆をほろぼしたばかりの越前に監視の必要があるのに加えて、越後(えちご)でも上杉謙信(うえすぎけんしん)が健在なのである。

しかしながらそういう軍事的、政治的な配慮よりも、信長の頭にあったのは、むしろ経済的な要素のほうだった。

この街は、湖上交通の拠点になり得るのだ。厳密にはそこは琵琶湖の東岸ではなく、瘤(こぶ)のように琵琶湖にぶらさがる大中(だいなか)の湖(こ)、および小中(しょうなか)の湖という付属湖に面していて（現在はどちらも干拓(かんたく)で消滅）、海でいえば外洋ではなく内湾に面している。

これが使いやすいのである。波おだやかで砂浜が多く、荷揚げ、荷下ろしがやりやすい。

もちろん兵の上げ下ろしもである。以下は雑談に属するが、のちに信長の政治的弟子というべき豊臣秀吉や徳川家康がそれぞれ大坂、江戸に拠点をかまえたのも、大坂には大坂湾が、江戸には江戸湾（東京湾）があったからである。彼らは師・信長の発明をそっくりまねた。その意味では大坂も、江戸も、要するに巨大な安土にすぎないのである。

とにかく信長としては、この家督ゆずりで、

――わしはもう、東海の信長ではない。天下の信長じゃ。

と宣言したことになる。

全国制覇への明確な意志。着工するや、まだ石垣用の石も届いていないうちにもう仮の屋敷を建てて移り住んでしまったあたり、あいかわらず病的なせっかちだが、移り住んで早々、

「わしは、雲を突く」

つぶやいたのもまた天下取りの所信表明にほかならなかった。

かたわらに、丹羽長秀がいる。

丹羽家は、織田の伝統的な重臣の家である。長秀は年齢も信長のひとつ下であり、

長篠の戦いにも参戦した。まさしく信長政権の中枢にある武将のひとり。

　このたびの安土城築城にあたっては信長じきじきに普請奉行に任じられている。その丹羽がうっかり、

「は？」

　信長はふだん、聞き返されることを極端にきらう。思考が止まるからである。が、これはさすがに通じぬと思ったのか、

「安土の山のいただきに、雲突くような建物をこしらえる。つまりは天主じゃ」

　言いなおした。信長としては嚙んで含めるにひとしい丁寧さである。丹羽は驚愕して、

「て、天主」

「いかにも。単なる高櫓ではないぞ。わし自身がそこに住む。つまり御殿の役も兼ねる」

「……それは」

　と、丹羽のことばには、たしかに意趣がひそんでいる。信長はいきなり鉄扇で丹羽の横っ面をひっぱたくと、

「反対か！」

「反対です」

と、頬を手でおさえつつ、このふだんは事を好まぬ忠臣が、

「天主など、無用の長物にござりまする」

天主とは、こんにちのいわゆる天守閣である。信長の独創ではない。ふるくは摂津国伊丹城にそれがあったとされ、近年では大和国多聞山城のそれが知られていた。城のあるじは松永久秀。奈良の北の玄関というべき要所に白い城壁をめぐらし、そのなかに四層の高楼をたかだかと建てて物見にもちいている。その評判を耳にして、信長自身、見に行ったのが昨年のことだった。

「あんなものは、松永めの見よがし顔にすぎませぬ。実際は何の役にも立たぬでしょう。むやみと高く造ったところで、存外、遠くの敵は見えぬもの。なぜなら地には木があります。丘があります。そのかげに隠れてしまう」

と丹羽が言うと、信長は犬歯をむきだして、

「わが安土は、多聞山とはちがう。湖に面する。湖には木も丘もない」

「なればなおさら、山頂に櫓をひとつ建てればじゅうぶんかと。わざわざ高さのきわみをめざし、そこに住居までしたところで、湖のながめは大して変わりませぬ」

「む」

信長は、声を低くした。丹羽はたたみかけるごとく、

「むろんこの長秀、ただの櫓を建てる気もありませぬ。工法はあえて昔ぶりにする。まんなかに心柱(しんばしら)を立てまする。その心柱は熱田社(あつたしや)の宮司(ぐうじ)にえらんでいただきます」

「熱田社か。その手があったわ」

と信長が破顔したところへ、

「かりにも天下をうかがおうという偉丈夫(いじょうふ)が、たかだか松永ごときの造作に心うごかすにはおよびませせぬ。堂々と正道を行かれるべし」

と言ったものだから、信長は、

「そちの申すとおりじゃ。天主はやめる。ただの櫓にする」

丹羽は大きく息をついて、羽織の袖(そで)でひたいをぬぐい、

「お聞きわけ、いただけましたか」

「だが」

「え？」

「じつはもう、命は出してしまったのじゃ。そちの他行のあいだにな。待ちきれなんだ」

目をそらし、首をすくめた。さすがに悪いと思ったのだろう。早口で、

「人足どもには、そちから申して聞かせるように」

「はっ」

丹羽長秀は一礼し、御殿を出た。

普請場へ撤回の儀をふれまわらせた、その晩である。丹羽の屋敷の門前でさわぎが起きた。

二十人あまりの人足が押し寄せてきて、門番へ、

「奉行を出せ」

「丹羽のあほうめ」

「首を刈ってやるわい」

などと、わめき立てたのである。手に手に鑿やら、槍鉋やら、見あげるような大鋸やらの得物を持っている。ほんとうに刈ろうと思えば刈れるのだ。

丹羽屋敷もまた、仮普請である。門から寝所までの距離が近い。丹羽長秀は寝間を出て、小姓を呼び、

「うるさい。何ごとじゃ」

小姓がしかじかと事情を述べると、

「門をあけろ」

「え」

「中庭へ来るよう申せ。得物はあらかじめ預かるのじゃ。狼藉がなければ返して帰らせる」

しばらくののち、全員ぞろぞろと中庭に来た。みな手ぶらである。武装解除には応じたらしい。丹羽は白い寝間着のまま縁側に出て、

「これはまた、大人数じゃのう」

普請奉行の姿を見て、人足たちは平伏もせず、立ったまま、

「ウラァ」

というような動物的な咆哮をしはじめた。丹羽は動じない。ただ少し眉をひそめて、

「だまれ」

「ウラァ、ウラァ」

「耳というのは、人には一対しかないものじゃ。いちどきに多数の声は聞かれぬ。ひとりにせい。ひとりが前へ出て口をきけ」

「わしが」

と、三歩ふみだして来た男ひとり。

年は二十五、六というところ。肩幅がひろく、特に腿(もも)の筋肉が発達しているが、背がひくい。

せいぜい四尺（約一二〇センチ）ほどではないか。丹羽はそいつを見おろして、

「名は何と申す」

「鶴次(つるじ)」

「鶴よりも、亀のほうが似合う体つきじゃのう」

「けっ」

「役職は？」

鶴次は胸をそらして、

「この普請場で、足衆(あししゅう)の頭(かしら)をつとめておる」

丹羽は、

（ほう）

目をみひらいた。

足衆とはこの時代、櫓の建築や石垣の組み上げなど、諸工事の急速な大規模化にともなって独立した職人の一群である。

おそらく「足掛かり衆」といったような語の略語なのだろう。足場を組んだり解体

したり、高所での作業をひきうけたり。こんにちでいう鳶職に近いだろうか。不意の墜落によって死傷する者が多く、それだけに人足たちの尊敬もひときわ大きい連中だった。

　ましてやその足衆の頭ともなれば、いまや地上の現場全体の監督役を兼ねることもめずらしくない。職人のなかの職人なのだ。がしかし、そのことと、いま普請奉行の眼前であえて代表者として足をふみだすことは同一ではない。

　早い話が、代表者は後日ひとりだけ斬首に処せられる危険がある。庶民が武士にさからうというのは要するに一揆にほかならず、それ自体が罪だからだ。職人わざは関係ない。この鶴次とかいうやつ、背はひくいが、度胸の丈は、

（高い）

　丹羽は、そう値ぶみした。

　ほかの者は、すでに口をつぐんでいる。いまさら罪がこわくなったのか、あるいはそれほど鶴次を信頼しているのか。丹羽は声を励まして、

「存念を申せ」

「われら一同」

　と鶴次は打てば響くがごとく、

「天主を建てろという仰せには、血の沸く音を聞いた気がしたものだった。さすが織田の殿様はちがう、ほかの大名の仕事へはもう乗らぬと申す者さえおったほどじゃわい。それが一転、やっぱり櫓一本とは、蛇のかわりに蜥蜴をつかまされたようなもの。くやしくて涙が出る」

「無用の長物」

「何っ」

「聞こえなんだか。天主など無用の長物と申したのじゃ」

丹羽長秀は、その根拠を述べた。信長に言ったのとおなじ内容である。鶴次は子供がいやいやをするように首をふって、

「そんなもの、しょせん小役人の申しざまじゃ。安土の城は天下人の城じゃろう？　それを世に見せつける城なのじゃろう？　天下一の高さにせなんだら、その見せつけも意味がない」

「実利で見るな、象徴と見ろと？」

「そうじゃ、しるしじゃ」

「なるほどな」

丹羽がうなずいて見せたので、鶴次はかえって戸惑い顔で、

「どうした」

「わしはどうやら、目きき違いをしていたようじゃ。無用の長物ではなかった」

「そ、それは……」

「無用どころか、有害じゃった」

「有害？」

「ああ、そうじゃ。鶴次とやら、おぬしも足衆の頭ならわかるであろう。これはたかだか十尺二十尺の高さの差ではない、根本的なつくりの差なのじゃと。もしも殿様のかつて申されたとおり、雲突くほどの天主にしようとすれば、基部はうんと広くなければならぬ。それこそ敷地いっぱいを占める御殿をこしらえなければな。浜の砂山を考えればいい。下がどっしりしなければ、てっぺんは高くはならぬ」

「なかなか勉強しておる」

「普請奉行じゃぞ」

と、丹羽は表情を変えずに一蹴して、

「そういうことじゃから、てっぺんで一尺（約三〇センチ）かせごうと思えば基部には千金を投じなければならぬ。二尺（約六〇センチ）なら万金。この問題はただちに工事費の問題にほかならないのじゃ。ちっ」

つい舌打ちが出た。織田家の財政を思い出したのである。世人の目にはどう見えているか知らないが、その経済は、それでなくても各地の戦費がかさみにかさんで窮乏(きゅうぼう)をきわめている。

むろん堺の商人に矢銭(やせん)を出させたり、支配地にいわゆる楽市楽座(らくいちらくざ)令を出して新興事業を誘致したりと、いろいろ手は打っているのだが、結局は出る金のほうがはるかに多い。こんなときに安土でさらに大廈(たいか)高楼などへ銭をついやしたりしたら鉄砲弾薬はどうなる、弓馬はどうなる。優秀な兵もよそへ行ってしまうだろう。

「おぬしは殿様を、戦場の骸(むくろ)にするつもりか」

「…………」

「責任のない連中はいつもこうじゃ。おかみの金は無限じゃと思うておる。甘ったれめ」

と丹羽が言うと、鶴次も引かず、

「とにかくもういちど、殿様に変心をお願いしたい」

「まだわからぬか」

「ああ」

「あり得ぬ」

「いや、あり得る」

と、鶴次はほとんど叫ぶようにして、

「おそれながら殿様は、性質にむら気がおありになる。朝に出た命が昼にあらためられるのもしばしばじゃ。ふたたび天主へ心引かれぬとも……」

「心柱」

「え？」

「もう熱田を出ているのだ。心柱が。こちらへ向かって」

「まことか」

鶴次が、ぎょっとしたような顔になる。うしろの者どもも、

「心柱」

「もう出たと」

そわそわしだした。丹羽はにやりとして、鯉のいない庭池へつばを吐いてから、

「わしをなめるな。殿様のむら気など、おぬしらごときより一際よーっくわきまえておるわ。それを封じるため、わしは一月前にはもう熱田社の宮司へ最高の木材を用意するよう頼んでおったのじゃ。宮司はじつにいいものを見つけられた」

その木材は直径三尺（約九〇センチ）以上もある、木曽檜の、五十年も寝かせた

やつ。城の櫓に使うには勿体なさすぎるほどの逸品。

「まさか」

「おい、まさか」

人足たちが、ますます上ずった声になる。それはそうだった。

(どうだ)

と丹羽は愉快だった。なぜなら第一に、心柱を使うということは、ことさら工法が伝統的であることを意味する。まずは中心となる礎石をすえ、そこに心柱を立ててから、ほかの木を組んでいく。

おのずと高さには限界があるし、全体の姿もほっそりと針のようにならざるを得ないことは、大和国の先行例を思い出すだけでもあきらかである。法隆寺五重塔やら、薬師寺東塔やら。言いかえるなら、この時代、この工法では天主は成立し得ないのである。

しかしこの場合はさらに第二に、わざわざ熱田社の宮司をまきこんだことが、われながら妙策だった。

熱田社は、現在の熱田神宮である。

那古野(名古屋)にある。もともと織田家とは親しい間柄だったけれども、信長の代になり、例の桶狭間へ向かうさい戦勝祈願をおこなって大勝したことから帰依はいっそう深くなった。

信長自身、その大勝のお礼として、まるで要塞のように分厚い練り塀を寄進したほどなのである。その熱田社の宮司のえらんだ木材はもう二十日もすれば来るだろう、来れば人足たちは立てざるを得ないだろう。

立ててしまえばもう、いかな信長の移り気といえども、

――やっぱり、やめた。天主にする。

などとは熱田社の手前、言うことはできないのである。

すなわち丹羽長秀は、天主建立の可能性を二重三重に封じている。何があろうと、

（櫓を、立てる）

われながら、執念というより妄執である。どうしてそんなにこだわるのか。おそらく織田家の財政うんぬん以上の何かどろどろとした感情が心の沼に沈んでいるのだろうが、それが何かはわからない。

「承知したか」

丹羽は腕を組み、鼻をくいと天に向けて、

「鶴次とやら、もう殿様の命はあらたまらぬ。一日も早う櫓を建てよ。日本一、もの

の役に立つやぐらをな」

やぐら、を特に大きく言った。鶴次はつよく唇をかんで、

「………」

「得物は返す。ゆっくり寝ろ。あしたの仕事のため」

勝負あり、という感じだった。鶴次がくるりと体の向きを変えると、ほかの二十余人も同様にして、肩を落として歩きだした。丹羽はふと思いついて、

「おぬしら、戦場では?」

「はあ」

「おぬしらもまさか一年三百六十五日、普請場におるわけではないじゃろう。ひとたび殿様の命あれば得物をすて、普請場をすてて戦場へおもむくはずじゃ。何を使う」

全員、立ちどまった。鶴次がふりかえり、

「鉄砲」

「長篠のいくさでも?」

と聞くと、うしろの人足もいっせいに丹羽を見て、

「うん」

「鉄砲」

「長篠の前から」

くちぐちに言いつつ、顔は全員きょとんとしている。

——何を、当たり前のことを。

そんな顔である。丹羽は、

（鉄砲）

つい仏頂面(ぶっちょうづら)になった。さっきの感情のどろどろがまた心の沼で主張をはじめたのである。

なぜかは、わからない。

†

工事は、すでに始まっている。

まずは何より造成工事である。安土山という標高約二〇〇メートルの山のすべての木を伐(き)り、土をけずって階段状に平地をつくる。

単純作業である。人数がものを言う。この時点では足衆の鶴次も、その部下もやることがないので何千人という人足にまじって土掘り、地ならしを手伝うことになる。

全工程でもっとも時間のかかるところである。ときには馬廻衆（信長の側近）の誰かの仮屋敷をつくったり、それを修繕したりのため足場仕事をやることもあるが、大した手間ではない。ひとつ平地ができあがるとその際はかならず崖状になるので、放っておけば土砂が落ちる。平地がくずれる。

あぶなっかしくて歩けないし、ましてや建物など建てられない。それをふせぐ土留めのため、安土城では、最先端の土木技術がもちいられた。

石垣である。これは、

——穴太衆。

または単に、

——穴太。

と呼ばれる石工どもが受け持った。穴太とは琵琶湖西岸の地名で、そこから彼らは来ているのである。

彼らの仕事は、大したものだった。粒のそろった丸石をむぞうさに積み上げているように見えて、積んでみると微動だにしない。

けっして土砂を洩らさない。そのくせ雨の日になると水だけうまく排出して内圧の高まりをふせぐのは、

（どんな仕組みかな）

鶴次は、おなじ職人として興味を持ったが、しかしその穴太衆でさえ山頂では苦労したようだった。

山頂の平地は、上から見ると、ゆがんだ六角形である。信長みずからの、

——一坪でも、半坪でも広くしろ。

という命によって二百人の人足ができるだけ土をけずり、石をのぞき、ときには岩をも砕いたからである。

いや、かたち自体はいい。穴太衆の仕事にはさしつかえない。さしつかえるのは境界の外にあそびの地がまったくなく、傾斜もひときわ急なことだった。

彼らは作業のため、満足に二本の足で立つこともできなかったのである。土の質も、下とは異なっているらしい。石の組まれる速度はここだけいちじるしく遅くなり、日々はあっというまに過ぎてしまった。

†

鶴次が子分とともに丹羽屋敷へ押しかけたのは三日前になり、五日前になり、十日

前になった。十五日前になったところで丹羽長秀がみずから現場へ来て、わざわざ山頂の普請場を検分したあと、諸職の頭をあつめて、

「心柱は、六日後にとどく」

得意顔だった。鶴次は、

「へっ」

横を向いた。丹羽はなお、

「ありがたき熱田社起こりの檜であるぞ。ねんごろにお迎えせよ」

（嘘つきめ）

それは熱田社の檜ではない、木曽の檜ではないか。宮司はただ見つけただけなのだから。ほかの人足頭どもは、

「おお、熱田社の」

「授かりものじゃ、授かりものじゃ」

「われらが誉れなりぃ！」

手もなく声をはずませる。

鶴次は、

「これが、侍のやり口じゃ」

と、その晩、例の二十余人の子分へ毒づいた。

「ただの檜を、舌先ひとつでご神木にしおった。だまされるほうもだまされるほうじゃ」

場所は琵琶湖の付属湖、大中の湖に面した砂浜である。みんなで車座になっている。尻の砂がほんのりと温かいのは、春のさかりが来つつあるのにちがいない。

子分のひとり、長松という若いのが、

「六日後ですか、心柱の来るのは」

「ああ」

「来たら万事、しまいですな」

「……ああ」

鶴次はうつむき、不機嫌に返事した。長松の言うとおりだった。何しろ心柱がもはや神木であるからには、来たものを放置することはできない。うっかり牛や馬が折ったり傷つけたりでもしたら、

――神様に、たたられる。

と人足たちが恐怖するだけならまだしも、信長が激怒する。熱田社は信長をあの桶狭間の奇跡的な勝利へとみちびいた偉大な存在なのである。それを粗末にあつかうの

は、ただちに信長の衰運を祈るにひとしいだろう。鶴次たちは処刑され、それこそこの砂浜にずらりと首をさらされるにちがいないのだ。

要するに鶴次たちは、それが来たらすぐ立てざるを得ず、立てたら普請をはじめざるを得ないのである。

「もう、むりだ」

と長松がため息をつくと、鶴次は顔をあげて、

「そんなことはない」

「え?」

「天主は、まだ建てられる。ひとつ方策がある」

「方策?」

「ああ」

「それは何です」

「穴さ」

「あな?」

長松が、首をひねった。全員、鶴次を注視する。鶴次はひととおり彼らの目を見てから、

「とどのつまり俺たちは、心柱が来る前にぽっかりと穴を掘っちまえばいい」

熱く説いた。もしもこれから櫓ではなく天主を建てるつもりなら、心柱はそもそも必要ない。

というより心柱でははっきり力不足、高層建築にじゅうぶんな安定をあたえられない。あたえるためにやるべきは全面的な基礎工事にほかならないのだ。

全面的とは、ここでは文字どおり全面なのである。天主の一階部分が占める土地をそっくり掘りおろして、地下一階の空間をつくり、そのなかへ縦横ずらりと柱を立てる。

べつに神木でなくてもいい。ただの松や杉でいい。ただし数が必要だ。この無数の柱がつまり建物全体を、どこまで高層になろうとも下でしっかり支えるわけだ、ちょうど天に冲する巨樹がじつは大地にふかぶかと無数の根を張っているように。

「その穴さえ掘ってしまえば、心柱が来ても立てるところがない。居場所がないんだ。殿様もきっと『それなら天主に』とお考えを……」

「むりだ」

と、長松が即座に言い返す。ほとんど泣きそうな顔になって、

「そんなの捨て鉢もいいとこじゃないか、おかしら。あんまりぞんざいな手だ。そん

なことしたら殿様は『それなら天主に』どころじゃない、俺たちを謀反人と見て殺すだけだ。俺たちはやっぱりこの砂浜でさらし首だ」

「やってみなけりゃ、わからない」

「かりに謀反と見られんにしても、そんな大それた穴掘り工事が、あと六日でできるか」

「……まあ、それは」

　鶴次の声が消え入った。

（たしかに）

と、その点はみとめざるを得ない。いまの話はもちろん山頂が舞台なのだけれども、その整地はようやく八割ほどが終わったにすぎず、しかも周囲の石垣づくりはまだまだである。

たった六日ではどう完成させようもない。そんなところへ穴を掘ったら土は容易にくずれるだろう、石垣の石はがらがら落ちていくだろう。

「やっぱり、むりだ」

　と誰かがつぶやくのへ、鶴次は歯をむいて、

「いや、まだやれる」

「おいおい、おかしら……」

「やるんだ。何としても天主を建てる」

「もういいよ」

と長松が口をはさむのへ、

「長松！」

鶴次は立ちあがり、砂を蹴って飛びかかった。長松は、けんかは弱い。くるりと鶴次に背を向け、亀のようにうずくまって両手を頭の上に置いた。

その亀の背中へ馬乗りになって、左右から頭をなぐりつつ、

「お前は、お前は！　この意気地なし！」

ほかの全員が立ちあがり、熟柿（じゅくし）の蟻（あり）のごとく鶴次にむらがって、服をひっぱり、鶴次を引きはがした。鶴次はなお両手両足をばたばたさせて、

「長松、殺す！　殺す！」

急にぐったりした。疲れたのである。子分がみんな手をはなすと大の字になり、夜空へはあはあ息を吐く。むっくりと立ちあがった長松が、ひざの砂を払いながら、

「なんで、そこまで、こだわるんです」

やはり息をきらしている。

（なんでだ）

鶴次もわからぬ。星空を見つつ、

「貴様は？」

「そりゃあ建てたい」

「天主をか」

「うん」

「なんでだ」

「そりゃあやっぱり、足衆だから」

と、そいつは言った。なるほど足衆は高所での作業をもって誇りとしている。建物はほんの二、三寸（約六〜九センチ）でも高いほうが仕事のしがいがある。

が、はたして、

（それだけか）

それだけなら、ここまで心はみだれぬ気がする。櫓であっても山頂の標高をふくめれば日本一は確実なのだから、高さは事の本質ではない。鶴次はようやく身を起こし、あぐらをかいて、子分の顔を見あげつつ、

「誰か、わかるか」

誰かの声が、ぼそぼそと、

「てっぽう」

「え？」

「みんな鉄砲の仲間じゃないか」

「はあ」

鶴次は、われながら間抜けな声をあげた。目をぱちぱちさせて、

「どういう意味だい」

それ自体は正しいのである。先日の丹羽長秀とのやりとりにも出たことだが、ここにいる者はみなたしかに鉄砲仲間だった。ほかの領民や職人もしばしばそうであるように、鶴次たちは、信長が重要な戦争をやるときには生業（なりわい）をすてて具足（ぐそく）を身につけ、戦場に馳（は）せ参じなければならないのである。

馳せ参じれば、鶴次たちが手渡されるのはいつも鉄砲であり、弾丸であり、火薬だった。ほかの武器はなかった。ふだん種々の手道具のあつかいに慣れている、その器用さが買われてはいるのだろうが、しかし不満もある。鉄砲は、

――ばかでも、あつかえる。

それが通り相場なのである。刀や槍や弓などは不断の稽古（けいこ）がなければ使いこなせぬ

が、鉄砲は、ちょっと慣れればとにかく弾が前へ出る。敵にぶつかれば効果がある。そういう思想が蔓延しているのだ。

実際、三十年あまり前、はじめてポルトガル人の手によって種子島へもたらされた鉄砲はうんと性能が低かったというが、いまは輸入品、国産品とも質が向上して、使い手の巧拙はあまり問わぬようになっている。技術の発展がこの武器をかえって名誉から遠ざけてしまうという皮肉な結果があらわれたわけだ。

それともうひとつ、鉄砲は暴発する。いかに性能が進んでも、いかに正しく操作しても、引き金を引いたとたん撃ち手の顔がふっとぶことがある。彼は一瞬で首が消え、黒焦げの胴になり、まだ通夜もやらないうちに半火葬の状態になるだろう。或る意味、究極の犬死にである。もちろんその確率は何千分の一、何万分の一というものだけれど、とにかくそんな恥辱の可能性があるという点でも鉄砲はやはり侍にはふさわしくなく、むしろ鶴次たちのような身分の低い臨時雇いにぴったりと見られていたのだ。

くだらぬ兵にはくだらぬ武器を、というわけだった。長篠のときもそうだった。鶴次たちは稲島から来た、やはり足衆をしているらしい十人ほどの連中といっしょにされ、一隊となったが、その一隊の監督は、多田善右衛門という名前の侍大将だった。

刑部丞（ぎょうぶのじょう）とかいう官位ももらっているらしいが、実際はただ年をくっただけの、貧相な、口のききかたからしてろくに教養もない男である。そいつが戦いの前からもう、

「貴様らは、しょせん烏合（うごう）の衆じゃ。われら武士のごとく名をかけ命をかけて臨（のぞ）む者ではない。死んでもいっこう惜（お）しくはないが、ただ弾薬は敵に取られるな。こっちの武士が撃たれる。飛び道具で死ぬなぞ業恥（ごうはじ）のきわみ」

とか何とか、差別意識にみちみちた訓示を垂（た）れる。職人出身はみんな鉄砲担当とはかぎらず、ほかの隊には刀を帯びたやつもいて、

——お前らとは、ちがう。

そんな目で、こっちを見てにやにやしている。ここにもまた差別だった。多田がどこかへ行ってしまうと、鶴次たちは、

「ちくしょう。老いぼれ」

とか何とか悪口雑言（あっこうぞうごん）をささやき合ったものだった。それしか鬱憤（うっぷん）のやりどころがなかった。いざ戦闘がはじまると、その多田の合図で、

バ

ババ

バリバリバリ

基本的には三人一組である。縦にならんで、人は動かず、鉄砲だけを順ぐりに受け渡す。いわゆる流れ作業のようなものであり、鶴次はそのいちばん前の「撃ち」を担当した。

何度も何度も引き金を引いた。狙わずとも敵は砕けた。なるほど快感でないこともなかった。そのうち銃身が灼熱し、手では持てぬほどになったが、受け渡しはやめられない。やめればこっちが死ぬのである。みんな手の皮がどろどろに剥けてしまって、どっちにしろ局部的に火葬された。

人の肉の焼けるにおいは、独特である。

ほかの動物とはまったくちがう甘ったるさがある。鶴次はそれが髪の毛にしみこむのを感じ、

(しばらくは、取れんな)

戦闘は、こっちの完勝に終わった。

鶴次たちは刀や、槍や、弓の兵どもよりもはるかにたくさんの馬をたおし、人を殺めた。天下に名高い武田の騎馬軍がわが手でほとんど滅びたとは、鶴次自身、信じることができなかった。監督役の多田などは戦闘中どこにいたかもわからなかったが、

おおかた結果が出たあたりで姿をあらわし、足軽を出て行かせ、特に甲冑の立派そうなのをえらんで首を刈らせて、

「自分が、やりました」

信長へは、そう報告したようだった。

組織論的には、それは正しいのである。鶴次たちはあくまでも多田の命によって行動したにすぎないのだから。そうしてまた多田がその報告に、

――老骨に鞭打って、命がけで。

とか何とか付け加えたのも理解できるというか、彼のみの例ではなかった。戦国の世では自己宣伝もまた軍事行動の一部なのである。

この結果、多田はかなりの褒美を得た。

銀五十匁だけでなく三百俵の加増にまであずかったというから出世である。それに対して鶴次たちはどうだったか。

――このたびのはたらき、まことに重畳。

という信長の伝言とともに下賜されたのは銀一枚。

二十人全員で銀一枚なのである。まことに少ないものだったし、しかもその名目は、敵を殺したことにはなく、戦闘前すばやく逆茂木を組んで味方のまもりに役立っ

たことにあった。つまりは鉄砲隊ではなく、職人としての評価だったのである。

　職人ならば自分の命をかける必要はない、手のひらの肉を黒く爛れるまで焼く必要もない。これでは褒美というよりも、単なる祝儀ではないか。そうして戦いの翌日にはもう鶴次たちは安土へもどれと命じられ、人足ばたらきをさせられたのである。休みたいとは思わないが、しかし一度くらいは武士たちのように酒宴に夜をふかす晩があたえられてもいいのではないか。

　ともあれ、鶴次たちは鉄砲仲間である。それはまちがいない。だがいまそれを持ち出す理由が、

（どこに）

　鶴次はそいつへ、もういっぺん、

「どういう意味だい」

「あ、いや」

　と、そいつが頭をぼりぼり掻きながら、

「だから、その、てっぽうさ」

　返事にならぬ返事をした。その言いかたがおもしろかったので、鶴次はつい吹き出してしまう。

こうなるともう喧嘩にはならなかった。鶴次はようやく身を起こして、長松の肩を抱き、

「だいじょうぶか」

「ええ」

「俺が悪かった。何なら殴れ」

「おかしらを？　いや、いいですよ。そのかわり……」

「そのかわり？」

「多田善右衛門を三度撃ち殺してやりまさあ。胸のなかで」

全員、爆笑した。俗に人の絆という。それをもっとも強固にするのは、そこにいない者の悪口である。彼らはほどなく塒へ帰り、熟睡した。

†

夜があければ、あと五日。

心柱が来るまで。

――もう、むりだ。

その空気が、現場には濃厚である。逆にいえば現場の誰もが意識していた。天主の存在を。その巨軀が太くたくましく安土の山をふみつけるまぼろしを。

それはそうだろう。鶴次たちが「建てさせろ」と丹羽長秀の屋敷へ得物を持って押しかけたことは知らぬ者がなかった上、その後も鶴次は、鶴次だけは、

「天主を建てよう。天主を」

ほうぼうへ言ってまわったからである。この日もそうだった。山頂担当にもかかわらず中腹以下のところまで下りて行って、

「天主を建てよう。天主を」

そうしたら、そこの足衆の頭の、六兵衛というのに、

「おい、鶴次。もういいかげんにしろ」

「何ぃ」

「自分の仕事をしろ。ほんとは天主にかこつけて、ただ怠けたいだけじゃないのか」

鶴次は、

（あほう）

頭に血がのぼったが、昨晩の長松の件もある。丁寧に体を折り、

「いや、恐れ入った。そんなつもりじゃなかったんだ。わかったよ、持ち場にもどる

よ。でも俺はあきらめてない。ほんとうは六兵衛、あんたも天主がやりたいんだ」

「む」

「じゃあ」

鶴次はくるりと背を向けて、鼻歌をうたいつつ歩きだした。

鶴次の持ち場は、くりかえすが山頂である。例の、ゆがんだ六角形をした平地。周縁にまったくあそびがなく、石垣担当の穴太衆がなかなか難儀していたことは前に述べたが、しかしこの時期になると石垣は完成しつつある。

――さすがは、穴太衆。

と人足たちからは喝采（かっさい）されたけれども、じつは鶴次の貢献が大きかった。あそびの地がなくても、

「よし。何とかしてやる」

と宣言し、子分たちに命じてむりやり足場を組んでしまったのである。

工法はこうだった。まず平地の上から長い竹を垂らし、ぶすぶすと突き立てる。この時点では垂直に立てることはできない。斜面に沿うよう立つことになる。

その竹につかまり、子分たちが下りる。「よじのぼる」ならぬ「よじ下りる」感じか。なるべく下まで行ったところで斜面に足をつけ、竹を垂直に立てなおす。立った

ら子分たちは、こんどは「よじのぼる」に転じて、手ごろな高さから横へ竹をわたし、藁縄でゆわえるのだ。

これを何度もくりかえせば全体が格子状になる。あとはそれを利用して内側へ格子の二枚目を立て、さらに内側へ三枚目を立て……斜面をすっかり覆ってしまうわけだ。こうすれば足場はよりいっそう安定するし、格子と格子のあいだに置いた板へ人が立てるようになる。梯子もかけられる。足場はこれでできるのである。

いっぽう、資材はどうするか。

つまり石である。下から持ち上げることはできないので、上からもっこを下ろして供給することになる。あとは穴太衆の腕の見せどころ。

足場をひょいひょい移動しながら大小の石を埋めこんでいく。変則的ではあるけれども、とにかくこの方法が確立してからは石垣づくりは急にはかどるようになり、日本土木史はまたひとつ先の段階へと進んだのである。

石垣がおおむね完成すると、鶴次たちは、いよいよ平地の上に出ることになる。

空に向かって、櫓のための正則の足場を組むことになる。二十余人の子分たちは、いままさにその作業をしていた。もっとも、まだ建物そのものの普請の準備ができていないから、足衆にできるのは何百本もの竹をはこびこんで、寝かして三角状に積み

上げることだけ。鶴次はその現場に着いた。鼻歌をやめて、

「おい、お前たち……」

と声をかけようとしたとたん、そこにいる者全員が、

「おかしら、指示を！」

要するに、

――いまの仕事に集中してくれ。

と言いたいらしい。昨晩のこともあるのだろうし、それ以前から鶴次がしばしば持ち場をはなれている、そのことへの反感もあるのだろう。だがいちばん大きいのは、彼らがすでに、

（天主を、あきらめちまった）

そのことにある。鶴次はそう思わざるを得なかった。人間というのは、自分があきらめたものを尚々（なおなお）あきらめぬ者ほど癪（しゃく）にさわる存在はないのである。傷口に塩を塗られたように感じるのだろうか。鶴次は、

「すまんな」

と点頭（てんとう）して、

「とりあえず、藁縄を切ってろ」

藁縄はもちろん、足場の竹を縦横にむすぶためのものだった。近隣の農家につくらせるのだが、納入のさいは、長い長い一本のそれを円状に巻いて持って来させる。それを作業にさきだって適当に切っておけと鶴次は言ったわけで、要するに、ほかにやることがないのである。逆にいえば鶴次たちは、心柱が着けば、すぐに足場を組むことができる。

（万策、つきた）

事ここに至ってはもう、例の、信長のむら気に期待するしかないが、結局その日はむなしく暮れた。

翌日も暮れ、翌々日も暮れた。そうして四日目の朝とつぜん、

——本日中に、心柱が来着する。現場の者ことごとく身を清うして迎えるべし。

という伝令が、普請奉行・丹羽長秀の名をもって届いたのである。

予定より、一日はやい。よほど道中を急がせたのにちがいなかった。安土山ではたらく人足や職人はそれこそ山裾(やますそ)の使い走りにいたるまで山頂にあつめられ、向かい合わせに二列になり、立ったまま待つことを命じられた。列のあいだには新畳(にいだたみ)がながながと置かれている。

半刻(はんとき)。

一刻。

二刻（約四時間）がすぎても、小用に立つこともゆるされない。藺草のにおいもおとろえた。ようやく陽がかたむいたころ、

どん

どん

太鼓の音とともに、それは山をのぼって来た。

要するに一本の木材にすぎないのだが、赤い布にくるまれているので姿は見えぬ。布の上には、数本の、白い帯紙も巻かれていた。

その左右には、烏帽子をいただいた神人どもが合わせて数十人もある。みな赤い布を横抱きに抱いて、すり足で、蟹のように横歩きしていた。

その顔、まるで貴人の遺体でも運んでいるようにしかつめらしい。まさか熱田社を出たときからこの調子で進んで来たわけでもあるまいが、それにしても長い木材ではあった。どれほどの樹齢のものを、

（伐ったかな）

鶴次はふとそう思ったりした。

神人の集団は、ゆっくりと鶴次たちのほうへ来た。その長いものを畳の上へねんご

ろに安置した。

　太鼓の音がことさら忙しくなったが、それがやむと、彼らは帯紙を取り去り、赤い布を取り去った。ふわっと檜の芳香が立つと同時に、あらわれたのは、

「八角」

「何と」

「コリャコリャ、八角か」

　人足たちのささやきが洩れる。なかには、ひい、ふう、みいと指ふりたてて断面の線の数をかぞえるやつもある。

「四角とは、ちがうのか」

　みんなてっきり角材だとばかり思っていたのだ。鶴次もまた、

（おいおい）

　誰にそう言われたわけでもないのだが、何しろ心柱である。心柱というのは建物を支持するものではなく、一種の制振器で、地震などのさいの横ゆれをおさえるものであるが、その機能のためには断面は大きいほうが有利なのではないか。八角というのは四角の四隅をわざわざ挽いてこしらえる、実用性、剛性をやや犠牲にした建材なのである。

と、神人の頭らしい男が烏帽子をとり、

「ばかめ！」

鶴次たちを嘲りの目で睨めまわして、

「角材など、凡百の普請のための凡百の材料。こういう枢要のところで使うはずもなし。法隆寺はじめ名だたる社寺の心柱はみなみな美しき八角であると知らぬ者のおろかさよ。人ではないわ。犬猫め」

（何だと）

さらに翌日には丹羽長秀が来て、鶴次たち二十余名を呼び出して、

「おぬしら、まだ殿様のお心変わりを期待しておるかな」

「…………」

「あわれじゃのう」

「何が言いたいんです」

と鶴次が問うと、丹羽はにやりとして、

「見よ」

ふところに手を入れ、一通の書状を出して両手で持ち、うやうやしく掲げて一礼してから、

「安土の山には、櫓を建てる。家臣一同そう心得よと、殿様みずからのお筆でしたためてある。むろん署名も殿様の筆じゃ」

ばさりと広げ、ひっくり返して、字のあるほうを鶴次の鼻面へつきつけた。そうして、

「どうじゃ？　どうじゃ？　わしがじかに願い出たのじゃ」

鶴次は両ひざを折り、

「おそれ……いりました」

ひたいを地につけた。完全に、

（負けた）

そう思わざるを得なかった。もちろんその書状がほんとうに信長の手で書かれたものかどうか、鶴次には鑑定のすべはないわけだが、

（嘘ではない）

櫓づくりの方針はすでにして定まっている。その上わざわざ打ち首にもなりかねぬ文書偽造に手をそめる理由はない。丹羽は満足そうな声で、

「恐れ入ったな」

「はい」

ところがこれが、その晩、話題になったのである。鶴次やその子分はもちろんのこと、ほかの人足や、職人や、穴太衆までもが例の湖畔の砂浜にあつまって、

「ありゃあ、ないよなあ」

「やりすぎだ」

　みんな見ていたらしい。山腹担当の六兵衛も、

「もともと熱田社に心柱を用意させたのも、殿様のむら気をおさえこむためだっていうじゃろが。それでじゅうぶんとは違うのか。それをあんな手紙まで。馬鹿念押しも大概にせい」

「俺たちを、よっぽど胡乱(うろん)に思うてか」

「そりゃあまあ、胡乱は胡乱じゃのう。ほんとは天主がやりたいんじゃから」

　と誰かがぼそぼそ言ったので、全員、我に返り、みょうに声高く笑った。またべつの誰かが、

「でも結局、こうして神妙にしておる」

「そうじゃ、そうじゃ」

「それとも丹羽は、殿様を……」

「胡乱に？」

「だから言質を」

「手紙でか。あるやもしれん」

「卑怯なやつじゃ」

「ああ」

「しょせん侍にゃあ、わしらの気持ちは、わからんのう」

「懲らしめたいのう」

「丹羽を?」

「そうじゃ」

「賛成、賛成」

話がここまで盛りあがると、鶴次はさすがに、

(ちと、不穏な)

自律心がはたらいた。立ちあがり、尻の砂を払って、

「もう寝よう」

「何だ鶴次、興ざめじゃのう。どっちの味方じゃ」

「おぬしらの味方じゃ。きまってる。じゃが事ここに至っては、あがくのも無駄じゃ。どうにもならんわい」

「おぬしが申すな。断然あがいておるやつが」

と六兵衛が即座に言い返したので、一同、爆笑した。足と足を打ち合わせてよろこぶやつもいる。鶴次は苦笑いして、

「まあ、われらも庶民にしちゃあ、よくやったもんだよ。これで終わりだ。丹羽めももう挑発のたねもなかろう」

だが次の日、丹羽長秀は、またもその挑発をしたのである。場所は山頂の現場だった。鶴次たちが作業していると、昼前に礎石が到着した。

礎石は、盥ほどの大きさの一枚岩だった。あまり重いものではないらしく、人足四人が体を寄せて、八本の腕をあつめて持ち上げて来た。彼らのうしろには二人組の侍が、それぞれ鍔なしの木刀を頭上でふりまわしながら、

「はやくしろ」

「落としたら、首刎ねじゃ」

などと叱咤している。人足たちは顔をゆがめ、足をもつれさせつつも、あらかじめ設計してある位置へそれを置いた。やはり重かったのだろう。どすんと軽い地ひびきがした。

礎石の中央は、きれいに円形にくぼんでいる。石工が鑿を入れたのだ。心柱はつま

りこの穴のなかへ立てられるわけだが、それはいい。予定のうちの工程である。問題はその後、夕刻だった。丹羽の名による、

——山上に、あつまれ。

との命がまた出たのである。

全員ふたたびそのとおりにした。例の心柱の、畳の上にほっそり寝ているのを挟（はさ）んで二列になり、向かい合って半刻。一刻。二刻。

おとといと悉皆（しっかい）おなじである。いや、時刻がちがう。この日はすぐに日が暮れた。天候もひどかった。まるで冬がもどって来たようで、朝から冷えこみがきつく、午後から雪がふっていたのである。

雪のなか、さらに半刻ほども待ったところで篝火（かがりび）が焚（た）かれ、丹羽が来た。丹羽は、ひとりの男をつれていた。紫色の冠（かんむり）をかぶり、紫色の袍（ほう）をまとい、黒い履物をはいている。

履物はおそらく桐（きり）製、黒うるし塗りの浅沓（あさぐつ）だろう。神職である。

「一同、礼をせよ。宮司殿じゃ。はるばる熱田社より参られた」

と、丹羽は言った。鶴次たちは、

「おお」

と声をあげることはしない。寒くて歯の根が合わないのである。それでも鶴次は、

（こいつが）

凍った瞼をひらき、上目でぬすみ見た。顔そのものは下ぶくれで、神職というより商家のお坊ちゃんの様子である。意外に若い。この気候にもかかわらず、頬に赤みがさしている。

こいつが世評では、

――殿様を、桶狭間で勝たせた。

もっと言うと、

――殿様も、頭が上がらぬ。

その下ぶくれが、かたわらの神人へ笏をわたし、かわりに御幣を受け取った。何かの枝きれに稲妻形の白い紙をぶらさげた、どこにでもある小道具である。檜のほうへ体を向け、ちょっと冠を正してから、
大地主神のおん前にてかしこみかしこみ白さく、こたびこの地所の草を刈り、木を払い、根を起こし、土をならして益荒男どもの拠るべき砦とするに……

祝詞(のりと)をあげはじめた。

祝詞は、のんびりしたものだった。ときおり語尾をうんとのばし、御幣をばさばさ左右にふる。

(ばかばかしい)

地鎮祭ならもう地元の神主がやっているのだ。あえて柱一本のためだけに祈りを新たにする理由がどこにあるのか。かりに理由があるにしても、なんでこの時間なのか。

きまってる。俺たちへのあてつけだと鶴次は思った。俺たちに無力をわからせるため、心の底から権威というものを尊敬させるため丹羽はこの晩の用意をした。

「ご念の、入ったことだな」

と、鶴次は、となりの長松へささやいた。長松は、

「…………」

雪はいっそう激しくなった。湖から来るつめたい風がばたばたと着物の裾をひるがえし、腿のつけ根まで外気にさらさせたが、鶴次たちは、それを手でおさえることもできなかった。身動きは神事への冒瀆(ぼうとく)にあたり、罰を受ける。頭(こうべ)を垂れたままこの平和的な儀式の終わるのを待つほか何もできないのである。

宮司は、足もとに火が焚かれている。さぞかしあたたかいだろう。丹羽も同様。むさくるしい姿の神人たちもその光と熱のねんごろな待遇を得ていたばかりか、肉も血も持たぬ心柱の檜ですら、雪よけのため、貴人の嬰児(みどりご)のごとく分厚い赤布をかけられている。

鶴次が何度目かに、

(耐えろ)

おのが胸を叱咤したのと、横のほうでサクリと砂袋の落ちるような音がしたのが同時だった。

(何だ)

音はひとつ立ったとたん、

サク

サク

連続した。鶴次はそちらへ首を向けた。音の数だけ、櫛(くし)の歯の欠けたように仲間がいない。

地面の人になっていた。或る者はひざを抱えてうずくまり、或る者はだらりと横寝している。みな意識をなくしているらしいが、鶴次には失神というよりもむしろふかく、特別にふかく、眠りこんでいるように見えた。

その眠る者の上にも、雪はふりつもる。庭石の上にふりつもるように。白の濃さが増す。これまでに駆り出されたどの戦場でも、こんなひどい目には遭わなかった。と、となりの長松までもが、

「はーあ」

ながながと息を吐いたかと思うと立ったまま棒きれのように前へたおれた。地ひびきがする。地の雪が舞う。二本の足が、ひざから先だけ上を向き、その姿勢のまま硬直した。鶴次は、

「ちょ、長松」

長松は、若い。

けんかは弱いが体は弱くない。がしかしこの場合はよほど全身がこごえているのにちがいなかった。顔はこっちを向いている。やはり熟睡の顔である。いま覚醒させなかったら、

（死ぬ）

祝詞は、やまない。

宮司は気づかないのだろう。だがそのうしろで下を向きつつ、丹羽長秀は、こちら

へちらりと視線だけよこした。

鶴次と目が合った刹那(せつな)、はっきりと、

――問題なし。続行。

を意味する瞳の色になり、ふたたび正面の地面を見た。こちら側の誰かが、

「もういい」

つぶやいた。

それきり静かになった。祝詞はのびのびとつづけられ、丹羽はかしこまり、鶴次は下唇をかんだ。

数秒か、数分か。また誰かが、

「もう、いい」

と言ったと思うと、

「うおう」

雪を蹴って駆けだした。まっすぐ丹羽へ向かう。丹羽はぴんと背をそらし、帯にはさんだ鉄扇を抜いて、

「不埒(ふらち)の者ぞ。処分せい」

待っていたかのような反応のはやさ、ことばのたしかさ。左右の供侍(ともざむらい)が前へ出

て、丹羽をかばう位置に立った。そのうちのひとりが刀を抜き、下げ斬りにするや、

「ぎゃっ」

あざやかな血の霧が舞い、ひとつめの死体が完成した。ようやく宮司も気づいたらしく、祝詞がやんだが、そのときにはもう鶴次をふくめ全員が突進している。

「うおおおおおお」

雄叫び（おたけび）をあげつつ、鶴次の脳裡（のうり）には、

（いくさだ。いくさだ）

その意識がはっきりとあった。これは謀反ではない、戦争なのだ。絶対者への抵抗などではない、対等の相手との真向（まっこう）勝負。食うか食われるかの二者択一。

兵力は、こっちが上だった。八百はある。内訳は人足が六百以上、足衆や大工などの職人が百、穴太衆が百。

いっぽう丹羽兵は、四、五十といったところか。途中で下りて来たのだろう、馬はなく、みな二本の足で地に立っていた。

鶴次たちは、急停止した。

丹羽と武士たちを遠まきに巻いて、

「それっ」

飛び道具を、もちいはじめた。武士たちは、

「わっ」

顔をそむけ、腕で頭を覆う。鶴次はドドドと足をふみならして、

「撃て。撃て！」

鉄砲ではない。そんなのはむろん支給されていない。彼らの武器は石だった。おそらく人類が最初に発見したであろう遠隔攻撃の具。雪の下に落ちているやつを見つけしだい、ひろっては投げ、ひろっては投げしたのである。人足も、大工も、足衆も、穴太衆も。

慣れというか、それが自然な体のうごきだった。戦場へ行ったことのある者はみな鉄砲ばたらきしか知らず、つまり接近戦を知らず、行ったことのない者はある者のまねをしたのである。むろん得物がなかったせいでもある。神事には不必要だからと、鶴次たちは鑿や鋸をあらかじめ山の中腹へまとめて置くよう命じられていたのだ。

石の攻撃は、かなり有効だった。

武士たちの頭へ、胸へ、股間へ、まるで横なぐりの雨のようにそれは飛んで行った。武士たちは甲冑も何もつけていない。それらもまた神事には不必要なのである。烏帽子が落ち、頬の肌がやぶれ、しかし落ちた石を投げ返すことはしなかった。

戦場では、弓以外の飛び道具つかいは賤業である。自尊心がゆるさないのにちがいない。武士たちはその場をはなれることもせず、丹羽の盾でありつづけた。

「撃て。撃て！」

戦況は、しだいに鶴次たちに不利になった。石がつきたからである。人足たちは雪をぎゅうぎゅう固めて放ったけれど、石ほどの硬さはない上に、ひとつ投げるにも時間がかかる。ましてや雪も剝げてしまっては土くれを投げるしかなく、ここでようやく武士たちは、
しゅっ
しゅしゅっ
全員、刀を抜いたのである。

人足たちは、興奮している。

「あ、ばか。よせっ」

鶴次が手をのばしたにもかかわらず、

「わあっ」

「きゃあっ」

空手で猪突しはじめた。接近戦をえらんだというより、それに追いこまれたのであ

る。ばらばらに武士の誰かへ近づいては斬られ、近づいては斬られ、そのつど絶叫がこだました。

風が出て、吹雪になった。

やはり武士はつよい。もともと側近になるほどだから一流の使い手であるところへもってきて、いまは丹羽の前である。信長ゆかりの心柱の前である。士気の高まらぬはずがないではないか。

それに対して鶴次たちは、しょせん戦闘においては素人ないし非常勤にすぎない。雪人形である。死体はふえるばかりだったけれども、誰ひとり突撃をためらうことをしない。

我に返る、という選択肢はもうないのだ。いわゆる、

――あとには、引けぬ。

という人間の勇ましい心理は、かくのごとく、論理的な判断ではなく狂躁の結果にほかならないのである。

吹雪はますます強くなり、鶴次の目は、遠くの人影がわかりづらくなった。神人たちの姿はない。宮司とともに逃げ出したのだろう。なるほど彼らはこの戦いに加わることでどんな損も得もしない。

（だめだ）

という冷静な情況判断と、

（勝たねば）

という燃えるような切迫感が、脳内でまだらの渦を巻いた。どっちも捨てられぬ。どっちも正しい。

「長松」

呼びかけた。

「はい。おかしら」

「組むぞ。足場を」

「え」

長松は、絶句した。さわぎが耳に入ったのだろう、ついさっき、ふたたび立って横へ来たのだ。たおれたときに打ったものか、鼻の穴から血が垂れてぎらぎら光っているのが奇妙に鶴次を安心させた。

「来い」

駆けだした。血けむりの舞う肉弾戦の場へは踏みこむことをせず、左まわりに迂回して、心柱の檜のところに立つ。

檜には、興味なし。

あるのはそのかたわらに三角状に積み上がっている、竹、竹、竹にほかならなかった。

てっぺんには、麻袋がならんでいる。長松も来た。鶴次はここへ来るまでに、さらに手近なふたりにも声をかけている。ぜんぶで四人。鶴次はそいつらへ、

「われら足衆、仕事はじめさ」

そう言ってから、数語で指示を出した。三人の子分は、

「おう！」

その場に、竹で足場を組みだした。

作業は流れるようだった。竹どうしを縦横にむすぶための藁縄はすでに腐るほど切ってあって、麻袋のなかに入っている。どんどん出した。丹羽が気づいて、ふりかえり、

「何しておる！」

と言ったときにはもう完成していたのである。高さは、二間（約三・六メートル）に少し足りぬくらいか。人の背丈よりはだいぶん高い。

かたちはいわゆる立体格子で、現代のジャングルジムさながらである。鶴次はする

するとましら猿のようにのぼり、てっぺんに仁王立ちした。

山頂の地の、ゆがんだ六角形がすみずみまで視界に入る。両手で法螺貝をつくって、

「三人一組！」

馬鹿声を出した。まったく体をぐらつかせず、

「お前たち、よく聞け。一対一じゃ絶対に負ける。こっちは固まって相手にぶつかれ……」

と言いかけたが、ぶんぶんと首をふって、

「いや、ちがう。固まっても負ける。そうじゃないんだ。とにかくまともに突っ込むな。横へまわれ、背後へまわれ。攻撃の手を散らせ」

兵たちは、指示を理解した。何人かが体の向きを変えて走りだしたのだ。武士たちの背後へ、つまり鶴次のいるほうへ廻りこんで来て、それから武士へぶつかって行く。

武士たちは、うしろを向いて応戦する。べつの人足が正面から行く。左右から行く。

そうして足もとの石をひろって顔を殴る。この多方向からの攻撃には武士たちもひ

るんで、こめかみを手でおさえながら、

「卑怯なり、あさましきなり。兵ならば真向から来やれ！」

と声さわやかに挑発したが、もとよりそれを卑怯とみなす精神の様式は鶴次にはない。鶴次は戦場を俯瞰しつつ、

「まわれ、まわれ。そりゃ右！　左！　うしろ！　前！」

囃すうち、陣形がさだまった。少数の武士を、多数の庶民がとりかこむかたち。鶴次は、

（あっ）

脳内が、にわかに晴れた。

それまで白い霧に覆われていたものが、きゅうに明確になった。これは武士と庶民の戦いではない。

櫓と天主の戦いにほかならないのだ。その証拠に、ほら、武士たちは櫓のかたちではないか。一本のりっぱな心柱でもって全体を統べるという思想のあらわれ。

この場合、心柱とはもちろん丹羽長秀である。そこへ側柱よろしく武士があつまる。櫓とは、要するに、彼らの属する伝統的社会にほかならないのだ。

いっぽう、鶴次の兵はどうか。名もなき人足、職人、穴太衆どもは圧倒的多数で地

を埋め、ぶあつく外壁をこしらえて、そのことで互いを力づけていた。まさしく天主の構造である。鶴次はそうしようと思ったわけではなく、苦肉の策、もっと言えば偶然の結果にすぎぬだけに、かえって両者の差がゆるぎなく生じた感がある。櫓というのは武士の砦、天主というのは庶民の家なのである。たとえそこに住むのが信長その人であるにしても。

「……そうだったのか」

こうなると鶴次は、もうひとつの疑問に合点がいく。これまで自分はどうして天主にこだわったのか。

どうして丹羽どころか仲間の足衆連中にまで疎んじられるほど天主づくりを説いてまわったのか。そう、たぶん天主とは、きたるべき新しい社会像の象徴なのだ。ほかならぬ鶴次たちが主人公であるような、被支配層が真の支配者であるような、そんな荘厳な理想の化身。

考えてみれば。

鶴次たちは、戦場では鉄砲を担当した。

いや、担当させられた。鉄砲撃ちには武士のような個人の面目はなく、伝統的な様式美はなく、教養はなく、行為のさわやかさはなく、どこまでも卑賤俗骨のわざであるにもかかわらず武士よりもはるかに戦果をあげた。

長篠のいくさでは、はるかにたくさん武田の人馬を骸（むくろ）にした。そうして褒美は武士が取った。鶴次たちは業績をみとめられるどころか兵とすら見なされることがなかった。この世はもはや個人よりも集団によって成り立っているのに。

有名よりも無名の徒によって成り立っているのに。そう、ほんとうの主人公は鶴次たちなのだ。ひょっとしたら丹羽長秀もこのことに内心うっすらと気づいていて、それで恐怖していたのかもしれない。天主への恐怖。民衆への恐怖。

というより、民衆の世が来ることへの恐怖。だからこそあんなふうにやりすぎた。熱田社に心柱を用意させ、信長みずからに手紙を書かせた上にわざわざ宮司をまねいて祝詞まであげさせた。

殿様のむら気をおさえこむなどと仔細（しさい）らしい理由を立てておいて、じつは自分自身を安心させたかったのだ。

が。

現実には、民衆の不利は変わらなかった。

何しろ鶴次たちは丸腰である。鉄砲はない。武士たちも馬鹿ではなかった。丹羽を中心にして円陣を組んで、体を外側へ向けたのだ。

これなら死角はなく、どこから来られても応戦できるわけである。鶴次の兵はそれを外壁よろしく取り囲んだまま足がとまり、へっぴり腰になった。

丹羽長秀は、彼らを見ていない。ひとり鶴次を見あげている。ひらりと軍配をかざしながら、

「下りろ。鶴次、下りろ！」

足場は、ごくかんたんなものである。長松たち三人の子分が立ちふさがっているとはいえ、配下の武士の何人かは彼らを殺して足場にとりつき、藁縄をといて解体するくらい容易にできるにちがいなかった。だがしない。刀の切っ先を敵へ向けるのみだった。そんな手指の軽作業もまた武士たちには様式の埒外（らちがい）なのだろう。と。

鶴次の兵が、動きだした。

はじめ二、三人が。つづいて五人、十人と。南側の坂道を下りだした。鶴次は、

（逃げた）

と反射的に思い、

「お、おい。お前らどうした」

兵は、あるいは聞こえなかったのか。ぎゃあぎゃあ言いながら急流のように下り坂

へと吸いこまれて行った。何が何だかわからなかった。

そういうことか、と鶴次もやっとわかったのは、最初の連中が上がって来たからだった。

「あっ」

急流のなかを二、三匹の鮎(あゆ)がさかのぼるような案配でふたたびこの山頂の地に立った彼らは、それぞれ鍬(くわ)や鋤(すき)を手にしている。中腹の置場から持って来たのだ。

そのまま、鶴次から遠いほうへ走って行く。

ということは戦場からも遠いほうへ。土地はゆがんだ六角形である。内角が六つある。そのうちいちばん大きいそれの隅(すみ)へあつまって、

「せいっ」

鍬や鋤をふりあげて、雪に刺した。

雪の下から、黒いものを剝き出しにした。穴を掘りだしたのだ。みるみる人はふえていき、掘り返したそれが山をなす。鶴次の鼻がふわりと土のにおいを感じはじめた。いいにおいだった。

ほかの内角でも、おなじ仕事がはじまった。神事には必要ないからと山裾の小屋で眠らせておいた小童(こわっぱ)までもが上がって来ている。

鋤や鍬を持つ者もいるし、持たぬ者もいる。持たぬ者は、もっこやしたみと呼ばれる一種の籠（かご）などを持っていて、それに土を入れて坂道を下りて行った。どこかへ捨てに行くのだ。鶴次の兵はもはや兵ではない。もとの人足その他になったのである。

そのうちに、坂道から穴太衆ものぼって来る。砂利やら、こぶし大の石やらをもっこに入れて。あるいは一抱えもある石を持って。

穴はもう池ほどに大きくなっている。その内部における外側の面、つまり崖（がけ）側の面にまず彼らは砂利を積み、その手前にこぶし大の石を積み、さらにその手前に一抱えもある石をごつごつと積んだ。

堂々たる石垣、とまでは言えぬ。仮の土留めである。これで崖の土はひとまず穴のなかへ崩れ込むことがなくなり、人足はさらに深く、さらに広く、掘り進めることができる。六つの内角の穴はそれぞれに内側にむかって版図をひろげた。

そうしてとうとう或（あ）る場所で、穴と穴がぶつかって、ひとつの穴になったのである。鶴次は単純に、

（すごい）

おどろくべき仕事の速さだった。何という頼もしさ。このまま行けば、六角形の土地のすべてが穴になるだろう。

外側のいわば殻をのこして、すべてが地下一階になる。まさに天主の建てっぷりである。心柱などいらぬ。文字どおり全面的な基礎工事にほかならなかった。

「やめい！」

「下衆めら、掘りやめい！」

武士たちが、刀をふって怒号した。ここでも怒号するだけだった。手向かって来るわけでもない土木作業員ないし非戦闘員へこっちから斬りかかるというのもまた彼らの美しい行動様式のうちに入らないのか。

いや、ちがう。斬る理由がある。ここまで来ると人足たちの目的がもはや天主の建設にあることは明白だからである。

信長の命に反している、りっぱな謀反の徒なのだ。実際、丹羽はさっきから、

「斬れ斬れ。首を刎ねよ。あやつらは人足ではない、穴太の者ではない。殿様の手を咬む狂犬ぞ」

と叱咤しつづけている。武士たちはそれと知りつつ動かないのだ。

あるいは動けないのだ。彼らもたぶん長篠の戦いで圧勝をもたらした無個性の力、非様式の力に全身で耐えているのだろう、さながら暴風に対してそうするように。人間、

——俺はいま、時勢に遅れている。

と思う瞬間ほど恐怖をおぼえるものはない。その恐怖が、ここではとうとう信長の命という大義名分をさえ上まわった。

鶴次の足の下には、長松がいる。

これまでは、

——鶴次を、まもる。

という決意が強かったのだろう、その場でじっとしていたが、

「わあっ」

ぴょんと一跳(ひとは)ねしたかと思うと、両手をあげて走りだした。

例の竹の、三角状に積んであるところへ行った。二、三本つかんで、いちばん大きな穴のふちへ行き、

「足衆、足衆！　俺たちの本領じゃあ！」

ばらばら投げこんだ。

この声は、山全体にひびいた。それぞれの穴から、

「おう！」

という声が湧いて、鶴次の子分たちが蛇(へび)のように這(は)い上がって来た。

みな竹を取りに行き、長松の横へあつまって、おなじ穴へ投入する。

がらん

がらん

と竹の打ち合う音が立つ。それを何度もくりかえす。

「おおおおおおう」

「わあああああっ」

もちろん藁縄も投げこむのである。じゅうぶん竹がたまったところで彼らはまた跳び下りて、穴のなかに、ひとつの足場を組みはじめた。

足場はやはり立体格子。現代のジャングルジム。それがみるみる巨大になるのを鶴次はただ見るしかできなかった。地面はこっちより低いにもかかわらず、あっというまに足場の最上部はこっちより高くなり、鶴次の視線を上向きにさせた。

どこまで高くなるのだろう。鶴次はぼんやりとそう思った。厚い雪雲も突き抜けそうだ。あいかわらず風は強いけれども、足場はきいきいと囁(ささや)くような音を立てるだけ。大きくゆれることはなかった。

鶴次は目を下に向けた。地上の穴はいよいよ大きくなっている。

雨の日の水たまりのように広がりつづけている。道具がよほど足りないのか、あるいは酷使して壊してしまったのか、なかには手で掘るやつもいた。犬のように四つん這いになって、両手で土を必死に掻き出しているのだ。

と。

「おかしら」

声がしたので、鶴次はまた顔を上に向けた。

足場の上やら内部やらにいる足衆がとつぜん手をとめ、糸で引かれたように地上へ下りた。足場づくりが終わったのだ。そうして鶴次のほうの足場をかこんで、鶴次を見あげて、

「おかしら！　おかしら！」

声を嗄らす。こぶしを突き上げる。彼らは体から湯気が出ていた。

「おかしら！　おかしら！」

みな目が血走っている。なかにはあんまり大きく目をむいているので、その目に雪が落ちるやつもいたが、まばたきもしなかった。

ぜんぶで八十人はいるだろうか。みんなみんな、

――下りて来い。そうして新しい足場へ移れ。

そう言っている。天主づくりの首魁になれというのだ。

（狂ってる）

鶴次は、足がすくんだ。さっきまで頼もしく思っていた仲間がじつは獰猛なけだものだった、そんな光景にほかならなかった。

鶴次はようやく感じ取った。これが集団というものなのだ。個人にはある理性がない。感情しかない。それどころか感情以下の本能しかないのではないか。

「おかしら！　おかしら！」

下を見たまま、左右へ目を走らせた。武士たちがいる。

「助けて」

ということばが、あやうく口から出かかった。出したら、

（殺される）

戦慄したが、この場合、鶴次を殺すのはどっちなのだろう。武士なのか。足衆なのか。

丹羽長秀がぽつねんと、武士から少し離れて立っている。

その表情もまた俺とおなじだと、鶴次はみょうに親しく思った。

丹羽の足もとには火があった。例の、防寒用の焚火である。それももう薪が尽きていて、たよりない明滅をくりかえしていたが、そのなかに、鶴次はひらりと赤いもの

を見た。

（何だ）

目をこらす。布のきれはし。薪に挟まれているため風で飛ばず、蝙蝠（こうもり）の翼のようにぴらぴらと波打っている。

心柱だ、と鶴次は気づいた。あの八角柱をくるんでいたもの。人間が使うより上質な布団（ふとん）。

（心柱が、焼けた）

鶴次の脳裡で銃声がした。心を心たらしめている葡萄（ぶどう）の核（さね）のようなものが撃ち抜かれ、皮がやぶれ、果汁が四散した。

その果汁に、全身をべったりと侵された。

「きゃあっ」

わめいて、宙へ跳ねた。どさりと地に落ち、肩でころがり、すぐ起きて穴へ跳んだ。

高い足場の、あっというまに最上部に立つ。

狂った集団があとにつづく、鍬や鋤を頭の上でふりながら。それをさらに、我に返った武士たちが追って、穴のふちで追いついて、

「下りるなっ」

「下りるわい」

揉(も)み合いになった。

†

二年半後、その山頂の地に、その建物は完成した。

天主である。

世に知られる安土城天主。地下一階に広大な空間をとり、心柱は立てず、無数の柱を縦横にずらりと立てて基礎とした。柱はもちろん檜でもなく八角形でもなく、ただの松の角材だったのである。

外観は五層、しかし内部は六階建てである。一階から三階までは書院造の住居とし、四階は屋根裏部屋。

五階は仏殿。六階は儒殿とでもいおうか、孔門十哲(こうもんじってつ)の絵を掲げた大広間だが、この両階の特長はむしろ外壁の外にあるといえる。それぞれ廻り縁(えん)を設け、朱塗(しゅぬ)りの欄干(らんかん)をめぐらして、物見の用に供したのである。

一種の屋外展望台である。このうち六階のほうの廻り縁の高さは地上五五メートルというから現代のビルの二十階ぶんにも相当すると思われるが、そのうち建物本体は五分の三ほどで、下の五分の二は石垣である。蠟燭に燭台が必要なように、天主にも、いわゆる天主台が必要なのだ。

その石垣すなわち天主台は、以下のようにつくられた。まずあの鶴次たちの竹足場の乱で人足その他があけた穴を埋め、平地にもどし、そこへ堆く土を盛る。底面は、敷地に合わせた六角形である。土山は上へ行くにつれて細くなるが、或る程度のところで横一文字に切って六角錐台にする。その側面をがっちり石垣でかためるのだ。

これでビル八階ぶんの高さの天主台ができる。その上面は水平である。そこへあらためて鋤鍬を入れて土を掻き出し、例の、地下一階をこしらえて、建物をささえる無数の柱を立てたのである。

ということは、あの鶴次たちの命をかけた穴掘りは、結果からして徒労だったわけである。何しろ埋めもどされたのだから。あの時点では鶴次をふくめて誰もが天主の建てかたをよく知らなかったという事情もあるにしろ、それにしても乱心だった。正気なき行為だった。

あの乱心は、結局のところ鎮圧された。

丹羽の援軍が来たのである。雪雲の東の切れ目から朝日がちょっぴり顔を出したころ、山のふもとから、何とまあ千人もの武士ががちゃがちゃと鎧かぶとに身をかためて来て、人足、職人、穴太衆ら全員を捕縛したのだ。

詮議はほとんどおこなわれなかった。信長がじきじきに、

——普請奉行の命令をないがしろにして神聖なる普請場を傷つけた件、不埒千万。

と言い立てて、鶴次ひとりを首魁ときめたからである。

よほど急いでいたのだろうか。あるいはこれも性格のせっかちの故なのか。半月後、鶴次はわざわざ京のみやこの三条河原まで連行された上、首を刎ねられ、さらしものにされた。

処刑の直前、

「言いのこすことは？」

と刑吏に問われたときには、鶴次はただ、

「ありません」

と首をふったという。鶴次ひとりが死ぬかわり、ほかの人足その他については、

——全員、咎めなしとする。ひきつづき仕事に励むように。

これもまた信長の直裁だった。やはり急いでいたのだろう。もしくはそれほど城の完成をたのしみにしていた。それかあらぬか、鶴次の処刑の数日後には、

「櫓は、やめる」

と宣言したのである。

「やっぱり天主にする」

命令が、二転したことになる。果断な信長にはきわめてめずらしいことだったが、以後はもう、むら気を起こすことはなく、天主造営の方針を変えることはしなかった。

鶴次の救いになったかどうか。完成まで二年半の年月を要したのは、信長が京都防衛のため大小のいくさで忙殺されていたことを考えるとむしろ二年半しかかからなかったと言うほうがよく、この城普請への強い意欲を見るべきである。

実際、信長は、大量の人足等を投入した。最終的には三千人にも達したほどである。資材の面でも思いきったことをした。あの天主造営の先輩というべき大和国多聞山城を、

——解体しろ。

と命じたのである。そうして部材をこっちへよこせ。安土へよこせ。

　このとき多聞山城の城主はもう松永久秀ではなかったけれども、これが遠因となり、松永は信長にそむいて大和国信貴山城（しぎさんじょう）にたてこもることになる。彼我（ひが）の戦力差は圧倒的だった。松永はほとんど自滅にちかい敗戦を喫（きっ）して嫡男・久通（ひさみち）とともに死んだのである。

　天正七年（一五七九）、安土城天主は完成した。

　完成と同時に、いや、それを待たずして信長はもう住みついた。

　住みつくとさっそく、家臣や、同盟中の大名や、西洋人宣教師をつぎつぎと招いては六階にのぼらせ、廻り縁に出て絶景を見せた。

　子供がおもちゃを自慢するように眺望そのものを自慢した。家臣のなかでもひときわ人間の機微（きび）にするどく、かつ信長に対してわりあい平気でものを言う羽柴秀吉（のち豊臣秀吉）が、

「殿様」

「何じゃ、猿」

「近江の湖（琵琶湖）も、ここから見おろせば狭（せも）うござりますのう。殿様の庭池になりましたな」

「ふん」

「舟々も、さながら蟻の行列のごとく」

「おぬしも、おべっかか」

「それはもう」

と言うと、秀吉はひたいに手をかざし、ぴょんぴょん跳ねた。背が低い。どこまでも遠くが見たいというしぐさである。跳ねながら、

「殿様」

「何じゃ」

「殿様はつまり、民草(たみくさ)の意を優先にしたわけですな。熱田社の宮司様よりも」

「…………」

「なぜです」

「やめろ」

「え？」

「その、跳ねるのをじゃ。欄干がぎしぎし言うておるわ」

「すみません」

秀吉は、べたりと両足を板につけた。ひたいに手をかざし、目はなお遠くへ向けている。

信長はぷいと背を向けて、

「桶狭間は、あれはまぐれあたりじゃった。長篠は勝つべくして勝った」

早口で言って、屋内へ入ってしまった。これ以降、信長はこの三つ年下の従臣をふたたび廻り縁へ上がらせることはなかったし、秀吉もそれを乞わなかった。何かしら忌諱にふれるところがあったのだろう。

信長はほかに、堺の商人も呼んだ。

あの堺一の豪商であり、信長派の筆頭というべき今井宗久はいちはやく呼んだし、そのおさななじみで茶の湯の名手である千利休も呼んだ。

ふたりの次位にあって和歌、連歌、生け花、聞香などの総合芸術監督として知られた天王寺屋主人・津田宗及もまた空中の人となった。それぞれ別の機会に来たにもかかわらず驚きぶりは一様で、

「安土城は、近江一国の城ではありませぬ。天下の城にござりまする」

という賞讃のことばまでおなじだった。

後日、正式に完成の沙汰が発せられると、彼らは信長へ祝儀を出した。

その額は、いずれも巨額だった。そうせねばならぬ心理的圧迫を感じたのだろう。

丹羽長秀があれほど心配して、鶴次たちに、

——おぬしは殿様を、戦場の骸にするつもりか。

とまで言った工事費の問題はこれでいちおう解決した。信長はここでも堺を金蔵としたのである。

これ以降、日本では天主の造営が流行した。

信長死後にいわゆる天下人となった豊臣秀吉は大坂城や伏見城でそれをつくり、そのさらに次の支配者である徳川家康は、江戸城でそれを完成させた。これらの天主はまるで競うかのごとく新しいほど背が高くなり、外内装とも豪華になったのである。心柱をもちいたものは一基もなかった。

もっとも、天主というやつは、住居としては不要な部分が多い上、落雷や火災のおそれが絶えず、みなふだんは平屋の御殿で生活したのだが。天主に住んだ大名は、歴史上、信長ただひとりである。

第五話

鉄砲で死ぬ

信長が正式に安土城に移ったのは、天正七年（一五七九）夏である。

天下の情勢も、やや落ちついた。信長は気楽に日々をすごした。諸国からお祝いの名目でつぎつぎと馬や鷹がとどくのを逐一みずから検分したり、城内で相撲の興行をやらせたり。

むろん鷹をつれて鷹狩りにも出た。父・信秀の死に遭って織田の家督を継いでから二十八年。嫡子・信忠に家督をゆずって形式上は隠居の身となってから約四年。

——戦争を、おわすれになったかのような。

と、家臣たちも眉をひそめるほどの緊張感のなさだった。

もっとも、この間、信長はひとつの政治的博奕をしている。遠江国浜松城に滞在している盟友・徳川家康に、

「息子を、殺せ」

と命じたのだ。

息子とは長男・松平信康である。戦争において有能だった。あの長篠の戦いへも家康とともに参戦しているし、その後、追い討ちとばかり武田勝頼の領国である甲斐国へ侵略したさいも顕著な功績をあげている。

年齢も、二十前後と若かった。それだけに態度がにわかに尊大になり、最近はしばしば家康にさえ逆らうという話を耳にして、信長はいきなり、

「殺せ」

と、家康の家臣をわざわざ安土へ呼び出して伝えさせたのである。信長にしてみれば、家康はさだめし、

（苦悩する）

そう読んだ。本音では殺したくないだろう。息子はやはりかわいいものだし、若いならば反抗的なのは当たり前だし、そもそもが徳川家中の話なのである。だからといって、

――いいえ。殺しませぬ。

だの、

――口出しされる筋合いはございませぬ。

だのと応じることもまたできまい。それはただちに信長との同盟破棄を意味するからである。怒った信長に本気でつぶしに来られたら徳川などひとたまりもないことも、家康はまた承知しているはずなのだ。

すなわち信長は、考え得るかぎり最悪の二者択一を家康に課した。

忍従か、謀反か。もちろん後者がえらばれれば信長とても実際面倒にはなるのだが、そこは、

(前者だ)

最後には、論理ではない。信長はいわば勘でそう見たのである。

結局、この勘はあたった。

家康は命令どおり信康を切腹させたばかりではない、何かにつけて信康の味方をしていた母親の築山殿まで処分した。そこまで信長は言っていなかったのに、家康はつまり、息子と妻を殺したのである。

そうして信長への屈服をえらんだ。これにより信長は家康とのいっそう強い関係を手に入れ、ほかの家臣に対しても、無言のうちに、

――お前らも、家康になりたいか。

と、さらなる統制を加えることに成功した。一事が万事である。この時期の信長

は、まるで勝つ寸前の棋士のように、打つ手打つ手がおもしろいように決まった。鷹狩りと相撲の気楽な日々は、もう一面では、きわめてゆたかな政治的収穫の日々でもあったのである。

信長は連日、上きげんだった。

ときにはみずから城下へ出て、見知らぬ町人へ、

「おう。おう。わしが織田の隠居じゃぞ」

と馬上から声をかけ、ひらりと絹一疋を投げあたえすらした。そんな日々へさらなる笑顔をもたらしたのが明智光秀だった。

光秀は、信長手飼いの家臣である。

琵琶湖西岸の要衝である坂本城主をまかせるほどだから、信長の信頼もかねて厚い。その光秀が、信長の正式な安土城移住から約半年後の冬の或る日、鎧の泥もぬぐわぬまま天主一階の御座所に参上して、

「殿様、殿様、およろこびください。この惟任日向守（光秀の自称）、丹波、丹後両国を平らげて参りました」

と報告したのである。

信長は、

（ついに）

片膝立ちになり、

「湯殿じゃ」

「はい」

「まずは湯殿で垢を落とせ、ゆるゆるとな。わしはいくらでも待とうほどに。上がったら、惟任、これじゃぞ」

と信長は言い、にやりと人さし指を上に向けた。ふたりで、

——最上階の廻り縁へ、出よう。

の意味である。最高権力者による最高のもてなし。これまでは光秀のほうが多忙をきわめ、その機がなかったのだ。

光秀は、

「はい！」

満面の笑みを見せると、きびすを返し、がちゃがちゃと音を立てて退出した。信長はのんびりと立ちあがり、ひとあし先にそこへ上がった。

小雨が、ふっている。

気温が春のように高いため、その湿り気はむしろ肌にこころよい。真綿につつまれ

ているようだった。視線を下げて、口のうまい羽柴秀吉が「殿様の庭池」と呼んだ琵琶湖をながめつつ、信長はひとりで、ほんとうに、無為に光秀を待ったのである。

ただ何となく、

（丹波、丹後）

これまでの、この両国とのもろもろは思い返している。

丹波国、丹後国は、ふたつまとめて準畿内というべき地域である。

準首都圏とも呼び得るか。この時期の日本の首都圏はもちろん京都盆地、大坂平野、およびそれらを線でむすぶ淀川のまわりの沃野だけれども、丹波、丹後はその後背地で、ほとんどが山地であり、山地のまま日本海にいたる。

まだ室町幕府が健在だったころは守護大名である細川氏や一色氏が支配していた。それなりに平和だったらしい。しかしながら戦国乱世の風が吹きはじめると、両氏がおとろえ、かわりに内藤氏、波多野氏、赤井氏といったような勢力が叢生して覇を競った。

要するに、どんぐりの背くらべである。信長にすれば面倒である。いざ統一をめざして侵入しようにも、侵入以前にそもそも国衆のうちの誰を味方にし、誰を敵にするかから決めなければならぬ。

地道な調査と、交渉と、小戦闘が必要だ。その面倒な仕事を、信長は、もう何年も前から光秀にまかせていたのである。

光秀は、よく応えた。なるほど時間もかかったが、これは何しろ光秀をいちばん邪魔したのがほかならぬ信長だったのだから仕方がないというべきだろう。上杉謙信の上洛牽制のための加賀出兵とか、信長に離反して信貴山城にたてこもった松永久秀への総攻撃とか、大坂の石山本願寺攻めとかへ息継ぐひまもなく駆り出して、そのつど全力を尽くさせたのだから。

もっともそれは光秀のみならず、柴田勝家、滝川一益、丹羽長秀、羽柴秀吉といったような重臣はみな同様だったのだが。とにかく光秀はその合間を縫うようにして丹波、丹後へねばりづよく当たり、城攻めをおこない、このたびようやく結果を出した。

地味ながら、というより地味だからこそ赫奕たる戦功である。もともとこの明智光秀という男が武将でも何でもないことを考えると、信長の感慨はいっそう深い。

「まこと、愛いやつ」

と口に出したとき、光秀が来て、

「殿様」

「おお、おお」

「ご免」

光秀はおずおずと一歩ふみだし、廻り縁の床をふんだ。

みしっと小さな音が立った。光秀は、

「うわ」

足先を離し、尻を屋内へひっこめた。

「はっはっは。だいじょうぶじゃ。秋の台風にも微動だにせぬ。何ならひとふし舞うてやろうか」

「は、はあ」

「丹後」

「は？」

「惟任、おぬしは天下の面目をほどこした。丹後一国くれてやる。その山海のめぐみを子々孫々まで食らうがいい」

一朝一夕の思いつきではない。この日が来たらと長いこと心支度していたのである。平定した土地の半分までもあたえるというのは、この時代の常識では最高の報酬にほかならなかった。

光秀は、こんどは浮足立つことはない。胸を張り、おちついた声で、

「かたじけのう、ござりまする」

廻り縁に立った。もっともその服装は、湯あがりの裸身にひらひらの明衣が一枚だけという簡素さ。

全身、白い湯気を立てている。領国よりも一碗の水飯をもらうほうが似合いの見た目。光秀の肌のにおいを感じながら、

「ときに」

と、信長はもう話を変える。くるりと体の向きを変え、灰色にわだかまる琵琶湖へ目を向けて、

「急報が入った」

「急報？」

と、光秀も横に立つ。おなじものを見おろす。信長は、

「種子島時尭が死んだ。時尭の名は存じておろう」

と言い、説明をはぶこうとしたが、これもやはり気の軽さのせいか、最小限のそれをしてやった。時尭は、大隅半島沖に浮かぶ種子島の島主である。いっときは父の恵時と島の取り合いをしたものの、結局のところは時尭が支配しつづけた。

　政治的には、本土なしでは生きてゆけぬ。本土には禰寝、肝付、伊東、伊地知、島津などの強豪がひしめいていたが、或る時期から島津が勢力をのばしたのに合わせて島津に接近し、娘を当主の島津義久へ嫁がせたりした。

　種子島は、外交内政とともに安定した。

とともに時尭はぼんくらになった。野生の犬が飼い犬になったようなものか。その死もよくある病死だったらしい。

「享年は、五十二だったという。惟任、おぬしは？」

「五十二です」

「おない年か」

「はい」

「わしよりは、五つ六つ上か。どっちにしても、年を取ったものじゃ」

と、信長がみょうな感慨にとらわれたところへ、

「殿様」

「何じゃ」

「ひとつ質問が」

「申せ申せ」

「その時堯とかいう半端者(はんぱもの)の死が、なぜ急報で？」

「いい質問じゃ」

信長は手をのばし、光秀の頭をなでてやりながら、

「ゆくゆくの九州攻めを見こんで、というのは、われながら理由にならぬのう。いずれ島津とは一戦せねばならぬにしても、その戦場に種子島兵などという芥子粒(けしつぶ)があるかどうかは大事ではない」

「では、なぜ」

「鉄砲」

「てっぽう？」

「さようじゃ、惟任。種子島時堯の不朽の業績は、この国でほかの誰よりも先に鉄砲と出会い、それを拒(こば)まず、二挺(ちょう)も買い入れたことにある。思えばその一挺こそが根来寺(ねごろじ)につたわり、根来寺が鉄砲の作事場となり、信長にあらゆることを教えたのじゃ」

「…………」

「それに何ぶん種子島でも、鉄砲生産はさかんじゃからな。九州の大名はみな多かれ少なかれこの島のものを使っているという。海辺で採れる砂鉄の質がよいのだそうじ

や。その島主の動向は知るに値する」

「この天主も」

と光秀はつぶやいた。

こんどは信長が、

「え？」

と聞き返す番である。光秀は、小雨にぬれた金箔貼り（きんぱくば）の壁をこつんと指のふしで打って、

「この天主も、鉄砲が建てた」

「どういう意味じゃ」

「建てはじめのとき、足衆（あししゅう）が騒いだでしょう」

信長は、ぽかんとした。しばらくして、

「ああ。竹足場の」

「足衆その他のやつばらが、普請（ふしん）奉行・丹羽長秀殿にさからった。やつらが主張したのです、この安土城の中心はむかしながらの櫓（やぐら）などではあるべからず、天主であるべしと……」

「それは、わしじゃ」

と、信長はおのが顔を指さして、

「正直なところ、わしが迷うた。何しろ前例なきこと故な。そうであろう。結局はわしが世のならわしを一新すべく、天主とすべしと命じたため、足衆どもも……」

「ちがいます」

と、光秀の顔が紅潮しているのは、はたして湯あがりのせいばかりだったか。

「拙者の話に聞くかぎりでは、足衆どもの乱が先。殿様はそれを追認した」

「わしが、そやつらを？」

「はい」

「……それと鉄砲と、どういう関係がある」

「わかりませぬか」

光秀は、声を大きくした。あの足衆どもは、ひろく人足どもと言ってもいいが、ひとたび戦争に動員されればつねに鉄砲隊に属するのである。

弓や刀や槍ではなく、鉄砲をあつかう。侍よりも敵をたおす。そうして彼らは、そういう何度もの経験を通じて、いまや真に世の中を動かしているのは名高い個人ではなくむしろ無名の集団であるという自信を、いや確信を得たのであり、その自信ないし確信をまるごと託す対象として天主というものに目をつけた。

天主とは無数の、ふつうの柱でささえる建物だからである。ひるがえって櫓とは、今回の場合は、熱田社(あつたしゃ)の檜(ひのき)という名物(めいぶつ)一本によって世の語りぐさになる構想だった。

「要するに惟任、おぬしはこう言いたいのじゃな。この天主はわしのものではない、無数無名の衆庶(しゅうしょ)のものじゃと」

信長のことばは、怒気をふくんでいる。光秀は、

「あ、いや」

「わしはその足衆やら、鉄砲衆やらのおかげでここに立っておると」

言うや否(いな)や、どんと床をふみならした。

廻り縁全体がぐらりとかたむいて、そのまま琵琶湖へと転がり込んでしまうような、そんな激しい一打だった。光秀は顔の前で手をふって、

「ことばが過ぎました。足衆のみでは何もできません。あくまでも殿様のご器量、ご威光、ご権勢、ご財産あってこその話。拙者が申し上げたかったのは、ただ鉄砲がこの世を変えつつあるという……」

「もうよい」

信長は体の向きを変え、屋内へ入った。ことさら音を立てて階段を下りながら、いったい何が不愉快なのか、われながらよくわからなかった。

†

以後、信長は、戦いを忘れたようになる。

かわりに思いっきり遊びはじめた。酒が飲めぬので連夜の大宴はおこなわなかったが、堺から今井宗久、津田宗及、千利休あたりを呼んで茶会をひらくことはたびたびした。このころになると堺の商人たちも信長へ多額の金をおさめることが定期的になっていたが、もはや抵抗せず、金の話が出ないので、かえって茶の湯文化はここで純粋に発展した。開花するのは信長のつぎの豊臣秀吉の政権時である。

信長がもっとも好んだのは、鷹狩りだった。よく飼いならした鷹や隼を広野へ連れ出して、大空へ放ち、野鳥をつかまえさせる。

光秀から丹波、丹後平定の報告を受けた四か月後、信長は上洛した。

二条衣棚の日蓮宗妙覚寺に宿泊したが、ここは何しろ洛中有数の規模と権威を持つだけに諸事役所くさく、人と会うにも手数がいる。そこで京都所司代・村井貞勝を呼び出して、

「わしももう隠居の身。ここも信忠にゆずることにして、べつに宿所をこしらえる。

ただちに着手せよ」

「承知しました。して場所は？」

「本能寺」

本能寺は、この当時は四条西洞院にある。天皇の住む御所へは少し遠いけれども、街中にしては境内がひろい。村井はさっそく差配をはじめた。

以後、この寺は僧が退去を命じられ、四方に濠がめぐらされ、土居（土塁の一種）が築かれ、急速に要塞化することになるのだが、それはともかく信長はこの本能寺改築の命令前に東山で二日間、命令後には山崎で四日間、それぞれ鷹狩りに興じている。

いずれも京の郊外である。ほんとはどっちが上洛の目的だったのか。信長はその後、京をはなれ、西方へ十里（約四〇キロ）の摂津国有岡城（伊丹城）へおもむいた。もともと信長の重臣だった荒木村重がこの城に拠って謀反を起こし、敗走したのが三か月前である。その接収情況の、

――検分のため。

というのが訪問の名目だったけれど、ここでもやはり信長は行き帰りにゆるゆる放鷹をたのしんでいる。安土に帰還してからも近隣の野へ出てたっぷり半月もこの遊猟

にいそしんだあたり、ちょっと依存症の感すらある。信長にしてみれば、

——隠居したんだ。仕事はほどほどでいいだろう。

と言いたいところかもしれないが、だとしたらあの極度のせっかちは一体どこへ行ってしまったのだろう。一生ぶんの貯金を使い果たしたのだろうか。それとも元来の
んびり屋だったのが、たまたま戦乱の世に逢着したため滅多急きに急かねばならな
かったのか。

鷹狩りは、冬のものである。

春が来れば、

——虫も、おさまる。

と、近習たちは期待した。

的中したことは的中したが、また当て外れでもあった。気候があたたかくなり、空
から旨肉たっぷりの渡り鳥が消えてしまうと、信長はこんどは、

「相撲じゃ」

と言い出したからである。

「相撲を興行せ」

夏になると近江の国中から力士を召し寄せ、城内でやらせた。馬廻衆や弓衆に

も見物するよう強制した。

信長のはしゃぎようは尋常ではなかった。長光、正林、あら鹿という名の力士がいい動きをしたというので、

「褒美じゃ。褒美じゃ」

三人まとめて銀五枚をあたえた。これは手始めにすぎなかった。甲賀の山より三十人の力士がはるばる到着したと聞くと、それだけで、

「苦労であったろう。黄金五枚」

わけても周囲がおどろいたのは、五介という力士への態度だった。小柄ながら土俵の上でくるくる馳駆して何人もの大兵をころがしたのへ、

「ひい、ひい」

と奇声を発してよろこんで、

「知行百石とらせよう。かたじけなく受けい」

結局、その日いちばん勝ち星をあげたのは前述の正林、あら鹿、それに吉五という者だった。信長は三人を呼んで、

「五十石ずつ」

計百五十石である。武士ならば文字どおり身命を賭して戦場を駆け、弓をあやつり

刀槍をふるい、敵の首をいくつも持ち帰らなければ得られぬものを、信長はあたかも馬に水でも飲ませるかのごとくこの腕自慢たちにあたえたのだ。

翌月、信長はまた相撲をおこなわせた。夏のさかりである。陽がながい。早朝からはじめて、暗くなっても、

「まだじゃ。まだじゃ」

と駄々をこね、土俵のまわりに提灯をつけさせた。取組は深夜におよび、信長の例の、

「ひい、ひい」

という声が周囲の山にこだました。

またしても褒美と称して銀や金や土地がふるまわれたことは言うまでもない。いさめる家臣はなかった。

こんなふうに懈怠しても、うまく行くときはうまく行く。この間、信長のいわゆる天下統一事業はむしろ大きく飛躍した。石山合戦に決着がついたのである。

石山合戦とは、石山本願寺を中心とした勢力との対決、つまり一向宗（浄土真宗）信者との対決である。ただし宗教戦争とは少しちがう。きっかけは十余年前の信長の入洛だった。

この入洛については、前に述べた。それまで京にいて畿内支配をこころみていた松永久秀を屈服させ、堺の商人へ矢銭二万貫を要求した。堺の商人がすったもんだの挙句これに応じたこともふれた。しかしそれでも屈服しなかったのが一向宗の信者だった。

その一大拠点は、大坂にあった。こんにち、

――上町台地。

と呼ばれる高台の上、石山の地にあったため、俗に石山本願寺といわれる。もちろん厳重に要塞化している。

大坂は、最高の立地だった。

信長に近侍した太田牛一という上級武士がのちに記述した第一級の伝記的史料『信長公記』も、

――大坂は、日本一の境地なり。

と明記している。

何しろ当時の三大経済都市というべき京、奈良、堺のどこからも近く、東には淀川があるため淀（地名）という京の外港への船の往来がきわめて容易で、しかも西側は瀬戸内海である。中国、四国、九州はもちろん唐（中国）、朝鮮、南蛮からも船がま

っすぐ発着できる。

いわば無限への玄関口である。そうして陸には、くりかえすが上町台地というまさしく城を築くために天が用意したかのごとき要害がある。のちに信長政権を引き継いだ豊臣秀吉がここに大坂城を建てて政権の中心としたのも当然といえるだろう。そこを拠点とした本願寺第十一代宗主・顕如は、したがって信長には大名なみに厄介な相手だったのである。

いや、むしろ大名以上だった。なぜなら一向宗の信者は全国にいる。顕如は彼らに向けて、信長を、

――法敵。

と呼んで蹶起をうながした。彼らはしばしばこれにこたえて一向一揆を起こしたばかりか、武田、朝倉、浅井、六角、毛利、上杉、荒木といったような大名までもが呼応した。

もちろんこれらの大名たちは、実際には宗教的情熱はさほどでもなかったろう。ただ信長追い落としのため宗教を口実にしたにすぎなかったが、顕如というこの軍政学の天才はそれも承知の上だったふしがある。すなわちこのとき大坂の地にあるのは一向宗の総本山であり、なおかつ反信長同盟の総本部にほかならなかった。

京の信長、大坂の顕如。

ふたりは十一年にわたって角逐した。或るときは直接干戈をまじえ、或るときは同盟者を通じて戦った。たがいに同盟者を引き抜いて勢力を殺ごうとしたことはいうまでもない。

これらの戦闘や陰謀に、信長はいくたびも勝利し、いくたびも敗れた。絶体絶命の窮地にも立たされた。けれども結局のところは果敢な判断とまれにみる強運により京をあけわたすことをせず、年を追うごとに大坂をじりじりと包囲して、とうとうこの年、

――勅命講和。

というかたちで決着がついたのである。

勅命つまり正親町天皇じきじきの仲裁というわけで、むろん信長側がそのように朝廷へ根まわしをした結果なのだが、とにかくこれにより顕如は大坂をしりぞき、紀伊国鷺森（現在の和歌山市）へ行くこととなったのである。

信長の畿内支配は、決定的になった。まだまだ周辺には反抗的な大名がいるにしても、当時の日本では、畿内とそれ以外とでは工業生産力がちがう、経済規模がちがう。今後はもはや日一日と信長が他を圧倒していくはずで、信長は、

——日本全土を、支配した。

と言ってもあまり誇張ではない、そういうところまで来たのである。

実際、約二百五十年前に出た足利尊氏は、これと似たような情況で征夷大将軍の宣下を受け、室町幕府をひらいている。信長はそれを知っていただろう。その意味では、右に述べたような常軌を逸した鷹狩りや相撲への熱中の日々は、すでにして戦時の司令官というよりもむしろ平時の為政者の日々が始まったと見ていいのかもしれない。信長にとって、いや日本にとって、乱世は終わりつつあったのである。

もっとも信長は、遊ぶことでも天才だった。相撲さわぎが一段落して、年があけると、こんどは、

「左義長じゃ」

と言い出したのである。

左義長とは、いわゆるどんど焼きである。

どんどん焼き、さいと焼きなどと呼ぶ地域もある。前年に使用したお札やしめ縄、正月の松飾りなどを家々からあつめ、社寺の境内などへ積んで火をつける。

その火で餅を焼いて食うと無病息災などともいわれるこの小正月の祭りが信長は子供のころから大好きで、或る年など、領内の農民がやるのを見にわざわざ城を抜け

出して行って、あとで父の信秀にこっぴどく叱られたくらいだった。信長の目的は餅ではなかった。したたり落ちてきそうなほどの満天の星の下、大人の背丈よりもはるかに高く噴きあがる炎の渦をまのあたりにして、この子供は一刻（約二時間）ほどもうっとりしていたという。火そのものが目的だったのである。

その左義長を、このたびは信長みずから企画する。

――どんなものか。

と、家臣たちはなかば恐れ、なかば期待した。

開催日は天正九年（一五八一）正月十五日ときまったが、十日ほど前、とつぜん、

――安土城の北方、松原町に馬場をつくれ。

という命令の出たことで、彼らはさらに不思議がった。左義長と馬場と何の関係があるのか。

当日、信長は、みずから葦毛の馬に乗ってあらわれた。衣裳は派手だった。黒い南蛮笠をかぶり、眉を描き、深紅の礼服を一着におよんで、その上に唐錦の羽織をつける。羽織には袖がなく、左右の腰のくびれが深いので、馬場のまわりの観客は、

「南蛮じゃ」

「南蛮人じゃ」

とささやいた。

馬場は、大きい。

縦(たて)にも長いし、横にも広い。良質の黒土が敷きつめられているので、なおさら大きく見えたという。刻限が来ると、その走路を一騎、また一騎と馬が駆けた。

黒土が、大きく跳(は)ねた。そのたびに観客が、

「おお」

と歓声をあげる。何しろ家臣のなかでも特に心得あるものが、全国から献上された選(え)りすぐりの駿馬(しゅんめ)をあやつるのだから飛ぶ鳥のような速さ、うつくしさ。もしもこれが懐古的というか、伝統的な武士の美徳を称揚(しょうよう)する型の催(もよお)しだったとしたら、一定の間隔を置いて的串(まとぐし)を立て、それらへ馬上からひょうと矢を放つという、いわゆる流鏑馬(やぶさめ)の形式が取られたにちがいないが、信長はそれは採らなかった。

ただ走るだけ。が、乗り手も馬もひととおり出て、二巡目に入ると、催しの様相は一変した。出走のたびに、

ぱぱ

ぱあん

と、破裂音が連続したのである。

音は、山々へ谺した。

虚空に掻き消えようとするところへ、つぎの音が来た。どこまでもつづく爆鳴の上塗り。馬場は濛々たる黒煙に覆われ、硫黄のにおいが人々の鼻を衝いた。爆竹がもちいられたのである。

爆竹とは、文字どおり小さな竹筒である。なかに火薬をつめこんで導火線をはみ出させ、出走に合わせて点火する。これで名馬たちは驚愕した。反応はさまざまだった。竿立ちになって乗り手を吹っ飛ばしたものもあれば、あきらかに自然の能力をこえた速さで駆け出すものもある。ころんで足を折り、ひざから白い骨が見えて、二度と立てなくなるものもあった。そのつど見物からは歓声があがる。嘆息がもれる。ときには三騎、四騎、ならんで走ることもあって、これがまた悲惨だった。馬にしてみれば後方からは爆音が来るし、左右からは仲間の恐怖が伝染する。馬場のまんなかで五頭が揉み合った末、全頭寝馬になったときには、信長は例の葦毛の上で、

「ひっ、ひっ」

両足で馬の首をたたいて笑った。信長も馬から落ちそうだった。

「褒美じゃ。褒美を取らせい。ひいひい」

要するに、左義長などは名目だった。ただ単にこの日にやりたいというだけ。

いや、あとは火を使いたいということか。爆竹だけれども。ぜんぶの馬が走ってしまうと、信長は、家臣とともに城下へ出た。あらかじめ爆音のみを聞かされていた街の人は熱狂し、信長の馬をとりかこんだ。信長は彼らへ餅をまき、酒をふるまった。これもまた幾分かは左義長らしいと言うべきだったか。

二日後、安土はおだやかに晴れた。

雁(かり)が、空に列をなした。信長はそれを天主の窓から見て、小姓を呼んで、

「鷹狩りじゃ」

鷹はいつでも出せるよう、一年中、鷹匠(たかじょう)がねんごろに飼育し訓練している。近侍とともに数騎で城の大手門を出たとき、むこうから荷車ががらがらと来た。

荷車を引く人夫は、こっちが信長とは気づかない。会釈(えしゃく)もしないし立ちどまりもしない。信長は、

「かまわん」

すれちがわせた。

ちらりと見おろすと、その荷には菰(こも)がかけられていて、一本の御用札が立てられている。

御用札には、墨くろぐろと、

てつはう
佐々陸奥守様御用

「てつはう」とは鉄砲である。菰の横から何挺かのそれの台尻がはみ出している。譜代の重臣のひとり佐々成政はいま越中で奮闘しているのだが、その注文品がここに来たのは何かしら事情があるのだろう。

信長は、

(ふむ)

きゅうに馬をとめ、近侍たちへ、

「鷹狩りは、やめじゃ。鉄砲の稽古をする。ただちに支度せよ」

†

いや、それにしても足軽どもは平素どこで鉄砲の稽古をしているのか。信長はそれを知らなかった。

いくら何でも各地の大名や一揆衆と無数の戦争をおこなってきた自分がと、にわかには信じられないのだが、しかし馬術なら馬場がある。弓の道には弓場があり、槍や剣の道にはそれぞれの道場がある。

鉄砲には、鉄砲場というのは聞いたことがない。

（はて）

信長は結局、例の場所でおこなうことにした。松原町の馬場。二日前、左義長という名の火あそびをやったばかりの野外空間。この日は風がおだやかで、もちろん観客もひとりもなく、絵に描いたような平和さだった。

指南に来たのは、岡田松兵衛という者だった。

鉄砲衆の衆頭だという。三十五、六くらいの年齢の顔の黒い男で、へへへと笑うと唇の片方がねじまがるのがいかにも卑しい。

「農民か職人の出か？」

と問うと、

「侍です。常雇いの」

胸を張った。信長は、

「常雇い？」

「はい」

「いくさのときだけ駆り出される、のではないのだな」

念を押した。岡田は、

「ちがいまする。いや、まっこと、六年前の長篠の合戦のころまではそのような臨時雇いも多うござったと聞きますが、ほかならぬその長篠を機に、様子が一変いたしました。あれで鉄砲なる道具の力のすさまじさがあらためて知られ、鉄砲専業の一隊を常備しよう、上手(じょうず)の者は士分に取り立てようという……いや、これは、殿様には釈迦(しゃか)に説法でございました」

うれしそうに点頭(てんとう)した。この男もやはりそうした上手の故に農村から取り立てられ、名字帯刀をゆるされた口なのだろう。

足軽は足軽でも、あたらしい型の足軽である。信長もたしかにそんな命令を出したおぼえがあった。もっともそれは織田家のみならず、全国の大名が同様の組織改編をしたはずである。長篠はなるほど日本史を一変させる一戦だった。

「稽古は、どこでする」

と信長が問うと、

「山中（やまなか）や河原で」

「ここを使え。わしがゆるす。黒土がひろびろと踏みならされて、やりやすかろう」

「だめです」

と、岡田は顔の前で手をふった。

「戦場というのは木立があったり、地面が悪かったり、思うにまかせぬのが当たり前。こんな結構な場所では何の稽古にも……あ、いや、もちろん殿様は例外ですが」

「はじめるぞ」

「御意」

ふたりは、ながい馬場の片方へ行った。信長は反対側を見た。黒土の道のはるか向こうに七、八本、白木の棒が横にならんで立っていて、それぞれの上に扇（おうぎ）が一枚さしこまれている。

扇はみな、こちらへ向けて全開されている。べったりとした金色の地のまんなかに赤い円ひとつ。この稽古のため急遽（きゅうきょ）こしらえた的串なのだろう。

「どれでも結構。あの赤を抜かれよ」

岡田がそう言いつつ、一挺手にした。信長は、

「大きいのう、的が」

「頼もしや」

笑いながら岡田は真新しい火縄を一本、台尻の通し穴へ通そうとしたのへ、

「よこせ。自分でやる」

「じゃが、殿様……」

「わしは素人ではない。かつて家中の橋本一巴という名手にまなんだ。橋本の名は存じておろう」

「知りません」

「ばかめ」

たかだか二十年前の名前ではないか。信長は銃をうばい、火縄をうばい、さっさと通し穴に通してから、

「弾をよこせ」

「はい」

と岡田は、小指の大きさの竹筒をよこした。信長はぴしっと手ではたき落として、

「竹で人が殺せるか。鉛の弾じゃ」

「だから、これ」

岡田は竹筒をひろって突き出す。信長は、

「……は？」

「これは早合と申しまして、なかに一発ぶんの弾と装薬があります。その橋本様とやらの時代には順番に銃口へ入れたんでしょうが、いまはこのように、あらかじめ一緒にして。戦場では一瞬の時間も惜しい」

「わかっておる。貸せ」

信長は竹筒を取り、ふたを取って、弾と装薬をまとめて銃口へそそぎこんだ。そこへカルカと呼ばれる長い棒をつっこんで、ぐいぐい押しこむ。火薬はもう一か所、銃身の根もとの火皿のほうへも置かなければならぬ。信長は木製の口薬入れを受け取り——これはむかしながらの形状だった——、火皿のふた（火蓋）をひらき、さらさらと盛った。火蓋はいったん横にすべらせて閉じる。

遠まきに、家臣たちが見ている。信長はちらりと目をやってから、岡田へ、

「火をよこせ」

「はっ」

どういうわけか蠟燭だった。蠟燭の火を火縄の先にうつす。チリチリと音が立ち、小さな赤い玉があらわれる。

「撃つぞ」

片ひざをつき、引き金に指をかけた。岡田がうしろへ五歩退いて、

「撃たれい」

信長は片目をつぶり、銃身の上の照星（照準）を見た。左から四番目の的にかさねようとしたけれど、銃身がぶれる。息に合わせて上下してしまう。ぶれを防ぐには手よりも二の腕に力をこめ、二の腕よりも両腿に力をこめるのが基本である。

信長は、そうした。

両腿は特にみなぎらせた。ぶれが止まった。ぐっと前のめりの姿勢になり、火蓋をひらき、息をととのえてから引き金を引いた。

「おうっ」

信長は、足がふわっと地から離れた。そのままうしろへ吹っ飛んで背中から落ちた。反射的に身を起こしたときには、右肩に激痛が走っている。肘から先の感覚がないので、

（ちぎれた）

尻が、もちあがらない。家臣たちが、

「と、殿様」

血相を変えて駆けだしたとき、ようやく、ほんとうにようやく、信長の耳は一発の

銃声を聞いたのである。周囲の山からの反響なのだろう。右手を見た。ちゃんとあった。左手もあった。どちらの手にも銃はなかった。

背後を見ると銃が寝ていて、銃口がこちらを向いていて、そこから白黒の縄を撚り合わせたような煙がひとすじ立ちのぼっていた。焦げくさい。

信長は岡田へ、

「何じゃ、いまのは。引き金を引いたら、その刹那、銃が爆ぜた。不良品か？」

岡田は、

「いいえ、正しく弾は撃ち出されました」

的のほうを手で示した。どれにも穴はあいておらず、黒土もきれいに均されたまま、えぐれのようなものはない。弾は空へ飛んで行ったのだ。

信長が呆然と立ちあがると、岡田はにやにやして、

「その刹那、は当然ですな。いまの銃には毛抜き金が仕込まれておりまするでな」

「毛抜き金？」

「はい」

得意そうに説明した。むかしの銃の最大の弱点は、じつのところ引き金を引いた瞬間には寂として何も起きぬことだった。一、二、三と数えるほどの間があってから火

薬に引火し、弾が発射される。

　構造上、やむを得なかった。引き金が引かれると、それは内部で長い箆状の押え金につながっていて、そのヘラの銃口側がぐいと上へもちあがる。

　そうして、それまで押さえていた火縄を解放する。厳密には火縄ではなく、それを副木状にささえる火挟みという「へ」の字のかたちの金属部品を解放する。するとその「へ」の一端が自然に落ち、火縄の先が自然に落ちて火皿に着地し、小爆発が起こる。

　小爆発は横穴を通じて銃身内部へ殺到し、そこであらかじめ押し固められている装薬へ火をつけて大爆発になる。その大爆発が弾を押し出すわけだ。

　あの遅延の一、二、三とは、すなわちこの火縄（火挟み）の自然落下の時間にほかならなかった。戦場ならばその間に敵は激しく動いてしまう。馬は身をひるがえしてしまう。せっかく照星をにらんで厳密にねらいをさだめたところで意味がなく、このため各地の大将は、ねらいをさだめろと命じるかわりに、なるべく、

　――いっせいに撃て。

　――ひっきりなしに撃て。

　そう命じた。

つまり弾幕(だんまく)戦法である。文字どおり「数撃ちゃ当たる」。長篠の戦いでは信長も、徳川家康もこれを採用した、というよりそれ以外の戦法はなかった。旧式以外の鉄砲がそもそも存在しなかったからである。

この遅延を、もしも無にできたら。

命中精度が飛躍的に上がり、戦闘がいちじるしく有利になることは明らかだった。勝てぬ相手にも勝てるようになる。そこで各大名はこぞって、根来寺、堺、国友(くにとも)といったような鉄砲の生産者へ、

――なくせ。

生産者から見れば、開発競争のはじまりである。先んじれば顧客の需(もと)めが激増する。売り値を上げることができ、それでも売れる。彼らはめいめい大量の資材と人員をこれに投じて、試作と試射をくりかえした。

敵地へ――というのはこの場合には他の生産者の本拠地へという意味だが――細作(さいさく)（スパイ）を派遣すらした。競争相手がどれほど開発を進めているか、どんな方式を採用しようとしているか把握するためだった。

結局。

最初に成功したのは、どこの誰だったか。

その姓名はこんにち知るすべがない。おそらく永遠にないだろう。そもそも鉄砲というものを発明した南蛮人（西洋人）でさえ不可能だったことを可能にした、その意味では世界史に名をきざむべき人物であるにもかかわらず。

技術の進歩とは畢竟そうしたものなのだろう。完成してみれば、その新式の銃は、たったひとつ毛抜き金という部品があらたに加わっただけ。それが時代を一新したのだった。

毛抜き金とは、ピンセットのような形状の金属部品である。なるほど眉毛などを取り去るための毛抜きに似ている。火縄（火挟み）の下で、先端を撃ち手のほうへ向けるかたちで収められている。

引き金を引くと押え金の銃口側がぐいと上へもちあがり、火縄（火挟み）を解放するまでは旧式とおなじだが、この押え金はまた、毛抜き金のふたつの先端のうちのひとつをも押さえていた。それが解放されるということは、毛抜き金は、片方がビーンと上へ跳ねることになる。

それが火挟みを直接たたくことになる。火挟みは「へ」の字のかたちである。その一端がいわば蹴り上げられた恰好になり、他端は急降下する。そう、これはもはや自然落下などというものではない、人為的な降下なのだ。

火縄の火は、火皿へほとんど衝突する。これで火薬が小爆発を起こし、弾が出る。あの遅延がとうとう征伐(せいばつ)されたわけである。ここでは毛抜き金は、いわばバネの役割を果たしたのだ。

この方式には、ほかにも利点がいろいろあった。まず動作が確実であること。ときどき撃てないこともある、では話にならないからである。それに特別な保守管理の必要がないこと。

生産者にとっては、製造費のあまり嵩(かさ)まないことが大きかった。この新式は、あっというまに旧式を駆逐(くちく)した。まことに当然というしかないが、おもしろいのは、結局のところ、生産者たる根来寺、堺、国友等がこれで盛衰(せいすい)を見せたわけではないことだった。

どこが栄えたわけではなく、どこが落ち目になったわけでもない。たぶん彼らも学び合ったというか、要するに真似(まね)し合って時流に乗ったのだろう。技術の普及にほかならなかった。

以上の説明をしたあとで、岡田松兵衛は、

「殿様」

と、まるで自分がその発明者であるかのごとくにんまりとして、

「毛抜き金のない銃は、いまや家中にはござりませぬ」

「そうか」

「ひろく天下を見わたしても、よほどの田舎大名でないかぎり用いてはおらぬでしょう」

「そうか」

と自動的に反応しつつ、信長は内心、

（わしだけが、知らなんだ）

そんなはずはない。もちろん知っていた、というより、ほかならぬその「遅延をなくせ」の要求を全国で最初におこなったのは信長なのである。堺の街における信長派筆頭というべき豪商・今井宗久に命じて、当時住んでいた岐阜城まで鉄砲鍛冶をよこさせた。

長篠の大勝以前のことである。結局、その開発は長篠の戦いには間に合わなかった。そうして新式の銃が各地にあらわれるころには信長のほうが合戦の第一線から後退していたのである。

おそらく信長最後の奮戦は、長篠の戦いの翌年、重臣・原田直政が例の石山本願寺を攻めたものの逆に敗れて死んだときのことだろう。信長は逆上し、わずか百騎とともに参戦して先手の足軽とともに戦場を馳駆した。

足に軽い鉄砲傷まで負ったほどである。が、これ以降はもはや同種の蛮勇をふるうことはなく、甲斐、越前、加賀、中国地方などへの遠征にはもっぱら息子や部将などを遣った。

そのかわり、上洛の機会が激増した。朝廷がもはや信長の天下取りは動かぬものと見て、いろいろなことを言って来たからである。

任官の沙汰もあれば金品の要求もあった。信長もこれは無視できなかった。もちろん彼らの恋愛と祈禱と詩歌年中行事を中心とする古代的権威それ自体に対しては一顧だにする必要をみとめなかったが、しかし彼らが信長を、往年の源頼朝や足利尊氏と同様の、

――武門の棟梁。

と見ていることは明らかなので、それに乗ることで、信長もまた全国に対して棟梁面ができる。権威はやはり大事なのである。そのための些細な――ほんとうに些細な――交渉に忙殺されているあいだは、新式の銃の話などどうしても二の次、三の次になるのである。

戦場の風景は、その間に一変していた。信長はいまや、こと鉄砲に関するかぎり、

自分が創った新時代にみずから、

(遅れた)

行ったこともない種子島が、きゅうになつかしくなった。根来寺も。老いたのかもしれない。岡田は、

「さあ殿様」

にこにこして、二挺目の銃を両手でさしだして、

「どうぞ、いま一度。もう按配はおわかりでしょう」

「ああ」

銃を受け取り、火縄と竹筒を受け取った。さっきと同様に火縄を台尻の通し穴へ通してから、ふたたび馬場のむこうの扇の的へと目をやった。

とたんに、

(惟任)

明智光秀の顔が脳裡に浮かんだ。

考えてみれば、光秀もまた新式の銃の使い手だった。あの丹波、丹後の平定もその威力を以ておこなったはずだし、光秀自身、鉄砲撃ちが得意だと聞いたことがある。何でも若いころは二十五間をへだてた場所から一尺四方の的をつぎつぎと撃ち抜い

たものだとか。

距離は約四五メートル、的の大きさは三〇センチ四方ということになる。いまの信長をこえる難易度。

信長は、がらんと銃を投げ出して、

「もう、やめる」

「え？」

「飽きた」

馬を引かせ、城へもどって、それから鷹狩りに精を出しはじめた。岡田は打ち首にした。

†

安土城下での派手な左義長のうわさは京へもとどき、朝廷から信長へ、

――天覧に、供せよ。

という内示があった。

正親町天皇にもあれを見せろというのである。信長は、

「おもしろい。さんざんご覧に入れましょう」

と返事して勅使を帰らせた。この天皇には、例の石山本願寺との戦争を仲裁してもらった恩もある。光秀を呼んで話をすると、蒼白になって、

「なりませぬ」

「何と申す」

「火薬など、もってのほか」

信長は、かちんと来た。鉄扇を閉じて、

「鉄砲のための貴重なものを、たかが遊びに使うなと申すか？」

「いえ、火薬はふんだんにございます。そのことではありませぬ。内裏の人気は、ちがう」

光秀は、理路整然と説明した。京の貴族はふだんから人口稠密な街および狭っ苦しい屋敷のなかに住んでいるため耳が敏感で、騒音、爆音のたぐいを心底きらう。彼らの好むのはせいぜい鈴虫の音くらいだろう。それに彼らの生活は、春には春の、秋には秋の行事をとどこおりなくすませることが目的のすべてであるために、季節はずれということを極端に忌む。左義長も例外ではない。

「要するに、何が言いたい」

と信長が歯ぎしりすると、

「馬です」

「馬？」

「これは『馬揃をやれ』という謎にござりまするよ」

「何と」

信長は、呆然とした。それこそこっちの年中行事のようなものである。兵や馬をあつめて整列させ、大将に見せる。一種の閲兵式である。それにしても「左義長をやれ」という注文のどこをどう読み取れば馬揃が出て来るのか、狐につままれたような気分だった。長年つきあったつもりでも、畢竟、禁裏というのは信長には理解できない世界である。

光秀は、

「殿様が拙者に命じて平定なされた丹波、丹後両国には、御料地（皇室の荘園）の、これまで土豪に押領されていたのも多うございます。それへの褒賞の意もあるのでしょう」

「褒賞？」

「みかどを内裏から連れ出すだけでも、彼らにはたいへんな貸しなのです」

「……おぬしにまかせる。万事よきように」

「承知しました」

馬揃は天正九年（一五八一）二月二十八日、御所の東側門外に急遽きずいた馬場において挙行された。

安土の左義長から約一か月半後のことである。信長は畿内五か国とその周辺から可能なかぎり一族や大名、小名、御家人などをかきあつめ、駿馬をそろえさせて臨んだ。南北に八町（約八七〇メートル）ほどもある馬場のすべてが目に入るよう、あらかじめその中央付近に臨時の行宮を建てたのは光秀の差配である。行宮といっても内裏からは半里（約二キロ）も離れていないのだけれど、とにかく白木の柱を立て、それらを毛氈でくるみこんで、屋根は瓦葺きとし、軒瓦はきらきらしく金箔銀箔を貼った。

そこへ正親町天皇以下、五摂家、七清華家の歴々が来て、ならんで座した。まるで雛人形のようだった。その左右のいわば一般客席には西洋の宣教師や有力市民らを呼んで座らせた。

信長は、華麗な衣裳に身をつつんで馬に乗った。静かに馬場のまんなかへ来て、臨時の玉座をたかだかと見あげて時候の挨拶をした。これが開式宣言だった。

十五騎が一組になって練り歩き、天子の前でぴたりと止まる。整列して礼をする。退出したら人も馬も着がえてまた出る。天子の前で弓を引くのは、

――恐れ多し。

という理由で流鏑馬などの実演はやらなかったから（ただし途中から早駆けは見せた）、全体に、軍事というよりもむしろ衣裳の展覧会のような感じになった。もっとも、弓そのもの、あるいは刀や槍といったような剣呑な武器はそれぞれ弓袋や矢筒や鞘や槍袋などの安全な容器におさめて披露したけれども。鉄砲は披露しなかった。

正親町天皇は、六十五歳。

よほど満足したのだろう、まだ式が終わらぬうちにもう信長へ十二人も使いをやり、

――ご歓喜、ななめならず。

と伝えさせた。終わると信長は賞讃と感謝のうちに会場をあとにして、宿所である本能寺へと騎馬で向かった。

みちみち、

「完璧じゃった」

と、つぶやいた。

光秀の仕事がである。正確な見通し、迅速な準備。もしも最初の話を馬鹿正直に受け取って爆竹祭りなどやっていたら、天下の物笑いになるところだった。

それにしてもこの光秀の敏感さはどこから来たのだろう。光秀も、もともと京生まれではない。出身地はさだかではないが、はじめのうちは越前国一乗谷で朝倉義景につかえていた。

越前時代の光秀の仕事は、足利義昭の世話だった。義昭は第十二代義晴の子、第十三代義輝の弟であり、室町幕府将軍職を継ぐにもっともふさわしい人物だったが、このときは洛中戦乱のあおりを受けて流寓していた。

いってみれば、流され王である。だが何しろ義昭という人は京で生まれ、六歳まで京の軟水を飲んで暮らした上に、母親が関白・近衛尚通の娘である。

血すじの上でも生活の上でも、義昭自身ほとんど先天的なまでに上流貴族だった。その義昭と四六時中つきあううち、光秀もすっかり京のものの感じかた、考えかたを吸収したのだろう。

上流、中流あたりまでの貴族それぞれの家格や故事、荘園の所在などといったような基本的情報もまた獲得したことはいうまでもない。義昭はこののち朝倉義景と手を切り、信長に近づき、信長に奉じられて上洛を果たしたとともに念願の将軍職に就いたことは前述したが、光秀はこのとき義昭と行動をともにして、信長に拝謁(はいえつ)し、いっときは足利家と織田家をかけもちするような状態だったものの、義昭と信長の断交にともなって、完全に信長のほうへ移籍した。光秀自身が信長をえらんだのである。

まことに、貴重な人材である。信長は馬上で、

「おい」

と小姓を呼び、

「惟任に、本日の馬揃まことに大儀であったと伝えよ。わしもまた『ご歓喜ななめならず』じゃ」

本能寺に着くころには、日はすっかり暮れていた。信長は風呂に入って寝た。

†

数日後、正親町天皇は本能寺に勅使をよこして、

——左大臣にならぬか。

という内意を伝えた。左大臣とは右大臣よりも上席であり、廷臣最高の官職である。

たまたま光秀がいた。

「お受けなされませ、殿様。よき話にござりまする。何しろ武家の生まれにしてこの位に就いたのは、過去には第三代・義満公はじめ数名の足利家将軍しかありませぬ。義昭様にすら推任はなかった。面倒な儀式は万事それがしが引き受けまする故」

信長は、聞いたのかどうか。勅使のほうへ、

「ありがたく拝命つかまつりまする」

と返事して、それからこう付け加えた。

「もしも、みかどが、誠仁様へのご譲位をおこなわれるなら」

誠仁様とは、誠仁親王である。正親町天皇の第一皇子であり、いまは信長の猶子になっている。

猶子というのは養子の一種ではあるけれども、養子とちがって相続権はなく、ここではまあ経済的支援の口実にすぎない。とにかくそういう自分の息がかかった皇子のために玉座をみずから下りろと信長はこのとき言い放ったわけであり、事実上の任官拒否である。

いや、むしろただ拒否するよりもたちが悪いといえるだろう。無礼であり越権。もちろん論理的な思考の末の結論ではなく、単に、

（虫のいどころ。それだけじゃ）

光秀は、心が重くなった。勅使があわてて帰ってしまうと、信長はぷいと本能寺を出て、山崎および大和郡山（やまとこおりやま）の野でぞんぶんに鷹狩りをして、それから安土へ帰った。

†

それから信長の、光秀に対する態度が変わった。

光秀は、わかる。

（疎（うと）まれている）

遠ざけられたわけではない。あいかわらず安土にいれば毎日のように呼び出されるし、いったん坂本城にしりぞいてもなお信長は追いかけるようにして使者をたびたびよこしてくる。信長臣下の大名のなかで信長との接触のいちばん多いのは、この時期、まちがいなく光秀だった。

信長の用事は、やはりと言うか、みな朝廷がらみだった。信長という人はふしぎな人で、つい先日あれほど左大臣の件に関して不敬（ふけい）なまねをしたくせに、安土への帰還早々、

「そうじゃ。みかどを、この安土へお招きしよう」

と思いつき、思いついたら夢中になった。まるで父親に贈りものをしようと決めた男児のような無邪気さで光秀を呼び出して、あるいは京に下相談の使者を出させ、あるいは安土の天主内部にあらたに行幸のための部屋をしつらえるよう命じた。

後者は、厄介である。

ひとくちに御幸の間といっても、内装はいろいろ考える余地があるのだ。襖絵はどうするか。畳の縁はどうするか。御簾の長さは。玉座の高さは。信長の勤勉なことときたら、柱一本の装飾にいたるまでいちいち自分で発案し、光秀に告げて、意見をもとめたのである。

もとめられれば、むろん光秀にも考えがある。しばしば反論した。信長の案はあまりにも奇抜でありすぎたり、工芸技術的に不可能だったり、朝廷の慣習に対する無知に由来していたりしたので、それを指摘したのである。すると、

「へっ」

と、はじめのうちは嫌な顔をするだけだったのが、ほどなく、

「やかましい！」

頭を叩くようになり、立ちあがって足蹴にするようになった。

臣下とはいえ、かりにも城持ちの大名に対してである。ほかの者にはしない。

（自分だけに）

とつぜんの激情なのだろうか。いや、ちがう。光秀の目にはむしろそれまで長いこと我慢していたものが噴出したように見えた。何の我慢かは知らないが、とにかく、だとしたら短期間ではおさまらぬ。ひょっとすると、

（永遠に）

こっちが湯あがりの帷子一枚でもよろこんで天主の廻り縁へと誘ってくれた、あのころが痛切になつかしかった。あのころといっても、まだ二年ちょっと前にしかすぎないのだが。

結局。

御幸の間は、信長の趣味に沿ったものになった。

その趣味とは、総金だった。部屋の四方に金箔を貼って、そこへ浮き彫りふうに唐草模様を突き出させた。ところどころには色絵のようなものも貼ったけれども、やはりそのかがやきは目を刺すようである。奥のほうには玉座が一段高く設けられたが、この玉座もまた金箔貼りだった。

この当時、きらきらしいものは俗悪ではない。

信長の趣味はそれ自体はけっして悪くはない。だが光秀は、これは最後まで反対した。

「仏像を飾るのではないのですから」

と、或る日、その理由を言った。天皇がふだん住まう京の御所の紫宸殿は、檜皮葺きの屋根、木の柱、板絵の衝立……簡素な上にも簡素である。

地味というより枯れている。しかしその枯れ殿が何度焼けても元のとおり建て直されるのは、そこにはやはり天皇を天皇たらしめている伝統があると見るべきで、みだりに改変するのは天皇の権威そのものに対する挑戦になる。

信長は、反論した。

「惟任、貴様は、みかどの気持ちがわからんのじゃ。ふだん地味なしつらえに泥んでおればこそ、むしろ稀な旅先でこそ気分を変えたいと思うほうが当然なのじゃ。この新奇なる安土の城でわざわざ錆び刀を見せてどうする」

「そんなに伝統がお嫌なら、そもそもなんで天皇を呼ぶのです」

と光秀は言い返そうとして、できなかった。それよりも先に足が飛んで来たからである。光秀はのけぞって避けたが避けきれず、のどを蹴られてあおむけになった。まわりには信長の小姓や、たまたまほかの用件で来ていた地方の大名がいて、この虐待の一部始終を目撃した。光秀は二重に痛みを感じた。

翌年は天正十年（一五八二）、信長最後の年である。正月一日、信長は、大規模な参賀行事をおこなった。一族はもちろん諸国の大名、小名、諸将その他を安土城に来させ、新年の挨拶をさせたのである。

ここ数年は何やかやと理由をつけて中止していた催しであるだけに集まる人々はことに多く、城への入口のひとつである百々橋口から本丸へいたる急な階段など、石塀がくずれて人がどっと落ち、死者も出たほどだった。

信長は、挨拶などどうでもいい。

挨拶の前に大名衆へ、

「御幸の間を、お目にかけよう」

と告げ、みずから案内した。

おもな者には立ち入りもゆるして、信長自身がそのしつらえや装飾についてひとつひとつ説明した上、玉座にすわらせるまでした。天皇体験の提供である。

大名衆は、その部屋のみごとさを絶讃した。

（それは、褒めるだろう）

と、光秀は廊下のすみに控えつつ憂鬱にならざるを得ない。彼らには責任がないのである。ゆくゆくほんとうに正親町天皇がここに来たら供奉の貴族たちは京へ帰ってどう言うか。やっぱり織田信長など伝統を知らぬ無教養者だった。天下人の器量はないわ、うんぬん。

（こわい）

公家の評判がこわいのではない。そのように信長に恥をかかせた光秀の、家臣のあいだでの評判が、

（こわい）

十五日には、信長は、松原町の馬場で左義長をやった。例の爆竹祭りである。

——火薬は、去年の倍も使うように。

と信長は光秀に命じたし、光秀はそれを実行した。観衆は、去年ほどには熱狂しなかった。二度目とあっては致し方なかったろう。

†

しばらくして、朝廷より勅使が来た。信長へ、

——上洛するように。

との思し召しという。

上洛して何をするか。ことばの装飾をはぶいて言えば、要するに、

――関白、太政大臣、征夷大将軍、どれかひとつの官職をやる。もらいに来い。

ということらしく、これには信長もびっくりした。

なるほど現在、信長は官職を持っていない。過去にはいろいろ受けもしたし、また自称したこともあったけれど、或る時期に右大臣、および右近衛大将の両官をとつぜん朝廷に返上してからは散位（無官職）の状態がつづいていた。儀礼が面倒になったのである。

が、今回はちがう。

儀礼に見合う実益があることは、子供の目にもあきらかなのである。何しろ太政大臣ないし関白ならば、信長は公家の頂点に立つことになる。そちらの権威でもって天下を支配することができる。征夷大将軍ならば武家の頂点になるわけで、こちらは幕府の開創という一手間をはさむぶん、よりいっそう独立性が高い政権を築くことができる。

人はそれを織田幕府と呼ぶだろうか、安土幕府と呼ぶだろうか。いや、安土にこだわることはない。かつて信長自身が「日本一の境地なり」と絶讃した大坂の地にひら

いてもいいかもしれぬ。大坂幕府だ。もっとも、そんな想像をしだしたらそもそも三つの饅頭のうち一つしか食えぬと決めつける手もないわけで、信長は約二百年前の足利義満の例をもちだして、

——太政大臣もよこせ。将軍もよこせ。

と要求することもできるわけだし（ただし義満が太政大臣になったのは将軍職を辞したあと）、それに何より旨みがあるのは、織田家の当主が、すでにして信長ではないということである。

当主は、息子の信忠なのである。何の官職にしろまずは信長が受けておいて二、三年後にゆずってしまう。満天下に、

——未来永劫、織田家のものである。

と宣言するにひとしいだろう。たとえば織田幕府の初代将軍が信長であり、第二代が信忠、第三代は……どうころんでも悪い話にはなりようがないのだ。

信長は、光秀を呼んだ。

「ようやった、惟任」

光秀は平伏して、

「おめでとうございまする、上様」

と挨拶しつつ、

(ほめられた)

そのことが、子供のようにうれしかった。いつ以来だろう。むろん今回の件の背景には光秀の地味な交渉がある。手紙や使者を通じてひんぱんにやった。結局このように任官の沙汰を朝廷のほうから申し出させることに成功したのは外交的には完璧な勝利にほかならず、これひとつ取っても、光秀は、他の家臣を圧倒する貢献をした。

それもこれも、もともと足利義昭に仕えていたという経歴の故である。顔をあげて、

「どの職を、お受けになりますか」

と聞いた。

信長は、きゅうに目を細くして、

「愚問じゃ」

「は、はい」

「決まっておろう。みかどに直接申し上げる」

「お泊まりは?」

「愚問」

光秀はまた、

（蹴られる）

肩をこわばらせつつ、

「本能寺ですな」

「決まっておろう」

「では支度を」

立ちあがり、逃げるようにして去った。

二十日ほど経って、信長は安土城を出た。

雨のなか、わずかな小姓衆をつれて。上洛はあの馬揃のとき以来だから、じつに一年二か月ぶりということになる。

†

しかし光秀は、この上洛には供奉しなかった。

てっきり、

（しろと）

ついて来いと言われるとばかり思っていた。何しろあの馬揃の催事を大成功にみちびいている。朝廷へ顔がきく。何より信長は、

「本能寺に着いたら、茶会をやる。その支度もしろ」

とも光秀へ命じているのだ。茶会はもちろんこのたびの三職推任の件で世話になった公家たちへの謝礼の意味を込めたもので、どうあっても光秀が必要なのである。

もっとも、信長は、来るなとも言わなかった。まずは安土で、

「家康の、接待をしろ」

と言った。

徳川家康は最近、めざましい功績をあげている。あの長篠の戦いでの大敗以降もなお自領の甲斐で頑強に抵抗をかさねていた武田勝頼を、遠征の上、とうとう討ち果たしたのだ。

遠征には信長も参加したが、信長はまあ戦況を検分しただけだった。とにかくよろこばしいことである。信長は旧武田領のうち駿河国(するがのくに)を家康にあたえた。家康がそのお礼を述べるため安土に来るということは、これは前からの決定事だったのである。

光秀は平伏して、

「承知しました」

不満などあるはずもない。接待もまた名誉なのだ。それに家康の安土滞在は五日間だけだし、信長はその後に上洛する。日程的にも重なりはなく、何ら問題はなかったのである。

が、その五日間のうちの三日目が終わったとき、信長はとつぜん光秀を呼んで、

「接待はもうよい」

「は？」

「備中へ行け」

「び、びっちゅう？」

「秀吉のあほう猿め、備中高松の毛利攻めに手こずっておる。援軍をよこせと言うて来おった。仕方ないのう。おぬしはいったん坂本へ帰り、軍備をととのえ、そのまま備中へ向かうように」

「あ、後任は」

「後任？」

「接待の」

信長はにわかに顔色を変えて、

「わしが決める」

蹴り飛ばした。光秀はすばやく起きなおり、左の首すじを手で押さえながら、

(そんなに、急か)

涙が出た。

羽柴秀吉は、媚(こ)びへつらいの天才である。ほんとうはその毛利攻めも大したことがないのに、あえて援軍を乞(こ)うことで苦労を誇示し、歓心を買おうとしているのではないか。

いや、このさい秀吉などどうでもいい。問題は自分だ。この光秀をわざわざえらんで援軍へ行かせようというのは、信長はつまり、

(わしを、京に在(お)らせぬため)

はっきり言えば、仲間はずれにするため。だからこそいったん坂本へ帰れだの、そのまま備中に向かえだのと指示がみょうに細かいのだ。そうだろう。そうに決まっている。まちがいない。

(ぜったい、ぜったい、まちがいない)

光秀は、言われたとおりにした。

ほかに仕様がないではないか。坂本城を出た時点では、したがえた兵は一万以上。そのうち三分の一ほどは鉄砲隊とし、すべて新式の銃を持たせた。弾薬もたっぷり。

余れば余ったで秀吉の兵にくれてやればいい。

京に入り、西へ進んだ。

市街を抜け、嵐山を抜けて山道に入った。しばらく行けば盆地に出る。そこには亀山の街がある。

亀山は古来、丹波国の中心地である。それを統べる亀山城は、じつは最近、光秀が建てた。小豪族のむらがり競う丹波、丹後の地を平定するさい、ここを砦としたものを、あらためて城としたのである。

この城下の街の名は、のちのち明治二年（一八六九）の版籍奉還のさい、伊勢国の同名の地と混同されるという理由で「亀岡」と変えられて現在にいたるが、とにかく光秀にとってこの亀山城は居城とまでは言えないにしろ、まあ別荘のようなものだった。

城に入って兵たちへ、

「暫時、休め」

と命令したのも、だから自然なことだった。兵たちはこの「暫時」を、さほど長い時間とはとらえなかった。どのみちすぐに行軍再開となり、山陽道に出て、急いで備中をめざすのだろう。

が、光秀は、

「わしは戦勝祈願をする。城にて待つように」

近くの愛宕山にのぼり、愛宕神社に参詣した。

愛宕神社は、いわゆる神仏習合により地蔵菩薩も祀っている。そのまま僧房に宿泊した。翌日も山を下りるどころか、

「連歌をやろう」

と言い出して、人をあつめた。百韻だから一日がかりである。途中、食事や酒が出たことはいうまでもない。

連歌が終わり、外へ出ると夜である。ただし夏のことだから空はまだ少し明るく、崖道に出れば、眼下には京の街が一望できる。

まことに大都会である。大小の屋根がひしめいている。それらはおのおの右半分が菫色をあらわし、左半分が黒く沈んで切り絵のようである。

本能寺はどこか。すぐわかった。全体のほぼまんなか。街路に合わせて縦横まっすぐに濠が設けられ、お土居が築かれ、そのなかにことさら高い建物がある。

その屋根はあたかも大烏が濡れ羽を休めているかのようである。寺というより要塞だった。その下にはもう、

（殿様は、来たか）

そう思うだけで建物がきゅうに目の前に来た気がして、光秀は、とつぜん息がせわしくなった。

のどが、からからになった。が、

（いや）

思い返した。茶会は、三日後の予定である。安土を出るのは前日でも間に合う。まずまちがいなく信長はまだ安土にいる。

光秀はながながと息をついた。本能寺がまた遠ざかった。

（万が一）

そう。万が一こんなところで油を売っていると知られたら、信長にはどう思われるか。

自分は何も、備中へ行きたくないのではない。

京を去りたくないのだ。光秀はそう言いたかった。もしもここで京に背を向けてしまったら、自分なしで本能寺の茶会が成立してしまったら、それが大きな前例になる。光秀はもう二度と、永遠に、京担当に返り咲くことはない。

京担当を外（はず）されれば、織田政権では、光秀など無数にいる家臣のひとりにすぎぬ。

ただの坂本城主である。信長はいずれ何だかんだと難癖つけて他の家臣に攻めこませ、城をかこませ、街に放火させ、こっちを滅亡に追いこむだろう。坂本城は空き城となり、そいつへの褒美になるだろう。

そのようにして滅亡させられたのが最近では大和国信貴山城の松永久秀であり、摂津国有岡城の荒木村重であることは、それこそ何しろ光秀自身もやはり信長に命じられて攻撃に参加したのだから忘れられるはずもない。

（つぎは、わが身）

ならばそもそも信長はなぜ光秀を遠ざけるのか。光秀は、それがまったくわからなかった。損か得かで考えるなら、どうあっても今後はますます朝廷との交渉がふえる。知識も経験も豊富な光秀をこのまま京担当に置くほうが得策にきまっているのである。

ひっきょう信長は、自分が、

（きらいに）

その結論のほか、光秀はどんなものも頭に浮かぶことがなかった。何がそんなに嫌なのだろう。自分が何をしたのか。何がそんなに、

（癇に、さわるか）

そう叫ぶように思ったとき、背後から、

「父上」

ふりかえると、若者がひとり立っている。光秀は、

「おお、十兵衛。どうした」

と応じた。十兵衛は嫡男である。備中遠征に同行する一武将であり、かつ、さっきまで連歌の席をともにしていた連衆でもある。戸惑い顔で、

「父上。これを」

胸の前のものを、両手でこちらへ差し出した。金属製の、棒状のものが目に入る。

「……てっぽう？」

「はい」

と十兵衛はうなずくと、高い声で、

「たったいま、堺より届いた由にござりまする。こたびの備中攻めに間に合うよう」

「堺より？　ここへ？」

「いえいえ、亀山城へ。城中の者が、一刻もはやくお見せすべしと馬で山を駆けのぼって来て」

「ふむ」

光秀は、銃を取った。くるくると両手で何度もひっくり返しつつ、

「最新式じゃな。これまでと機構は変わらぬが、銃身がやや短い」

「おっしゃるとおりです。あつかいが楽になりました。それでいて銃身の肉を厚くしたため命中精度は変わりません」

「おお、そうか」

「先込めの火薬も、これまでより少し減らしても弾の飛びはおなじとか」

「そうか、そうか」

光秀は、憂鬱をわすれた。若いころは光秀自身さかんに撃ったものだけに、武器というより、何かしら雛人形でもいじるような楽しさがある。ちらっと十兵衛を見た。十兵衛もまた無邪気そのものの顔をしていた。

若いだけに研究心が大きいのだろう。いい顔だと光秀は思った。橙(だいだい)の実が果汁を噴出させているような、そんな未来そのものの顔。実際、この息子は、銃の腕前なら光秀をもしのぐのではないか。

光秀は銃を返して、

「よいものじゃ。堺の商人へは鉄砲鍛冶にたんと褒美をやるよう伝えよ」

「はい」

「…………」

「父上」

「何じゃ」

「明日ですな」

「え？」

「明日には、亀山を発ちましょうな。父上」

光秀は、何を言われたかわからなかった。しばし考えて、

「え？」

十兵衛も、

「え？」

と目をしばたたく。光秀は、

「発つ？」

「備中へ」

「あ、ああ」

「明日には発ちませぬと、いくら何でも。こんなところで二日つぶしてしまったことも、ほどなく殿様のお耳に入りましょうし」

と息子が言うので、光秀はおどろいて、

「入るか」

「え？」

「信長の、お耳に」

「それは、まあ」

決まっているだろう、という顔を息子はした。それはそうだった。先ほどの連衆のなかには紹巴（里村紹巴）という連歌師がいる。光秀が急遽、京から呼び寄せたのだが、紹巴はときに信長にも連歌の手ほどきをすることがあり、安土城に出入りしている。

万が一どころではない。光秀のこの怠慢は、確実に、すみやかに、信長の知るところとなるのだ。

（怒られる）

光秀はとつぜん体を折り、両ひざをついた。

吐きそうになった。こわい。こわい。ほかに何も考えられなくなった。

息が極度に浅くなり、せわしくなる。唇のはしから細い涎がひとすじ落ちて、地面に銀色の水たまりをつくった。

息子がその場にしゃがみこんで、銃を地に置いて、

「どうされました。父上」

肩に手をそえた。光秀は地面をにらんだまま片手をかざし、背後の京の街を指さした。

この大脳が裂かれるような恐怖の元凶を、それで示したつもりだった。息子は何か勘ちがいしたらしい。この瞬間、たしなめるような口ぶりで、父のためには最悪とか言いようのない事実の指摘をした。

「京へ行っても、誰もおりませぬぞ」

「誰も？」

光秀は、顔を上げた。かすれ声で、

「京には、誰もおらぬか」

「はい」

息子は、事務的に説明した。何しろ誰が見ても織田家最有力の部将である柴田勝家はいまごろ越後で上杉景勝を攻めているし、それに次ぐと見られる滝川一益は、関東方面へ遠征している。

勇猛で名高い信長の三男・織田信孝は四国征伐へ向かっているし、その軍には丹羽

長秀もいるはずである。長男・信忠はもちろん安土で信長とともにいて、上洛の支度をしているだろう。

しいて言えば徳川家康だろうか。なるほど家康は五日間の安土滞在を終えたあと京へ来たはずだけれども、これは単なる物見遊山である。

予定どおりならもう大坂か堺あたりへ出発している。京はほんとうに、穴があいたように、軍事的には真空なのだ。

光秀は、

「そうか」

立ちあがった。

「そうか。そうか」

と、首を垂れ、自分の胸へつぶやきつづけた。

息子は、ふしぎそうに光秀を見あげている。光秀の思考は飛躍した。

（やるしかない。やるしか）

常識的に考えればたかだか一、二日の懈怠の叱責をまぬかれるために残りの生涯を賭けるのは本末転倒のきわみだが、この時点ではもう、光秀の精神はなかば自殺者のそれである。目の前のものが重すぎる。

光秀は静かに、

「十兵衛」

「はい」

「いくさの、したくじゃ」

「はっ！」

息子は銃を取り、立ちあがって、

「備中へですな」

「ちがう」

「へ？」

「あそこへ」

光秀は体の向きを変え、京の街を見おろした。そうして、

「あそこへ。あそこへ」

大鳥の濡れ羽を指さした。

†

本能寺には、本尊をまつる本堂とは別に、

——御殿。

と、城郭ふうに呼ばれる建物がある。

信長が自分専用に建てさせたもので、実際そこだけは城だった。

または櫓だった。低いながらも石垣の上に立っているし、壁は分厚い土壁で、そこから銃身を出して撃つための狭間（小窓）もずらりと穿たれている。

少なくとも、寺らしくはないだろう。茶会はその御殿でおこなわれた。愛宕山で光秀が連歌の会を催した三日後のことである。

茶会が終わり、客たちを見おくると、信長は、

「疲れた」

近侍へそう言いのこして、早々に奥へひっこんでしまった。

夜具に入り、目を閉じる。ここ数日はどういうわけか寝つきの悪い日がつづいたものだが、この日はすぐに眠りに落ちた。

夢も見なかった。未明に目がさめたのは、

ぱん

と、戸外で音がしたものらしい。

(何事か)

とは、信長は、この時点では思わなかった。ただ小便がしたいと思った。

小便には思い出がある。子供のころ那古野(なごや)の城外で野小便の穴へ笹(ささ)を投げ入れようとして、農婦にも、重臣の平手政秀(ひらてまさひで)にも制止された。

ふたりとも、それはそれは恐ろしい面をしていた。あれはただの便所ではなく、火薬に必須の材料である硝石(しようせき)をつくるための穴だったのである。

二十一世紀のこんにちでは、排泄(はいせつ)物にふくまれる尿素やアンモニアが土壌中の有機物と反応して結晶化する、という説明が可能だけれども、そのことは当時の農民も経験的に知っていて、その硝石の結晶を、どこかの武士か商人へ売っていたのだろう。貧しい村人たちの、ささやかだが貴重な収入源。

もっとも、信長は大人になって、この方法ではごく少量しか採れないと知った。日本には硝石はないにひとしい。ところが中国大陸にはさながら金を産する金山のごとく、鉄を産する鉄鉱山のごとく、硝石が大量に掘り出せる硝石鉱山というものがあるそうで、要するに硝石などは余りに余っている。

それをもっぱら輸入することで、日本の大名は、ひいては日本の戦国時代そのものが、かろうじて成立している。信長もその大名のひとりだった。

結局、あのとき農婦や平手政秀に怒られた意味はなかった。

(なつかしや)

ともあれ小便である。信長はむっくりと起き上がり、夜具を出た。

厠(かわや)へ行こうとした。戸外では、
ぱん
ぱん
音がいっそう繁(しげ)くなっている。ようやく信長は、

「何だ」

つぶやいた。小者どうしが喧嘩(けんか)しているのか。あるいは左義長のまねごとでも始めたか。寝室の四周には襖が立てられているため、光が入らず、戸外の様子はわからないのだ。

と、近臣の森蘭丸(もりらんまる)というのが駆けこんで来た。十八歳ながら機転がきき、日常生活に便利なので身辺に置いている。その蘭丸が、

「殿様！　殿様！　起きてください」

「起きておるわ。ばかめ」

「敵襲です」

「敵襲？」

「当寺は多数の兵に包囲され、鉄砲を撃ちかけられ」

「鉄砲？」

まさかと思った。こんなに静かではないか。

「敵は、誰じゃ」

問いつつ、反射的に、

（徳川）

その名が浮かんだ。あるいは、その名しか浮かばなかった。徳川家康ならば数日前まで京にいたはずであり、しかも自分にうらみを持つ理由がある。何しろ自分は家康に長男・松平信康を殺せと命じたのだし、家康はそれを実行したばかりか妻の築山殿まで殺してしまった。

いや、そんな怨念などなくても、いまの家康ならば信長から天下を奪うことができる。それだけの実力も声望もある。ところが蘭丸の答は、

「敵は、惟任日向守様の手勢と見えます」

「惟任？　明智か？」

「はっ」

「明智光秀か？」

「はっ」

「謀反ではないか」

口に出して、信長自身びっくりした。

（なんで）

襖をあけ、廊下へ出た。

廊下も暗い。闇そのものである。窓という窓にぴったり戸板がはめられているため
だが、その戸板がいまカタカタと鳴っているのは、まるで誰かが外側から手で叩いて
でもいるかのようだった。

叩いているのは、

（鉄砲）

すぐにわかった。戸板に銃弾を集中させて、ひとつでも破れたら、そこから松明（たいまつ）の
火を放りこむのが敵の作戦にちがいなかった。ただし音は軽かった。敵がまだ遠いの

だろう。

大きな音は、むしろ天井から聞こえて来た。あの、
ぱん
ぱん
という信長を起こした破裂音の連続。手近な梯子段（はしごだん）から二階へ上がり、廊下へ出た。

二階の廊下は、修羅場（しゅらば）だった。

信長は、耳をふさぎたくなった。味方の兵がずらりと外壁に向かって立ち、それぞれ鉄砲をかまえている。

狭間から銃身を出して応射している。黒いけむりが濃くただよい、火薬のにおいが充満していた。兵のひとりの背中をつかんで引っぱって、

「どけ」

体を入れた。

左目を狭間へ押しつけ、戸外を見た。一瞬、

「うっ」

目をつぶったほど、戸外は光にあふれている。ほとんど朝のようだった。

頰(ほお)が、あたたかい。遠くの建物が炎につつまれている。敵兵はまだ足もとにまでは来ていないが、それでも炎の逆光を受けて、影絵のように全身の姿かたちがわかる程度には近かった。或る者は刀を持ち、或る者は槍をふりまわしているが、いちばん多いのは鉄砲兵だった。

鉄砲兵は、整列していた。

列をみださず歩いて来つつ、ときおりこちらへ銃口を向ける。銃口が火を噴く。もはや戦場における美徳とは勇猛ではなく自制なのである。時代の変化は完了したのだ。

彼らのなかには、具足(ぐそく)が特殊な者も多かった。鎧の胴がぴかぴかしている。鉄製なのだろう。従来のような木製や布製では弾丸の貫通を阻止することができないからで、鉄砲はまた、信長一代のうちに防具も激変させたことになる。矢を射る者はなかった。あってもここまで届かないだろう。

蘭丸が横から泣き声で、

「お離れください。殿様どうかお離れください」

子供のように腕をひっぱる。信長は、

「うるさい」

蘭丸を殴り倒したのと、屋内のどこからか、

「火じゃあっ」

声がしたのが同時だった。

敵が、この御殿に火をつけたのだ。足の下でパチパチと音がする。檜の焼けるにおいがする。どうやらこの建物は、思ったよりも踏ん張りがきかぬらしかった。

それはそうだ、と信長は思った。こんなのはしょせん城もどきにすぎないのだし、だいいち相手は光秀だ。鉄砲を持った光秀だ。さだめし火薬も良質のものを調合しているのにちがいない。

「殿様」

蘭丸が起きて、

「敵が来ます。敵が来ます」

その声で、信長は我に返った。この挙は謀反である。謀反の目的は、究極的にはひとつ。主君の首を取ることである。

光秀が今後どのように天下へ号令する気なのか、どのように天下の大名をしたがえる気なのか、信長は知らぬ。

知ろうとも思わぬ。ただどう号令するにしろ、その手に信長の首のあるのとないの

とでは説得力がちがうことは確かである。あれば正統な簒奪者、なければ単なる無法者。

「させぬ」

信長は、にやりとした。

「させぬぞ。惟任」

壁から離れた。梯子段を下りた。一階はなかば火の海である。ただし外壁を焼いている火はまだ廊下には達しておらず、そのさらに内側の襖へも、炎の手はとどいていない。

信長は、その襖をあけはなした。

さっきまで寝ていた寝間へと足をふみいれた。枕や夜具をまとめて抱えあげ、身をひねって火のなかへ投じる。蘭丸も下りて来たので、

「畳を」

と命じた。

蘭丸は、息をのんだ。

顔をゆがめた。察しのいい男である。信長は、

「やれ」

「はい」

蘭丸は身をかがめ、畳を四、五枚ひっぺがして、部屋のまんなかに積み重ねた。祭壇のような、式台のような何か。信長はその上へ飛び乗ると、廊下のほうを向いて尻を落とした。

あぐらをかき、夜着の襟をおしひろげ、腹を出した。横から蘭丸が短刀をさしだす。どこからか獣のような喚声が聞こえるのは、白兵戦がはじまったのだ。

時間がない。信長は短刀を鞘から抜いた。きらりと白刃があらわれた。鞘をすて、おのが腹を見おろす。いっきに突き立てようとした瞬間、

ぱん

鉄砲が、鳴った。

信長は前を見た。蘭丸だった。廊下に敵兵が倒れている。蘭丸はあらかじめこういう事態を想定して、二階で銃を手に入れていたらしい。

つくづく、

(忠義者)

と、そのとき信長の脳裡にひとつの案が浮かんだ。

(鉄砲にしよう)

このことだった。

切腹など、まどろっこしい。所作に時間がかかる上、死後に首をうばわれる恐れがある。そこへ行くと鉄砲というのは便利なもので、目と鼻の先から撃ち抜かせるだけですむ。

弾は一発、絶命は瞬時。しかも頭が西瓜（すいか）のように吹っ飛んであとかたもなくなれば、それこそ一石二鳥ではないか。光秀のもとへ首がとどくことは永遠になくなるのだ。

おもしろい。やるに値する。信長はそう思った。何より人類の歴史はじまって以来、およそ大将の自裁の方法としては前代未聞なのではないか。

（初物食いか。これはよい）

だが結局、蘭丸へ、

「まいる」

事務的に告げた。蘭丸がこちらを向いた。涙と煤（すす）で顔がまっ黒になっていて、目玉だけがぎょろりとしている。大きくうなずいて、

「お達者で」

「介錯（かいしゃく）せよ」

「はい」

「首はただちに焼け。きっと取られるな」

と、鉄砲をえらんでいたら必要のなかった指示を出すと、信長は短刀の柄(つか)をにぎりなおして、背すじをのばし、伝統的な上にも伝統的なやりかたで自分の一時代を絶った。

解説――鉄砲による時代の転換を描いたみごとな作品

城郭考古学者　千田嘉博

鉄砲は戦国時代の戦いを一変し、中世から近世への転換をうながした武器であった。門井慶喜『信長、鉄砲で君臨する』は、その鉄砲を軸に据えて時代の転換を描きだした、みごとな作品である。ここでは六つの物語をたどりつつ、城の研究成果の視点から物語の舞台をたどって解説としたい。

「序」は、戦国の那古野城、現在の愛知県名古屋城にはじまる。那古野城の粗末さが気にくわない吉法師、のちの織田信長は、おしっこを口実に近くの竹林をめざす。そこで那古野城は「まあ田舎の一軒家のようなもので、その惣門も、惣門とは名ばかり。二本の木杭にちょっと柵をくっつけただけのしろもの」と描かれる。

当時の尾張国は、現在の清須市にある清須城が、守護の斯波氏が居住する首都だった。しかし本来守護を支えるはずの守護代である織田大和守家の信友が守護の権力を握り、その権力を小守護代の坂井大膳たちが牽制する状態にあった。そのなかで那古野は、尾張守護の斯波氏ではなく、室町将軍に直接仕えた奉公衆・那古野今川氏の城であった。

　その那古野城主であった今川氏豊(うじとよ)（竹王丸(たけおうまる)）は、天文(てんぶん)七年（一五三八）に信長の父・織田信秀(のぶひで)によって城を奪われ、那古野城には信秀が入った。そして天文十五年（一五四六）頃に織田信秀が古渡(ふるわたり)城へ居城を移すと、吉法師（信長）が那古野城主になった。「序」が描くのは、まさにこの瞬間の出来事である。しかし、この頃の那古野城と城下については、学術的には不明な点が多い。

　しかし当時の尾張では、那古野はそれなりの、都市的な場であったと考えてよいだろう。城下には寺社や町場があったと文字史料や絵図からわかっている。発掘調査では近世名古屋城の三の丸の広い範囲にわたって、いくつもの館城(やかたじろ)が建ち並び、それらは最大で幅十メートル、深さ四メートル程度の本格的な堀を巡らしていたのを確認している。館城は基本的に一貫性を持った方位軸に合わせて築造しており、広範囲の都市計画の存在を示唆している。

　このような那古野城下町の姿は、今川氏城主時代の十五世紀後半にはじまった。そして信秀・信長城主時代に発展し、信長城主以降の十六世紀後半までつづいた。那古野城そのものは従来、近世名古屋城の二の丸とされてきた。しかし発掘成果から、二の丸内としても三の丸に近接して那古野城があった蓋然性(がいぜんせい)が高くなった。そして当時の尾張の城のかたちから考えて、那古野城は一辺百メートルほどの館城とみてよい。

城郭考古学から那古野城は、大型の館城で、その周囲には家臣の館城が広く群在し、寺社や町家が都市を構成していたと説明できる。ただし那古野城は熱田台地の北端に位置し、城館や寺社、町家は城の南の台地上にあった。その一方で、台地の北側と西側一帯には北の矢田川、西の庄内川まで続く広い低湿地と農村の風景が広がっていた。「序」で吉法師が地を蹴って駆けていく竹林のある景色は、間違いなく那古野城の前に広がっていた。


「鉄砲が伝わる」では種子島の内城が登場する。内城は鹿児島県西之表市にあり、旧榕城中学校の位置に所在した。寛永元年（一六二四）に第十七代当主の種子島忠時が、東側に隣接した場所に赤尾木城を築いて移転した。この城は、西之表港を押さえた要地にあった。立地から見て屋形を基本にした館城であったと推測される。

内城跡の南東に「犬の馬場」地名が残るのは注目される。犬の馬場は、犬追物の会場で、馬上の武士が逃げ惑って駆ける犬に向かって矢を射て、その命中を競う武芸であった。犬追物のほかに馬上で矢を射る武芸の鍛錬方法には、疾駆する馬上から的を射る流鏑馬、疾駆する馬上から的の笠を射る笠懸があり、これらをあわせて「騎射三物(もの)」と呼んだ。

馬上から矢を射て敵を倒すのは、馬の疾駆する方向と速さを制御し、馬と自身が動いて生じる振動を吸収して狙いを定めた上で、矢の到達時の目標移動位置を的確に予測する必要があった。そのためたいへん難易度が高く、鎌倉時代以来、馬上弓術は武芸の中でも最高のものと考えられた。

このうち、犬追物を実際に行うのは、特別なことだった。犬追物を行うには、多数の野犬を捕獲して収容しておく準備が求められた。中世の記録によれば、多ければ百匹を超える野犬を集めたという。そして会場になる犬の馬場を整備する必要があった。犬の馬場は、犬が逃げ出さないように柵や土手で囲い、馬が疾駆できる広さがなくてはならない。

犬の馬場の中央の地面には縄で犬を引き立てるサークルと、馬上の武士たちが弓を携えて待機するサークルを設けた。そして犬が放たれて走り出すと、競技開始。武士たちは馬の上から矢を射て、命中を競った。戦いで用いる矢を使うと、犬の馬場が血でけがれるとして、犬追物では犬を殺傷しにくくする「犬射引目(いぬいひきめ)」と呼ぶ鏑(かぶら)（中空の球）を使用した。

犬にしてみれば、突然捕(とら)えられ、狭いところに閉じ込められた上に、ようやく出られたと思ったら、馬に追い回されて矢を射かけられたのだから、たまらない。いくら即死しない配慮をしたとはいえ、最終的には必ず矢が当たるのだから、ひどい恐怖と痛みである。日本各地で江戸の中頃までは犬追物を武士や神社の祭礼で広く行ったが、その後は廃れた。動物愛護の精神にかんがみて、もう犬追物が復活することはない。日本の犬は安心してよい。

それにしても鉄砲の重要性に早く気がつき、鉄砲国産化の扉を開いた種子島氏が、もともとは弓矢を重視し、鍛錬を重ねていたのは興味深い。種子島氏の第十二代島主、種子島忠時は明応九年（一五〇〇）に、弓の指南役として武田筑後守光長を招いた。そして翌一五〇一年から一月に直径五尺八寸（約百七十五センチ）の大的を二十八メートルの距離から矢で射る「大的始式」をはじめた。この行事は鹿児島県の無形民俗文化財に指定されて今日に続いている。弓術を重視し、騎射の鍛錬を重ねていた上に、東アジアの交易を通じて新しいもの、日本にはないものに日常的に接した種子島時堯だったから、鉄砲の重要さに気がついたのだと思う。

「鉄砲で殺す」では、和歌山県の根来寺が、「鉄砲で儲ける」では、大阪府の堺が登場する。根来寺は和歌山県岩出市にあり、戦国時代に日本でキリスト教を布教した宣教師のルイス・フロイスは、根来寺を「日本で最も繁栄した寺院のひとつ」と記した（『フロイス日本史』）。この根来寺では何度も発掘調査を行っていて、山と谷を利用した壮大な城郭寺院であった姿が判明しつつある。寺域の西の入り口には文字通り巨大な「大門（だいもん）」を備え、寺域を画した南側に南北に延びた尾根筋を防御の土塁に見立て、この尾根を越えて南から寺域に入る道には「南古大門（みなみこだいもん）」がそびえた。

　根来寺のシンボルである大塔（だいとう）と大伝法堂（だいでんぽうどう）の周囲の尾根や谷筋には二千七百もあったと伝えられる院家（いんげ）（塔頭（たっちゅう）寺院）の坊舎（ぼうしゃ）が隙間（すきま）なく建ち並んだ。根来寺には武士の子弟が僧として入り、寺院の特権を駆使して寺領を経営し、寺の経済的基盤を保持した。それぞれの塔頭が土地の売買を行って利益を得ただけでなく、僧侶個人が不動産売買を行って利潤を得た。

　塔頭の発掘では、寺院としての施設・設備があるだけでなく、半地下式の倉庫が建ち並び、内部には大きな甕（かめ）を地中に並べ埋めて酒や味噌（みそ）、油を備蓄し、食料や銭、高価な陶磁器を収蔵していた様子が判明した。陶磁器は東アジア各国から貿易によってもたらされたものを多く含み、産地は中国、朝鮮、タイ、ベトナムにおよんでいる。そして槍（やり）や鉄砲玉などの武器も見つかっている。まさに「鉄砲で殺す」で信長が見た鉄砲生産の拠点、そして「根来衆」として名をとどろかせた僧兵集団の一端は、発掘からも明らかである。

「鉄砲で儲ける」で描かれる戦国時代の堺は、東アジアや遠くヨーロッパからの品々が集まる日本最大の貿易都市だった。堺は本作品でも叙述されたように「会合衆(えごうしゅう)」と呼ぶ都市の自治組織が町の運営を司(つかさど)った。戦国時代の堺にはあらゆる物があふれたが、軍事物資、とりわけ硝石(しょうせき)の輸入は時代を動かす重要物資であった。火縄銃は弾を発射する火薬がなければ役に立たない。いかに火薬の原料となる硝石を入手するか、それをだれに売るかは、堺の商人にとっても武士にとっても重大なことだった。

「鉄砲で建てる」では天正(てんしょう)三年(一五七五)の長篠(ながしの)合戦も登場する。この戦いが示すように、戦いの勝敗は、どれだけ鉄砲を買い集め、それを撃ちつづける火薬と弾を持てるかにかかっていた。従来、長篠合戦での武田勝頼(たけだかつより)は、武田家伝統の騎馬の突進によって敵方陣地に突破口を開き、間髪(かんはつ)を容(い)れずに、徒(かち)(歩き)で敵陣に武士と足軽が殺到して勝利する戦法に固執したので敗れたと説明されてきた。

しかし近年の研究では、武田勝頼も鉄砲隊を組織して、戦いの最初は両軍が鉄砲を撃ち合った様子がわかってきた。それではなぜ勝頼は負けたのか。実は武田軍は確かに鉄砲隊を組織したが、その数は信長や家康(いえやす)と比べて圧倒的に少なく、また準備した火薬も決定的に少なかった。そのため鉄砲戦をはじめると、たちまち武田軍は火薬と弾が尽きて、鉄砲を撃てなくなってしまった。

勝頼も武田方の将兵も、織田・徳川(とくがわ)連合軍は引き続き鉄砲を撃ってきているのはわかっていた。しかし、間もなく敵の火薬も弾も尽きると想定し、突撃戦に移行したというのが実状であったらしい。火縄銃は火薬と弾の装塡(そうてん)に時間がかかることを考えれば、一定の犠牲は出ても、騎馬を先頭にした突進で織田・徳川連合軍の陣地に突破口を開き、薄く長く布陣した敵を切り裂いて勝利するはずだった。

ところが織田・徳川連合軍の火薬は、決して尽きなかった。堺を押さえた信長は、堺の商人たちが命を懸(か)け、知恵を尽くして手に入れた火薬を独占的に入手し、勝頼の予想を圧倒的に上回る準備をしていた。つまり長篠合戦は、最新兵器であった火縄銃の集中使用によって勝利したというだけでなく、最新兵器を撃ちつづける火薬と弾といった軍事物資の独占・集中による勝利だった。

近年の研究では、火縄銃の弾の鉛(なまり)も、そのほとんどを海外輸入に頼ったことが判明している。鉛同位体比による分析で、戦国時代に用いた鉛の弾の多くが、タイの鉱山をはじめとした東南アジア産の鉛を素材にしたと明らかになっている。「鉄砲で儲ける」で私たちが体感した堺の商人たちの国際貿易が、戦国時代の日本の変革を支えていた。

先にふれた長篠合戦で武田勝頼は、徳川家康が治めている田畑を奪うというだけでなく、徳川領であった愛知県新城市の睦平鉱山を手中に収めるのも目的にしていたという説がある。実は睦平鉱山は戦国時代から徳川家康も保護した鉱山で、鉛が産出した。信長に堺を押さえられた勝頼は、国産の鉛によって対抗しようとしたのだろうか。

「鉄砲で建てる」「鉄砲で死ぬ」には信長の安土城、そして信長の「御座所」本能寺が登場する。滋賀県にある安土城は、本能寺の変の直後に原因不明の火災によって天主をはじめとした中心部が焼失、結局、中心部は再建されずに廃城になった。

安土城の天主以前にも、天主はあった。信長が将軍足利義昭のために築いた「武家御城」＝義昭二条城、義昭の家臣から信長の家臣になった細川藤孝が築いた京都の勝龍寺城、信長に背いて滅んだ荒木村重の有岡城、琵琶湖のほとりに最新の城を築いた明智光秀の坂本城などの史料に、確実な「天主」の記述が認められる。信長の安土城の天主は、決して日本初の天主ではなかった。

安土城以前の天主は記述から見て、内部は格式の高い御殿としての意匠を備えていて、しかし御殿とは書き分けられる施設であった。だから外観は大きな櫓の姿で、内部は御殿の室礼になっていた建物と位置づけることができる。それら安土城以前の天主建築は、軍事系の建築ではなく、御殿系の建築に属していたので、屋根は瓦ではなく植物（檜皮、杮）で葺いていた。

信長の安土城は、畿内で成立していた天主建築をもとに、規模を一気に大きくするとともに、防御の拠点としてもさらに機能するように、屋根を瓦葺きに改めた。こうして天主の外観は軍事系建築になった。その一方で、天主の内部はこれまでの天主建築を継承して、至高の御殿空間として特別な意味をもたせた。信長の安土城天主は、安土山の頂点に建ち、信長が執務室として使うことで、文字通りすべての人の上に立つ信長を象徴する建築になった。

そして本作品で門井慶喜先生が鮮やかに描き出したように、信長は鉄砲を集めて駆使して合戦に勝利し、天下人への階段を駆け上った。武士が名乗りを上げて戦い、敵との一騎討ちで勝利する過去の戦い方ではなく、名もなき鉄砲足軽が、無数の鉄砲で弾を一斉に射出し、敵が誰かも知らないままに撃ち倒して勝利する戦いを信長は生み出した。そうした戦いの先に、安土城天主の高みがあった。つまり安土城天主は、本作品で天主台工事に加わった鶴次のような名もなき人びとが集まり、鉄砲で勝利することで時代を動かしたから出現した。安土城天主は、名もなき人びとが鉄砲で、新しい時代を生み出したシンボルだった。

安土城の普請工事の責任者を務めた丹羽長秀が、本作品で安土城天主の工事をくい止めようとしたのは興味深い。信長重臣であった長秀と、名もなき人びとの代表である鶴次のそれぞれが、安土城天主の建設をめぐって激突する。二人の激しい意識の差は、いつの時代にも現れる対立に違いない。近世城郭の原形になった安土城のシンボルになっていく天主に、本作品が描いたような秘史があったとすれば、この城にふさわしいと思う。

無数の名もなき人びとが集まり、鉄砲を手にしたことで、武士を撃ち倒し、時代を変えていく。その大きな波の頂に信長はいた。しかしその波を打ち砕いて止めようとしたのが、明智光秀だった。光秀がなぜ謀反を起こしたかには諸説ある。しかし真実は確定していないというのが実状である。ただし光秀自身が本能寺の変の後に細川藤孝・忠興宛てに送った直筆書状（永青文庫蔵）には、光秀の息子や忠興に国政を任せるために謀反を起こした。そして光秀自身はすぐに引退すると記した。

この直筆書状が、光秀の意志を伝える最も確実な史料である。本人の言葉に従えば、本能寺の変は長年にわたって綿密に立てた計画ではなく、信長を殺すという憤怒が起こした事件だったといえる。本作品で信長は鉄砲で自害しようとして、最終的に伝統的な切腹を選択する。信長が光秀ではなく、民衆に囲まれて自害したのだったら、きっと信長は鉄砲を選んだと、本作品に接して私は思った。

（この作品は、令和四年二月に小社より四六判として刊行されたものです）

一〇〇字書評

信長、鉄砲で君臨する

切り取り線

購買動機（新聞、雑誌名を記入するか、あるいは○をつけてください）	
□（　　　　　　　　　　　　　　）の広告を見て	
□（　　　　　　　　　　　　　　）の書評を見て	
□ 知人のすすめで	□ タイトルに惹かれて
□ カバーが良かったから	□ 内容が面白そうだから
□ 好きな作家だから	□ 好きな分野の本だから

・最近、最も感銘を受けた作品名をお書き下さい

・あなたのお好きな作家名をお書き下さい

・その他、ご要望がありましたらお書き下さい

住所	〒				
氏名		職業		年齢	
Eメール	※携帯には配信できません	新刊情報等のメール配信を 希望する・しない			

この本の感想を、編集部までお寄せいただけたらありがたく存じます。今後の企画の参考にさせていただきます。Eメールでも結構です。

いただいた「一〇〇字書評」は、新聞・雑誌等に紹介させていただくことがあります。その場合はお礼として特製図書カードを差し上げます。

前ページの原稿用紙に書評をお書きの上、切り取り、左記までお送り下さい。宛先の住所は不要です。

なお、ご記入いただいたお名前、ご住所等は、書評紹介の事前了解、謝礼のお届けのためだけに利用し、そのほかの目的のために利用することはありません。

〒一〇一－八七〇一
祥伝社文庫編集長　清水寿明
電話　〇三（三二六五）二〇八〇

祥伝社ホームページの「ブックレビュー」からも、書き込めます。

www.shodensha.co.jp/bookreview

祥伝社文庫

信長(のぶなが)、鉄砲(てっぽう)で君臨(くんりん)する

令和 7 年 2 月 20 日　初版第 1 刷発行

著　者　門井慶喜(かどいよしのぶ)
発行者　辻　浩明
発行所　祥伝社(しょうでんしゃ)
東京都千代田区神田神保町 3-3
〒 101-8701
電話　03（3265）2081（販売）
電話　03（3265）2080（編集）
電話　03（3265）3622（製作）
www.shodensha.co.jp

印刷所　萩原印刷
製本所　積信堂
カバーフォーマットデザイン　中原達治

本書の無断複写は著作権法上での例外を除き禁じられています。また、代行業者など購入者以外の第三者による電子データ化及び電子書籍化は、たとえ個人や家庭内での利用でも著作権法違反です。
造本には十分注意しておりますが、万一、落丁・乱丁などの不良品がありましたら、「製作」あてにお送り下さい。送料小社負担にてお取り替えいたします。ただし、古書店で購入されたものについてはお取り替え出来ません。

Printed in Japan ©2025, Yoshinobu Kadoi ISBN978-4-396-35103-8 C0193

祥伝社文庫　今月の新刊

小野寺史宜
いえ
妹が、怪我を負った。負わせたのは、おれの友だち。累計60万部突破、二〇一九年本屋大賞第二位『ひと』に始まる荒川青春シリーズ。

門井慶喜
信長、鉄砲で君臨する
織田だけが強くなる――『家康、江戸を建てる』の著者が、信長を天下人たらしめた鉄砲伝来と日本の大転換期を描く、傑作歴史小説。

富樫倫太郎
火盗改・中山伊織(なかやまいおり)〈二〉
鬼になった男
火盗改の頭を、罠にはめる。敵は周到で冷酷無比の凶賊、〝黒地蔵〟。中山伊織の善なる心に付け込む奸計とは!? 迫力の捕物帳第二弾。

夏見正隆
TACネーム アリス
スカイアロー009危機一髪
研究員、拉致さる! 軍事転用可能な最先端技術と人材の国外流出を阻止せよ。舞島シスターズが躍動する大人気航空アクション第五弾!